天鹅之恋

王伶 著

作家出版社

目　录

中篇小说

天鹅之恋

王幸运踏上"天鹅号"旅游列车的时候,这座城市还沉睡在黑夜中。

　　黑夜像罪恶一样浓,
　　罪恶像黑夜一样黑。

王幸运坐在窗前,望着城市边缘的苍茫之色,想起中学时读到的两句诗。谁写的,记不清了。他惊讶,黑夜怎么会与罪恶有关呢?现在似有所悟,那些噩梦总是出没于黑夜,那些凶手总是在夜幕的遮掩下杀人,那些赌徒嫖客总是在夜间厮杀作乐,这,难道还不能说明问题吗?在王幸运的前半生中,黑夜一直像个巨大的漩涡在等待他的坠入。因为惧怕黑夜,王幸运选择了一种拒绝的态度——失眠。只是这唯一可抵挡的武器随着时光的推移,正日益失去威力,变得毫无意义。

失眠久了,王幸运就觉得失眠不如长眠。

布拉克苏草原自然是个好去处。那儿是天鹅的故乡,也是他的故乡，他的可怜的母亲埋在那儿，两个残疾哥哥也还在那里生活。王幸运打算最后再看一眼故土和两个哥哥，给一笔钱，就此了断。出门前他仓惶又从容，身上有一张信用卡，号码箱里有一套西装。此外，还有一件秘密武器藏在皮鞋底层，那是一把锋利无比的手术刀，跟随他很多年了。

列车到达白天鹅渡假村是黄昏。

草原的八月有了凉意，天空格外高远，透出浅浅的冰蓝。地上的草不那么嫩了，苍绿，绿得有深度；各色野花经过一个夏季的努力绽放，姿态上也有了懒的意思，这很像表演了很久的一位美人，终于疲惫，厌倦，要匆匆离去。三五只天鹅走来走去，很寂寞，沿着蜿蜒的河道长吟，却不肯放下架子，与麻雀为伍；芦花飘啊飘，追逐着阳光下苍白的影子，像梦游者不知要去哪里。

寂寞，使草原呈现伤怀之美，典雅之美，亘古不变的永恒之美。初秋的草原，不那么年轻的草原，最是落寞的人独自漫游的地方。秋天，一切都像成熟的种子那样落下沉甸甸的无声的句号。秋天之后是冬天，那些没有收获的衰老的生命该为自己掘墓了。王幸运看到这番景象时，目光有些潮润，心里是久久的依恋。其实那轻生的每一个人都不是因为憎恨这个世界而离去，相反却是对这个世界爱得过深——他们无力从自己绝望的爱中摆脱出来，更无法叫自己不再迷途，所以只好了断。

王幸运来到服务总台。他想包一个豪华套间，明天把哥哥们接来，小聚一番，再作告别。人生本该如此，过去他把它看得神圣了，一直持小心翼翼、认真负责的态度。他从不穿超过百元的衣服，出门开会考察也都住的是便宜招待所，吃饭只要有馒头咸菜白开水就行了。他真是个苦出身的人，一摆排场就痛不欲生——当然除却请女名人吃饭。

总台的小姐穿着雪白的套裙，笑得不冷不热，看上去比天鹅还要尊贵。但细看就知道是小地方的女孩，妆有些艳俗。女孩操着地方普通话对王幸运说："这位大哥，这可不是乡下，那靠湖的'天鹅居'一晚上啥价钱你知道不？"王幸运扶了一下银边眼镜，说："开。"女孩不动，打量他。女孩看着王幸运的脸时，其实视线已悄悄溜到他背上，这个男人咋看咋不对劲。女孩忍不住笑了，说："大哥，你等等。"说完走开了。不一会儿，经理来了。红脸膛子的哈萨克族经理伸出毛茸茸的大手，要王幸运的身份证，问他做啥工作。王幸运说自己是美容医生，经理的小胡子便翘起了幽默的笑，顺手拍了一把他的背，说："兄弟，你这一疙瘩，装的是金子吧？"王幸运并不介意人家的一针见血，他把牡丹卡在大理石台面上那么一拍，眼睛看着一边说："就要'天鹅居'。"

有一句话叫作：人不可貌相，海水不可斗量。如今这世界奇妙就奇妙在，坏人比好人富，丑角比漂亮人吃香。经理从王幸运不屑的目光里感觉到他的不同寻常，于是毛手一挥："开房！"

王幸运就住进了"天鹅居"。

坐了一夜火车，王幸运要先冲个澡，再去吃饭。经过雾气腾腾的大镜子时，他站住了。据说出浴的男女都有展览自己身体的欲求，的确，如果有雅兴，让自己或别人欣赏一下美妙的裸体不失为一件乐事。作为美容医生，王幸运觉得人一辈子无时无刻不在遮掩自己，这其实很不合乎人性，即便你穿戴了最华美的衣饰，体现着人类至高的文明方式。遗憾的是，王幸运这辈子恐怕永远也不能像那些体格健美的男人那样，在沙滩在泳池在各种竞技场以及床上，随心所欲地向世界向女人，展示美，证明美了。此刻他站在这里，站在华丽的"天鹅居"，让视线一点点游过他的身体，觉得自己一丝不挂、暴露无遗的做法简直就是自欺欺人。王幸运已经很久没有这样关照过自己了，他意外地发现他的脊背又弯曲了一些，摸上去很硬，脖子缩着，呆头呆脑；小腹也难看地撑出一面皮鼓，一拍"嘭嘭"有声。两只眼睛混浊无光，耷拉的嘴角显出木讷的表情。这就是三十多年前那个一心想当演员的英俊少年吗？王幸运真想大哭一场，可是眼睛干干的，涩涩的，连泪水都流不出来了。最后，王幸运向大镜子投以自嘲的苦笑。

即使在今天，如果单从王幸运的某些部位看，我们也不能不承认他确实与我们这个国度所推崇的那一类美男比较接近 ——国字脸型宽脑瓜，浓眉大眼白皮肤。他的肩又宽又直，天生一副为女人哭泣时准备的男子汉的肩；他胳膊腿修长健美，动作起来协调有力；一双手就不用说了，那是钢琴家的手，不粗不细，匀称有致，富有弹性。难得的是，他的头发不用烫，自然地在额上翻着优美的波浪。除此，他还具备小白脸们所不具备的一些优点，比如他表情庄重，微笑时皱纹分布合理；略微近视，配上高档的银边眼镜，甚至有几分风流；声音低沉沙哑，沙哑得恰到好处，充满磁性。用那些刻薄的女名人的话说吧，这么英俊又优秀的男人，大多数女人活了一辈子，也未必碰得着；碰着了也晚了，比如她们。所以说，那个叫卡佳的俄罗斯娘儿们能嫁给王幸运，是三生有幸！

可惜，罗锅儿了。

王幸运是个罗锅儿，身高一米六八。别以为是罗锅儿，你就把他轻易地划入弱势群体。王幸运是这座城市最优秀的民营企业家，说企业家其实不确切，因为他还是这座城市最出色的整形美容外科专家。此外还有一串头衔，比如市政协委员、残联主席、全国自强不息先进个人，等等。不少有志之士看到衣冠楚楚的王罗锅儿在电视上被领导人接见，在酒店的旋转门前迎接小鸟一样活泼可爱的女记者女主持人，他们甚至遗憾万分，自己干吗那么健康呢？倘使缺点什么（当然万万不可缺脑子），那么今天拥有金钱拥有美女的可能就是他们，而不是王罗锅儿王幸运了。王幸运的成功是因为王幸运残缺，王幸运的残缺使王幸运幸运！这座城市追求浪漫而苦于钱少的青年男子全在嫉妒王幸运。他们其实不知道，王幸运正在走入自己制造的陷阱。事业的成功给他带来了物质财富，带来了政治荣誉，但却并未改变他荒凉的精神处境。王幸运是这个世界上最最孤独的人。

因为孤独，常常请客。

在此之前的三年中，五星级的环球酒店桃源厅几乎成为王幸运私人聚会的地方。如果有一群人围在圆桌旁吃饭，乍一看，那陡然凹下的一处，像被掐了半截的蒜苗。那半截蒜苗就是王幸运。幸运先生喜欢请名人，尤其是年轻漂亮的女名人。当今请女名人吃饭是一种时尚，一种荣耀——因为不仅仅是靠钱能请来的，靠的是身份。王幸运是个有身份的人，是个豪爽又大方的人，是个热爱妇女并以拯救妇女为己任的人，是个深受广大妇女同志爱戴的人。女名人吃饭，吃的是情调，是品位。王幸运通常都要点一些清淡可口的粤菜，几碟甜点，一瓶洋酒，然后支起下巴，微蹙着眉，审视女名人精彩的吃相。看漂亮女人吃饭真是享受。这些女人平常把自己摆得像花瓶，又精致又高贵，可是到了王幸运这儿，就全没了架子，成了一个个憨态可掬的土陶，抽烟喝酒骂娘，讲荤段子，很放得开。女名人几乎有一个共同特点，讨厌婚姻。她们公开叫嚣，坚决打破老公终身制，实行小白脸股份制，引入先生竞争制，推行情人合作制，实行靓仔轮值制，执行择优录取淘汰制，外加红杏出墙合法制。她们对婚姻的深仇大恨给了王幸运一种信号，成为王幸运长久以来蠢蠢欲动、饥渴难捺的理由。王幸运跟这个时代的众多中年男性一样，渴望遭遇一场激情。

席间曾有好事者问："王院长，您背上的家伙咋整的？先天的吗？"也有女记者摆出深沉的样子，追究那独峰一秀的来由。王幸运拒绝回答。后来问的人多了，王幸运才说是在他十六岁那年的一起交通事故中落下的，为救一个女孩。自此，王幸运背上的"山"笼上了耀目的光环，成为记者笔下一个象征性的东西加以提升。王幸运这些年的"火"与新闻媒体很有关系，新闻是个枯燥的活儿，记者的合理想象，夸大其词，可能是对这个一成不变的职业的反叛，或者说被逼无奈。王幸运一般来说是个诚实的人，但有时不得不迎合。他想，凡著名人物也许就该比常人多一些隐私和曲折？

幸运先生这么善良、崇高、不幸，又这么热衷于与女性交往，被一些搞艺术的同性朋友看在眼里。据知情者透露，王幸运和妻子卡佳分居好些年了，是那俄罗斯娘儿们有了外遇。从这个意义上说，王幸运就更加悲惨了。像他这样的男人，怎么就不能有一半个女人？大家决定一起来帮助这位好人。酒桌上，音乐家首先劝王幸运痛下决心，把脊背上的"山"平了——古时候愚公能带着子子孙孙把一座巨大的石山背走，王幸运怎么不能用无所不能的钞票把一座小小的肉山"搬"掉呢？何况他吃的就是这碗饭，应该讲究个形象。然而，王幸运似乎不急于改变现状，在这个问题上他显得很有原则。

第一，这座颇为壮观的"山"不是人人都有运气背上的，那是一段特殊岁月的积蓄，那是他生命曾经的付出。纵然把它"搬"了走，最终也不能搬走压在他心上的那团黑影。相反，背着它，走在这个时代的街道上，他常常能看见另一个遥远的时代，一个挥之不去的飞翔的梦。

还有一个原因，一个很重要的原因。王幸运始终把这座"山"，当作生活对他的考验。他要看看究竟是这座"山"强大，还是他强大，是不是这座"山"真的把优秀男人应该得到的幸福，隔挡到了他的生命之外？

显然，王幸运并没有得到一个满意答案。

王幸运跑到天鹅湖来了。

以前每次生出那个坏念头时，他总是以各种理由说服自己。比如作为残疾人，他残得不轻不重，无碍大局，既能娶妻生子，又可眼观六路，耳听八方，任意行走。运气又绝对超过一般人，还有钱。党和人民给了他这么多荣誉和财富，他有什么理由不珍惜生命？可现在他觉得这些理由都不重要了，重要的是他对生活已彻底丧失热情，他活着已没有一丝一毫的幸福感。他今天来到这个具有特殊意义的地方，是多年挣扎的一个结果，一个不可逆转的结果。如果精力允许，他准备形成文字性的东西，对自己的半生作一次全面总结，以便为后人留下点什么。小说、电视中的主人公临终前都是这样的……

王幸运吃完饭，路过商务中心时买了包烟。平素他是不吸烟的，卡佳反对他吸烟，他就不吸。现在他觉得她管不着了。

有音乐声从远处传来，湖畔在举行篝火晚会。因为天上飘着小雨，舞曲显得湿漉漉的，失却了原来的欢快。王幸运一下就听出是《天鹅湖》，眼前随之晃动起身着白色短裙的姑娘翩翩起舞的姿态。三十多年前他在这里看过这个舞蹈，有一双美腿的舞蹈演员叫白凤仙。白凤仙后来死了。

王幸运打了个寒噤。草原上的夜色来得比较猛，工夫不大雨水就把夜幕打湿了，染黑了。有几个穿着彩裙、帽子上插着羽毛的哈萨克族年轻女子策马过来。鞭声清脆，她们的笑声更清脆，仿佛一串银铃从风中摇过。她们是去参加篝火晚会的。年轻真好，漂亮真好，可这些全与王幸运无缘了。

回到房间，王幸运点燃一支烟，靠在沙发上，耳畔还响着音乐。他打开电视，又打开手机，企图将声音赶走。不料手机刚开，便有人打进来，他看了一眼显示的号码，立刻关机。电话是妻子卡佳打来的，毫无疑问，她正在找他。她是一心要缠住他，想在这次离婚中弄一笔钱。这个女人，他一想起她，就不寒而栗，他不仅不会给她钱，他还要让她后悔终生——是她杀了他！至于是不是给阿南留一笔钱，他还在考虑。阿南，这个与他有着十八年父子关系的孩子，是老天爷为他编织的最大喜剧，也是最大悲剧！

王幸运从"老人头"牌皮鞋底层取出那把手术刀，擦亮，擎在灯下。刀刃呈优美的弧形，银白雪亮，小巧轻便，简直是一件珍贵的工艺品，与仇恨、悲伤、杀戮毫不相干。没事时王幸运喜欢把玩这小东西。他欣赏手术刀不动声色的宁静之美。这种宁静是冷峻坚韧、咄咄逼人的。它曾经为王幸运创造过辉煌的成就，它同样能够送王幸运走上一条永生之路。王幸运将刀刃轻轻贴到腕上，有一丝舒适的冰凉，令人快意的冰凉。他忽然明白了，刀子再美，也是杀气腾腾的；刀子再小，也是强大无比的。他闭上眼睛，想象着刀刃触碰血管时发出的美妙脆响，随之而来的，是一朵艳丽无比的花朵迎风怒放，在空中飞扬。真是一场无所畏惧的开放，比节日焰火还绚丽还辉煌。选择这么一种方式来结束，何等地悲壮，何等地华丽！王幸运激动得有些不能自抑了……

这时床头柜上的电话突然响起，铃声紧促，像一串惊叹号，带着不可抵挡的力量。一般来说，这种时候的电话多为骚扰电话，因为没有谁知道他王幸运躲在这地方。还有一种可能，就是卡佳！王幸运没有接。电话铃响过一阵，知趣地停了下来。但少顷，新一轮的轰炸又开始了。将它比喻成轰炸是有道理的，它让人被一种无处藏身的恐怖追逐着，只剩下焦灼和绝望。王幸运的脊背开始冒汗了，擎在手里的刀片轻轻颤抖，所有的坚韧在这一刻都像重弹之下的山头坍塌下来。仿佛一个杀人犯行凶前被人抓住了腕子，王幸运软得没了一丝气力，心咚咚乱跳，手术刀带着未得逞的怨恨，小鱼儿那样闪闪发光，滑落在地。王幸运抓起电话，"喂"了一声。

如果没有这个电话，王幸运打算第二天一早就去乡下接他两个哥哥，见完面喝完酒，或许会按原定计划进行。这样就不会有后面那些惊心动魄的故事。但接了这个电话，一切都改变了。

不是什么小姐，是宾馆的哈萨克族经理。经理用一种刻不容缓的口气说："您是王幸运王医生吧，请帮个忙，五楼有位客人误喝了消毒液，现在情况很不好。我们医务室的医生今天去县上了，没回来，您能不能过来处理一下？"

误喝了消毒液？什么人这么粗心？王幸运本来想向经理解释自己是美容医生，不是外科医生，不如就近送镇上的卫生院。但想到这是人命关天的大事，一种医生的使命感让他顾不得自己的心情了。作为一名医生，任何时候救死扶伤都是理所应当的事。

经理带着王幸运来到五楼时，王幸运吃了一惊。客人就住在自己头顶的房间，是个女孩。女孩穿着白色绣花睡衣，在床上翻腾着，呻吟着，像发冷似的，抱着腹部，身体时而蜷缩成蛇状，时而又伸展成僵直的冻鱼那样，乌黑的乱发粘在湿漉漉的脸上。见了王幸运，她的痛苦似有加剧，呻吟变成了哀号，身体的节奏更加迅猛。在她一起一落充满绝望的翻滚中，她那美丽修长的双腿泛着冰冷的玉色，微闭的双眼显得黯淡而神秘。经理指指床头柜上那瓶喝了三分之一的"西王母牌"桃汁说，就是这个。王幸运拿起瓶子闻闻，没错，是消毒液，但从颜色看，跟桃汁一模一样。眼下这里既没有药品，也缺乏必要的抢救条件，王幸运在脑子里迅速搜索着有关知识，最后让经理去拿冰牛奶。牛奶在美容上具有特殊意义，既能滋润美白肌肤，又可抗过敏，解毒，对缓解皮肤烫伤、烧伤效果极佳。经理从餐厅取来牛奶，女孩喝下足足有半盆后，用手指刺激舌根，不一会儿就吐得昏天黑地，腹痛顿时缓解。胖经理亲切地拍拍王幸运的脊背，松了口气，说："多谢了，王医生，你真是个聪明人。别人的智慧在脑子里，你的智慧多得都驼到背上了。"随后指指床上的女人，介绍说："我们这位客人是位舞蹈家，跳白天鹅的，请到这里不容易。"王幸运看了看那个披头散发、满脸污秽的女人，心动了一下。

王幸运回到房间已是凌晨两点钟。躺下睡不着，脑子里老是翻腾着女孩蛇一样的身体。她怎么喝下小半瓶"桃汁"，而不知道是消毒液呢？莫非她与他是一路人？王幸运浑身顿起鸡皮疙瘩。

第二天，他起得很晚。肚子饿得咕咕响，才起来去餐厅。餐厅已关门了，返回时王幸运两腿发软，眼冒金星。忽然有人在背后叫了一声，竟是昨晚上被抢救的那个女孩。女孩捧着一束野花，红的、粉的、黄的，各色各样，滴着露水。她的装扮很特别，像十八世纪的欧洲少妇，穿着曳地的黑色长裙，裙裾、领口缀着荷叶边，脖子以及小半个胸露在外面，白生生的。脑后绾着髻子，别一只玲珑的羽毛头花。女孩轻移莲步，与昨晚上那个在床上挣扎的女人判若两人。一个是画，一个是人，感觉是截然不同的。女孩仰着有些苍白的脸，朝他笑，很熟悉很会意的那种，笑里就把对他的感激全包含进去了。她说："上去坐坐？"漂亮而有身份的女孩都是这样的，轻言细语就把命令下了。王幸运在这个雾气缭绕的早上本来很没劲的，但听了女孩的话后，紧咬牙关上了楼。

女孩想找个空瓶把野花插进去，在屋子转了一圈没找到，就把花儿随便放到了窗台上。她拿出速溶咖啡和一袋饼干，说自己也没吃东西，一块儿凑合吧。王幸运说他不大喝咖啡，咖啡比小时候家里煮糊的玉米粥还难喝。女孩笑道："天哪，你真是个土老帽儿！"女孩的两只眼睛笑出好多花花，亮晶晶的，王幸运被她笑得不好意思，说："你别笑，是这样的。"女孩说："那就委屈一下，难喝也得喝。"带着点娇，又带着点横，相当可爱。王幸运只好照办。他诧异地看着女孩，说："我怎么觉得像做梦一样，你是昨晚上那个人吗？"

女孩看着他。他们离得那么近，女孩说："怎么，你觉得昨晚上那个人不是我吗？"王幸运说："对，你看起来比她可爱。"女孩又笑了，说："人有九九八十一张面孔，你也一样。"王幸运说："你知道我？"他这么著名的人他希望她是认识的，但女孩却直摇头，说："我不想知道你是谁，但我知道你是个好人，好人常常活得不开心。"

她怎么知道自己不开心呢？王幸运想，不过说说罢。那饼干实在是太小了，铜钱一般，上面印着英文字母，往嘴里一放就化。王幸运有些不忍吃这样的东西。女孩说："这叫爱情饼哦，不吃可就亏了。"这话有点味道，弄得王幸运平白无故出了一身汗。王幸运问女孩怎么会误喝那么多消毒液？女孩说自己一贯粗心，她家在"非典"时期买的散装消毒液，她以为是饮料就带来了。王幸运想是啊，这么漂亮的女孩怎么会寻短见。

女孩与王幸运是同乡，叫小娥。小娥从小就喜欢天鹅，她经常独自一人跑到湖边看天鹅，模仿它们走路，学它们飞翔的样子，如痴如迷。她六岁那年开始学舞蹈，十四岁时被文工团招走了……王幸运听了小娥这番介绍，心里突然便生出痛。怎么会痛呢？再看女孩，他有一种久违的亲切感。

小娥也一下变得比较热情了，邀请他这位老乡晚上去看篝火晚会，说有她的演出，王幸运欣然接受。怕人家把他看作外行，他还说自己从前差点去当演员呢。小娥耸着眉毛叫道："看不出哦！"王幸运伸伸胳膊，踢踢腿，然后挺胸抬头，说："我从前可不是这样的。"

　　下半天时间有点故意作对的意思，磨磨蹭蹭不肯往前走。王幸运为了看这场演出，特意到宾馆的美容美发店收拾了头发，回到客房又换上了带来的那套新西装，人看起来一下就精神了。时间还早，他不知该做什么，想给小娥打电话，又觉不妥。这段时间王幸运过得寡味而焦灼，他起码看了二十回表，心里老是急。急着看演出？也说不上。从昨晚到现在，他一直惶惑不安，还有点兴奋。本来这时候他该去乡下接两个哥哥的，车都约好了，但后来改变了主意。王幸运也没想到自己这么轻易地就被改变了。

　　在这场漫长的等待中，王幸运有种濒临死亡的感觉。《天鹅湖》舞曲从遥远的时空飞来，每一个音符都像冰冷的羽毛飘落在心。他趴在床上，一张脸埋在被子里，半醒半睡，神情凄然。这副样子很像一个悲伤的女人，女人伤心时首先想到的是床，床是她们的救生船。九月的黄昏像半老徐娘，虽然不及夏日的娇艳浓烈，但仍是热乎乎地、恋恋不舍地，将最后的温暖留在窗前。时针像一根大头针快戳到王幸运的背上了，王幸运一动不动，眼看着那一道红光倏地暗下去，将他带入看不见的深渊。王幸运忽然心生痛楚，万念俱灰。他不想去看篝火晚会了，哪儿也不去，只想静静地一个人待着。刚才他还好好的，这会儿情绪突然又降到冰点，忧郁总是跟洪水猛兽似的，毫无理由不打招呼就来了，防不胜防。

　　王幸运脑海里飘浮着一座落满乌鸦的黑山头。

　　那里藏着一个时代一个村庄的辛酸历史，也藏着他童年全部的欢乐和悲伤，以及秘密。

王幸运的家乡天鹅湖是个穷地方。那里除了有大片的草场，成群的天鹅，几乎种不出好庄稼，老百姓习惯了放牛养羊。那些年全国上下都在喊"以粮为纲"的口号，县太爷们为自己的政绩犯愁，想着养些四条腿的有啥用，还不如种地呢。于是大规模地开发草场，变草场为耕田。草场没了，河水改了道，等到王幸运出生那会儿，天鹅湖实质上已很难见到天鹅了，倒是乌鸦黑压压地落满山头。天鹅湖由于在开荒造田中成绩突出，县里的毛泽东思想文艺宣传队经常来这里慰问演出。十六岁的王幸运迷上了一个比自己大得多的会跳天鹅舞的女人，这在当时可是一件稀罕事。村里人都说，这尕娃儿，都是他娘的骚裤裆带来的邪气。于是，他们家低矮的院墙上从春到秋老是挂着一两只破鞋子。破鞋子，就是破鞋。他娘是破鞋。其实他娘挺冤枉的。要说天鹅湖的大人小孩都活得冤枉，他们怎么知道他们的命会是这样的呢？当时围绕着王幸运兄弟仨的诞生，有很多说法，比较一致的说法是，王幸运是野种。

王幸运有两个哥。大哥生在一个月黑风高伸手不见五指的夜晚。母亲在油灯下掰开血乎乎的眼睛，发现儿子的眼珠异常的黑，比黑夜还黑，于是说："叫光明吧。"不到一岁，人们发现，王家老大先天性失明。父亲恨透了母亲的自作主张，如果不是她那张乌鸦嘴叫出这么个怪名儿，儿子咋会瞎呢？父亲没有文化，但他在儿子比黑夜还幽暗的眸子里，看到要寻找光明是须付出代价的。

接着第二个儿子诞生了。母亲又去掰那双血乎乎的眼，发现他的眼神白花花的，还会笑，神童似的笑。父亲感动得泪眼吧嚓，说："叫山歌吧，让咱娃唱破这黑山头！"天鹅湖人认为是黑山头遮挡了他们的幸福生活。王家老二个子蹿得快，五岁就够到了高粱花子，却愣是不会叫爹娘，当然也不叫别的什么人。老二爱笑，笑得怪里怪气。这是个哑巴。

矮小的父亲和高大的母亲不知该怎么办了。你看我，我看你，他们在对方的眼里，看到了与自己极相像的东西，看到了他的父亲和她的母亲，他的奶奶和她的爷爷那一辈人制造的说不清道不白的故事。这个故事似一张网，笼罩了整个天鹅湖上空，空气里游动着相同的黏稠味道。它们从一样的表情一样的眼神一样的咳嗽中散发出来，让树上结出的果子畸形丑陋，让地里长出的庄稼早早夭折。

他们自己一点也没办法。曾经美丽富饶的天鹅湖不知何时一去不复返了。天鹅湖缺女人，缺女人的天鹅湖在亲戚中选择婚姻，在婚姻中选择亲戚。近亲结婚，亲上加亲，普照万物的太阳一点也没办法拯救这群可怜的人。

这是一个错误的结局，但王幸运的父母还得延续，总得让祖先的坟上长一棵树，而不是狗尾巴草吧。

一年后，又有了王老三。王老三生在瓜地里，比瓜蛋子还小，浑身青紫，硬硬的，鬈曲的毛发泛着冷冷一层暗光。都说是歪瓜，活不长。果真，很快没气了。父亲不顾母亲阻止，当即扯下一把瓜叶子，裹巴裹巴，塞到渠边的芦苇草里。不忍心埋，又不愿再看到这个倒霉蛋，就让他滚到芦苇草里去吧。

第二天，王老三的母亲背着水葫芦去渠边打水，忽觉天空昏暗，烟尘四起。一片巨大的乌云挟着灼人的气浪从黑山头背后迅速游来，瞬间便横扫太阳，笼罩天宇。王老三的母亲是天鹅湖最健康最聪明最漂亮的女人，她叉着腰往天上那么一瞭，马上知道咋回事了。她撂下水葫芦，拔腿就跑——她不想再惹去年那桩子麻烦事了。这时那团黑云"哗"地裂开，碎成星星，似密密漆黑硕大的急雨，"呱呱呱"，朝着庄稼地、乱坟岗和女人的脊背砸去。黑雨所到之处，泥浪滚滚，一片墨黑。

瞧瞧，黑山头的乌鸦就这么壮观。

因为有了这些万恶的乌鸦，固守贫困和传统的天鹅湖人不安分起来。每当下"黑雨"的时候——乌鸦扇动着妖女的翅膀，掠过田野，田野里顿时充斥一股浓重诱人的腥膻。这气味儿容易引发人想起一些飘飘欲仙的事情。干活的男人和雄性牲口一时间都中了魔似的，只要见到女人（雌的），就想出击，一点也管不住自己。犯错误在所难免。

撞上乌鸦的女人生怪胎，或孩子早夭 —— 这是天鹅湖人对乌鸦的解读，也是对他们不幸人生的一种诠释。王老三的母亲惧怕乌鸦却另有一层原因。总之，王老三的母亲打水那天早晨，乌鸦把死了的王老三救活了，他睁眼便哭。王老三的父亲正跪在被乌鸦扫荡过的白骨遍野的乱坟岗上，面对祖宗的骷髅，为不能生一个健康儿子赎罪，突然骨碌碌有惊天动地的声音滚到脚下，呀，是小王老三。

王家一直不敢给这个不足周岁就会说话就会走路就能啃羊骨头的卷毛儿子取名，生怕取出老大光明老二山歌那样的问题。到了五岁，卷毛儿子捧着一本小人书蹦蹦跳跳走来，对父亲说："我要上学！"

天鹅湖的风中从早到晚流荡着一些灰色，那是一群缺胳膊少腿在镇上行乞的少年，是一群歪瓜裂枣、模样痴呆到处拉屎屎尿尿的傻小儿。他们构成了天鹅湖的一段岁月，一页历史。能上学的孩子实在是不多的。卷毛王老三如此聪明，令天鹅湖猜疑，令黑山头不安，人们都说王老三的母亲在下"黑雨"那天偷了人，一个异族男人。幸亏王老三的父亲不仅矮小丑陋，还缺斤短两，他把这个大手大脚大鼻子大眼大嘴巴，一点不像他的卷毛儿子顶在头上，逢人就说："看，我娃多俊！"小王老三开口便道："幸运哦。"

"那就叫幸运吧。"王老三缺心眼的父亲美滋滋地说，觉得自己比儿子还幸运。

幸运，一个比阳光还明亮比山歌还快乐的名字。王幸运的农民父母四十多年前就在那没有一丝绿荫的黑山头上，为生活作了一番期待。这期待在今天看来，被黑山头的乌鸦变成了魔咒，它们为后来那个十六岁的少年作出了悲剧的预言。

不过那时候在人们看来，王幸运确实幸运，健健康康不说，还聪聪明明。从小学到初中，再到高中，他一直是个好学生，入队入团，当班干部，诸事顺利。到县城中学上高一时，王幸运已长成一个高高大大的帅小伙，成为班里全体女生成绩下降、不思进取的重要因素。篮球场上，你看吧，只要哪天女生多，一准儿是王幸运在那里。穿着运动背心的王幸运叉着一双长毛腿，像一道蓝色火焰，穿过众女生爱慕的视线，烧得她们眼球发红。但王幸运这方面的智力似乎未得到有效开发，女孩们一轮又一轮顽强的围追堵截，丝毫也激不起他的斗志。他的脸木木的，两个眼珠子似黑山头的石子儿，浮一层薄灰，硬硬的，没光。县长的女儿比王幸运大两岁，女孩儿给他送了一个学期好吃的，最终是白吃白喝白搭。女孩儿怀疑他有问题了，生理问题。小女孩子们并不懂得，目光硬硬的男孩儿肯定是个男孩儿，这跟女孩儿一样，目光一水一亮，肯定有东西了。王幸运灰灰的眼神从何时突然变得光鲜活泛，不可捉摸了呢？

十六岁。王幸运人生的第一次期待和命运的不幸改变，在十六岁。王幸运认识了一个叫白凤仙的女人。白凤仙是毛泽东思想文艺宣传队的舞蹈演员，除了跳忠字舞、东北秧歌，还跳白毛女、白天鹅。这个女人长着翘屁股，小细腰，高颧骨，吊吊眼，细鼻梁。用老百姓的话说，有股子狐妖相。白凤仙先后嫁过仨男人，不过三年，一个病死，一个淹死，另一个也是死——因犯故意杀人罪被判死刑。白凤仙很孤立，在宣传队没谁说她好，主要是她太傲。她曾经是北京某芭蕾舞学校的校花，因为犯男女错误弄到新疆。这种人即使舞跳得再好也是个烂货。白凤仙走起路来轻极了，快极了，像天鹅在水面上飞。脸上是目空一切的苍白，眼睛呈现出可怕的聚光状，也就是对对眼。她看你时常常让你发怵，如果是夜里，她又恰好穿着白衣，你会以为自己撞上了鬼。据算命先生说，这副模样的女人，十有八九短命。她们说是人，其实早成了精，狐狸精、害人精。不知人事的王幸运糊里糊涂硬是迷上了白凤仙。

王幸运对白凤仙的迷恋，首先是一位向往美好世界的少年对芭蕾艺术的痴迷，对白天鹅的痴迷。谁叫白凤仙跳得那么好呢？王幸运最为奇怪的是，白凤仙作为一个人，咋就能把腿练得跟天鹅一样笔直轻巧，两只脚又咋就尖尖地立了起来，自由自在，走来走去？这太神了！王幸运火热的心里塞满解不开的谜团。那时候还没有《十万个为什么》这样的书，即使有，也不会解答这种问题。倒是同学们的说法比较多，有人说白凤仙安装了飞毛腿，还有人说她的鞋是魔鞋。王幸运的两个哥哥光明和山歌也参加了这场讨论，老大光明是看不见东西的，可耳朵灵，他听出了白凤仙的脚是长方形的，他梦寐以求的一件事就是摸摸那女人的脚；老二山歌是聋哑人，他打着哑语说，他只要听听那女人笑的声音就知足了。

哥哥们的愿望就是王幸运的愿望，王幸运完全是本着求未知数的严谨态度走近白凤仙的。宣传队每换一个村演出，那个村便派出最高级的交通工具——拖拉机或马车来接。白凤仙坐在后面，两条腿耷拉在下面，一摇一晃。王幸运带着哥哥们奔跑在车后的尘雾中，追随着那两只神奇的脚。白凤仙对这三个跟着她从东跑到西、看节目时又总是被人挤到最后的小毛孩儿不屑一顾。有一次，王幸运兄弟仨跑到后台去看她换鞋，白凤仙瞪了他们一眼，撇着京腔说："丫的看什么看？讨厌！"

大哥说："她的声音真好听。"二哥打着哑语说："她的脸真白。"他们始终没有看到她的脚啥样。后来终于有了一个机会。那次是在七道梁村演出，从来都是一气呵成的白凤仙中间停顿了两次。虽然不过瞬间，别人看不出来，王幸运看出来了。看完演出天色已晚，王幸运打发哥哥们回家后，自己就悄悄跟踪白凤仙。他趁这个女人出去打水之际，潜入了她的房间。演员们因为第二天还要到附近村子演出，暂住在一座不知何年建的破庙里，白凤仙单独睡放农具的小屋。王幸运就蹲在农具后面。小屋蚊虫很多，飞来飞去，晕黄的煤油灯成为它们欢聚的舞台。蚊子叮在王幸运的脸上、身上，王幸运咬紧牙关，一动不敢动。白凤仙打来一盆热水，坐在稻草床上，撸起长裤，开始脱鞋洗脚。王幸运紧张地瞪大眼睛，连呼吸都屏住了。当那双方口黑条绒布鞋一点一点往下脱时，王幸运脑门上冒出了汗。他不明白白凤仙怎么脱得如此吃力而痛苦，难道她穿的是一双小鞋？"吧嗒！"鞋子落到地上，王幸运身子一抖，碰倒了一把铁锨。我的妈呀，脚尖上红红的一片，是血！

自然王幸运落得了贼的下场，被白凤仙揪出来，扇了两耳光。白凤仙脸色煞白，喝道："你丫在这里干吗？"王幸运结结巴巴说："我、我想看看你的脚……"

"有什么好看的？"白凤仙说，声音明显低下来。她一拐一拐走到床边，坐下，叹了口气，两眼望着如豆的油灯，神情有些怪异。王幸运还从来没有这么近地看过她，他觉得她长得是苦了些，怪了些，但并不像算命先生说的是害人精。女人的凄苦神情中往往蕴含着艺术。王幸运那时不懂这些，可是他被她的样子震撼了，觉得特别美。他小声说："好看。"白凤仙"噗哧"笑了，伸出细长的手，招呼他说："嗬，小家伙还知道个好看，那就过来看吧。"王幸运就慢慢走过去。白凤仙的脚已埋进盆里，水变成了胭脂红，脚是好看的粉红。脚趾头翘了一下，似乎作着示意。白凤仙用手戳了一下王幸运的脑袋瓜，说："蹲下。"王幸运就乖乖蹲下，低着头。这时那浓浓的热热的血腥味儿扑鼻而来，王幸运感到窒息。白凤仙的身子朝后靠了靠，把一只脚轻轻放到另一只脚上，说："不能白看，我这是为人民服务受的伤，你也为人民服务一次吧，帮我洗脚！"

王幸运长这么大连给母亲都没洗过一回脚，怎么能给一个外面的女人洗脚呢？他的脸涨得红红的，真想起身走掉，可是他的脚像生了根似的，动不了。人家说得有道理，她为人民服务受的伤，你就不该为人民服务一次？哪怕是学雷锋做好事呢。

少年王幸运就这样和一个比他大得多的女人联系在一起。

此后王幸运一次又一次为跳完舞的白凤仙洗脚，白凤仙也一次又一次想方设法把王幸运兄弟仨安插到前排位置，并且答应以后把他弄进宣传队，让他学舞蹈。这看起来像是作交换，可这种交换的方式渐渐发生了质的变化。王幸运看过白凤仙洗脚的第二天，就向他的哥哥们详细地作了描述，语气里有吹嘘的成分。以后他多次向人说起白凤仙的脚，并逐渐转向身体其他部位。谁若对他好，他还答应带那个人一起去拜师学舞。他自始至终不提他为人家洗脚的事。

可还是有人知道了。

王幸运的母亲是个聪明人，聪明女人鼻子总是特别灵，她从儿子身上隐隐闻到了异味。尽管她被村里人一致认为是"破鞋"，但她从骨子里看不起白凤仙这种女人。她把儿子狠狠揍了一顿，骂他是贱骨头，不许王幸运再带着哥哥们去看演出，去学什么舞蹈。孩子是被养大的，也是被逼大的，母亲一逼，王幸运一下变成了男子汉。他一不做，二不休，偏要去看演出，偏要给白凤仙洗脚，偏要跟她学舞蹈。而且在给白凤仙洗脚的过程中，长大的王幸运又有了新的收获，渐渐体会到一种从未有过的感觉，像似母子情，又像似姐弟情、男女情。他的手仿佛一夜间长大了，更宽更厚，柔韧灵活。那双小脚丫瘦瘦的、白白的，盈盈一握，却分外坚韧，让他心里充满柔情和怜爱。这个女人不容易啊，就是这双伤痕累累的小脚丫支撑她的生命、她的快乐和痛苦，她的生的力量全部凝聚到足尖上了。

王幸运为白凤仙洗脚总是沉默的，倒是白凤仙的话多起来，拉东扯西，说的全是小时候在舞校的生活。说她从前胯不开，为了开胯，睡觉时如何把两腿劈成一字捆在床架上；说她嘴馋，怎样避开老师的检查，把巧克力藏到臭鞋子里。一边说，一边笑，有时说着说着还流泪。王幸运跟着傻笑，发呆，慨叹。有一次白凤仙让王幸运坐到自己身边，把一双脚搭在他腿上，让他给她揉脚，说："好孩子，你要喜欢这双脚，就亲亲它们，好不好？它们这辈子可太苦太苦了！"王幸运没有动，王幸运没动不是因为他不想亲，而是突然有点害怕，觉得自己的脊背冷飕飕的。

就是这个夜晚让王幸运失去了年轻的脊梁。

王幸运是在回家的路上被那个村的一伙男人打残的。这伙男人受了村长的指示特意来收拾他，说他是小流氓。死了老婆的村长看上了白凤仙，宣传队的亲戚本来给他介绍了个打扬琴的姑娘，他偏不喜欢，就要白凤仙。他已监视了白凤仙一段日子。王幸运被两个哥哥从这个村拖回他们那个村时，浑身是血，气息奄奄。母亲请来郎中，郎中摸了摸缩成一团的王幸运，叹道："完蛋喽。"

王幸运整整在炕上躺了半年，退了学。他在夜里时常梦见白凤仙和她的脚，他开始学会思念。每当有天鹅"嘎嘎"叫着从他家屋顶上飞过时，他都会想到她。后来大哥告诉他，这期间白凤仙来找过母亲，送了一笔钱让给他治伤，母亲扇了白凤仙两耳光，不许她看他。第二年春天，王幸运终于能下地了，这时他发现自己矮了哥哥们一截，直不起腰来。母亲想不通她忍辱负重养大的儿子怎么成了这样，抱着他大哭一场，一病不起。那时父亲已离家多年，父亲的母亲说母亲是破鞋，就让父亲休了母亲。

王幸运再没见到过白凤仙。都说她嫁给了那位村长，村长爱白凤仙爱得要死，不许任何人看她的脚。可白凤仙骚得很，老毛病又犯，让队上吹小号的小伙子给她揉脚，村长大怒之下，用锄头砸断了白凤仙的大踇趾。白凤仙从此就不再跳舞了。有一天，兄弟仨坐在小院的夹竹桃下，看到天边飞来一片白，王幸运喊道："天鹅回来了！"谁知那却是送葬的队伍。拖拉机上站着很多人，吹吹打打，披麻戴孝的，还有一群娘儿们在哭。王幸运首先看到了村长，他嘴里呜呜地说："我的白天鹅哪，我死都行，咋就叫你死了呢……"

白凤仙是上吊死的。

王幸运不听哥哥劝阻，随着那支队伍跑了好长一段路，到底也没追上东方红拖拉机。他一屁股瘫坐在地，眼里流的全是黑色的泪。

……

王幸运不知在床上趴了多久。窗外已黑透，偶尔有一两只车灯将模糊的光影投进来，接着又被呜呜的声音拖去了，仿佛是拖着一个出走的女人，很悲切地。王幸运想这会儿篝火晚会一定开始了，小娥会注意到他没来吗？王幸运这么一想便无法入睡，眼皮子上有个东西悬着，一晃一晃。黑暗中忽然听到敲门声，"笃笃，笃笃"。是敲他的门吗？王幸运连应一声的心思都没有，绝不会是她的，他想。所以他索性任那人敲。敲了一阵，见没有动静，那外面的人便犹犹豫豫地走动，最后从门下塞进什么来。王幸运听到"窸窸窣窣"的声音，等脚步刚一离去，他就翻身坐起，去捡那张纸片，是一张篝火晚会的节目票，印得花里胡哨，票价不低，四十元；

背后有一行歪歪扭扭的小字："王先生，刘小娥女士请你去看节目。"

王幸运捧着小小的节目票，不知怎的，突然热泪盈眶了。

王幸运赶到晚会上时，晚会进入高潮。草原的篝火晚会其实是一种传统游牧文化的回归，人们厌倦了城里大舞台的装腔作势和虚华秩序，就反过来怀念在乡野大地上载歌载舞、自由自在的场面了，甚至极度向往当一回野人，披兽皮，吃野果，喝泉水，在原始丛林里骑马、狩猎，和女人嬉欢。篝火晚会为草原的旅游带来新亮点，哈萨克牧民乘机做起皮大衣生意。这里早晚温差大，看篝火晚会没一件大衣是过不去的，租一件十元。

所谓篝火晚会，基本上是靠篝火来营造氛围的。那是好大一圈子篝火，像一个升腾流动、光芒四射的大花环，在无边无际的黑夜里传送着诡谲的波光。篝火的作用和魅力甚至不在于照明，它能使一切变得真实又虚幻，使人们在孤独中渴望亲近和相爱。你看看，当所有不相识的人挽起手臂，围着篝火"嘿嘿嘿"地跳起舞时，肌肤与肌肤就磨擦出信任和友好来，呼吸与呼吸也碰撞出共同的语言。小时候王幸运最喜欢看篝火晚会，有一次火星子溅到棉袄领子上，把后背都烧着了，他竟浑然不觉。出事后王幸运就再也不去看篝火晚会了。

小娥的节目放在倒数第二个，主持人报出节目：现代舞《我等待的那个人》。这名字很有点通俗歌曲的味道。王幸运挤进人群，看节目的人站着的多，有的还骑着马，穿裙子的，穿皮大衣的，各色装扮都有。透过神秘朦胧的火光，只见一白衣女子背对观众，身体弓着，战栗，闪烁，跳跃，而后似一柱白烟猛地升起。王幸运已有很多年不看舞蹈了，他不知道现代舞是一种什么舞，舞蹈还分年代吗？看了一阵，似有所悟，觉得这种舞既不像芭蕾那么清高和夸张，不沾人间烟火的架势，也不像民间舞那么通俗随和，几乎人人都能跳。这是一种很特别的舞蹈，说得深刻些，是一种痛不欲生的舞蹈。它的动作无论舒缓还是激烈，都像是一场迷途者的寻找、绝望和挣扎。在这里，王幸运再次看到了那天晚上的女孩，一个在床上与生命较量的女人，一个在火中自焚的女人。王幸运忽然想这个女孩是天鹅，受伤的天鹅，她在呻吟，她在诉说心底无人知晓的痛。这么来观赏现代舞，就多少加进了一些个人的东西。女孩在舞蹈的时候，王幸运觉得自己也跟着她舞蹈；她在抒发痛苦时，他感受到了她肢体愤怒的语言，以及她柔弱的身体里迸发出的炽热激情。她的旋转是精灵的旋转，她的飞翔是精灵的飞翔。他听到她舞蹈时指尖发出天鹅似的长鸣，看到她浑身涌荡着溪水的清澈。她舒展双臂时是最美的，像风中的竹，风中飘着细雨，细雨敲着竹叶；她翘首独立时似云中的月，于冷寂的冬夜中，等待来年的春光。

小娥跳完一场，台下爆发出长时间的掌声。掌声是风，助长了火，火苗蹿起好高。在这热气腾腾中，有人过来把手放在了他的脊背上。王幸运慌忙转身，面前是小娥。小娥笑得气喘吁吁，说："王大哥，我看见你啦。走，咱们去跳舞！"

晚会其实到这时才是真正的开始。"跳舞吧，朋友，我们一起跳个舞！欢乐吧，朋友，我们一起共欢乐！"当这首具有哈萨克风味的舞曲一奏起，成百上千的男女老少、认识的和不认识的人，都主动拉起手，围成圈，踏着明快的步伐跳起舞。王幸运是不跳舞的，这么多年来他最忌讳的事情莫过于跳舞了，可硬是被小娥拉上了场。要说王幸运的节奏感也还是蛮强的，一上场就手脚并进，动作起来。小娥穿着白裙子，满脸绯红，一鼻子细汗，她被王幸运生拉硬扯走了一圈，差点被人撞倒。显然王幸运不是个称职的舞伴，动作大了，又过于努力，看起来像一头瞎熊，很滑稽。但小娥会说话，小娥说："王大哥，你跳得蛮好哦。"王幸运受到了鼓励，更放开了一点，几乎快把小娥抱到了怀里。小娥很随和，很兴奋，每到音乐的强拍上，她都要去搂他的脖子，还乘势贴了他的脸。有人笑着给他们拍照，小娥冲人家俏皮地招手。王幸运从前就有跟女名人合影的爱好，自然很受用，两人又贴近了些。小娥满脸笑着，说："王大哥呀，我怎么看怎么觉得你像个正常人。你只不过比别人辛苦一点，嗯，就像长征路上那些背着大铁锅的炊事班长，或者说是战场上背着伤员的白衣战士，哼哧哼哧，累得腰直不起来啦……"

把他丑陋的残疾与这么美好的事物联系在一起，王幸运还是头次听到，他感到新鲜，同时觉得好笑，就笑起来。平素那些女名人跟他说话，涉及他的残疾，都是持小心谨慎尽量回避的态度；小娥好，敢想敢说，直截了当。王幸运反倒认为这小女子直爽，单纯，可爱。王幸运笑完，说："你刚才真像一只天鹅，我猜想你是你们歌舞团的腕儿吧？"小娥眼睛眨巴眨巴，长长的睫毛像美丽的金丝绒那样垂下来。长睫毛的女人要比一般女人多些神秘的力量，那一开一合间是飘忽不定、引人入胜的故事。王幸运通常认为，这是女人迷人的一个方面。小娥的脸上透出一种世故，说："我都三十了，像我这种团里一抓一把！秋后的蚂蚱，蹦跶不了几天喽！"

今天的舞蹈演员要出名确实难，天鹅成群，美腿如林，吴清华的时代已经过去。平心而论，小娥不是那种一眼看去就抓人的女人——这样的美人其实很可疑。人的长相都是有缺陷的，缺陷其实是一种特点。王幸运现在所从事的职业就是消灭缺陷，消灭特点，让所有的女人都眉毛弯弯双眼皮，胸脯高高鼻子翘。王幸运与他的改良美女处得久了，突然间意识到小娥这样的才是真实而美丽的。小娥有一种独特的气质，举手投足都是天鹅的韵味——这是人工无法造就的。因为瘦削，她脸上有一层疲惫的苍白，甚至憔悴。但这憔悴恰如雨地黄昏浅浅落红，很迷人很诗意的。她的五官也一般，小眼小鼻子小嘴，小额头小下巴，倒是精精巧巧，冰清玉洁。脖子很长，手臂很长，像常青藤那样富有张力与弹性。

他们不再说话，小娥热热的白气不断吹到王幸运的头上。王幸运整整比小娥矮了一头，旋转到面对面的位置时，他的嘴正对着小娥的胸。每到这时，小娥那两个小兔子就俏皮地在王幸运脸上贴一下，又绵又热。几个回合下来，王幸运晕乎了，身体的某个部位"嘭咚"，萌动了。

一心一意准备结果自己的王幸运一夜间就被改造了，变成了另一个人，一个想好好活下去的人。这有些不可思议。

早上王幸运醒来，第一件事就是把他和小娥跳舞的情形从头到尾在脑子里过一遍，像电影里那样重点细节慢镜头。他想他怕是老毛病又犯了——王幸运每次暗恋上一个女人的时候，都像一个行将就木的人那样，不吃不喝，卧床不起。那情景看起来真有点儿凄凉，不过王幸运觉得一个人倘若能常常思念一个人，实在是件好事。

这时小娥打来电话，小娥用比鸟儿还动听的声音说："喂，王大哥，你起来了吗？咱们去爬山，好不好？"王幸运翻身爬起，走到窗前，看见小娥站在湖畔的草地上。那一片碧绿的湖，此时像玉，温软、端庄、凝重，宛如轻纱的薄雾正一点一点被阳光的手挥去。清晨的草地葱茏润泽，一簇簇墨菊生得丰盈华丽，像贵妇的裙，四溢着说不出的浓香。小娥看见站在窗前的王幸运，向他挥手，长发在风中起落。

王幸运奔下楼去，仿佛奔向一个美好灿烂的明天。什么叫人逢喜事精神爽，有个可爱的姑娘向你招手，这就是喜事，不爽才怪！二人沿着湖畔一路走去，走到山那边牧人的毡房里。草原的晨光洒下的是金子，没有哪儿比这里更富有。山谷里吹来的风是金色的，牧人的胡子是金色的，婴儿眸子里闪动的光也是金色的。这健康明亮的金红色感染着王幸运，王幸运跟着小娥攀到了一座松林叠翠的小山上。小娥用一只手凑到嘴边，"噢——噢——噢——"地喊起来。喊完，她对王幸运说："你也要喊，喊出来心里就干净了。"王幸运便喊，起先带着点羞涩，接着就放开了，"噢——噢——噢——"，"噢——噢——噢——"。两个人高声地喊，不停地喊，喊着喊着，他们的声音融到一起了，像优美的和声。当一声声回音从对面山谷传过来时，两个人都觉得很有意思，浑身舒坦。草原的风很大，草原的风有意想不到的作用，它在很多时候能够传递一种气息，让陌生人瞬间变成朋友。这气息是芳香的奶茶，醉人的马奶酒，是新鲜的马粪味儿，是不绝于耳的琴声……在这个清晨，王幸运和小娥手拉手，走进牧人家里做客，直到黄昏，酒足饭饱，一同下山。

显然是因为高兴，王幸运喝多了。小娥有些担心，一路上搂着王幸运。王幸运本来没事的，被这么一搂，身体马上软下来，紧紧往小娥那边靠，小娥并不反感。在这短暂的路程中，醉眼蒙眬的王幸运依稀看见一对新人挽臂而来，夕阳映红了他们幸福的笑脸。他轻轻捏了捏小娥的手，小娥笑了一下，很会意的那种。

故地重游，佳人相伴，王幸运感到此行真幸运。小娥对他这位同乡很友善，提议再玩两天，王幸运带点调笑的口吻说："你男人不管你吗？"小娥一摆脑袋，潇洒地说："不理他！"其实小娥没有不理他，王幸运从小娥没完没了的来电就能感觉到点什么。小娥每次接电话都是避开王幸运的，电话一响，小娥就往外走。有一次跑到了厕所里，声音相当大，王幸运经过时听到小娥像泼妇那样破口大骂："王八蛋！不要脸！我欠你什么？……"王幸运不明白小娥这样通情达理的女子会欠谁什么。还有一次，王幸运和小娥在湖边采蘑菇，小娥的电话突然响了，她跑进松林里接。王幸运本来并没有想去打扰她，只因旅行团的车要出发了，还不见小娥来，王幸运便去找，结果听到了她的话，虽然也是咬牙切齿的，但这回的口气不同于上次，还泪水涟涟的。她说："你对我怎么能这么绝情？……"

不能不承认这个电话多少给了王幸运一些刺激，倒不是说小娥这个人的另一面有多么可怕，而是王幸运感到小娥心里有了什么人。王幸运突然想避开小娥了。本来一直一块儿吃饭的，这天就有意不叫她。小娥看出来了，有些忐忑地说："王大哥，你不高兴啦？对不起！我这个人粗得很，有什么事没做好，你多多批评哦。"这叫王幸运没话说了，人家姑娘又不是你花钱雇的，陪了你两天凭啥呀。王幸运迅速调整态度，告诫自己要清醒。

一个年轻貌美的女子，一个中年残疾男人，一路上人们都用探询的目光看他们。王幸运起先不大适应，倒是小娥比较大方。小娥不知从哪儿借了一架相机，每到一处都要拍照，请王幸运给她拍，有时她也给王幸运拍，一些重点地方二人还合影。照相时她不是挽着王幸运，就是手搭着他的肩，有时还做些更亲密的动作。王幸运想，搞文艺的女孩就是浪漫，这叫文艺范儿，自己何必那么古板，都啥年代了。王幸运虽有些怯，但心里到底是甜的。

　　总之，小娥的大方为王幸运提供了自作多情的基础。最初王幸运也不是没想过，他与她不过认识几天，就算是老乡，他跟她在一起算怎么回事？小娥这么骄傲的女孩怎么就会对自己感兴趣？是为了报答他的救命之恩？看起来这是唯一的解释。至于她心里有什么人，很正常，现在的男人女人谁心里没一半个人儿？只是他王幸运奢望的是爱情。

　　旅途历来是个容易滋生爱情的地方，那无边无际的草原、蜿蜒东去的小河，以及无声无息的芦花和静静伫立的天鹅，最是孤旅天涯的人心中的痛。"温柔的心是送给伤心的人，愉快的心是送给寂寞的人，永恒的心是送给等待的人……"小娥摇摇晃晃一路唱着，把王幸运的心唱出了丝丝柔情；它们像一片不合时宜的苗子，萌发于这个万物凋零的秋天。王幸运现在是越来越喜欢小娥了，小娥活泼单纯，不故作深沉，王幸运觉得她要比那些女名人可爱一百倍。小娥还比较粗心，吃饭时不是把包落在了餐厅，就是穿裙子忘了拉拉链，丢三落四的，这让王幸运刚好找到了关心她的理由。比如小娥要上厕所，王幸运就提醒她带上手纸；小娥想游泳，王幸运说湖中间有漩涡，不能去。小娥被蚊子叮了，王幸运说擦点清凉油吧，小娥一撸袖子，就把胳膊亮到他面前。王幸运对小娥好，小娥很领情，一会儿"王大哥，我给你换杯热茶吧"；一会儿"王大哥，我给你买包好烟"，并且说什么也不肯要王幸运的钱，连乘车、吃饭的费用也一定要平摊。小娥一点也没有漂亮女孩儿好贪小便宜的俗劲儿。

王幸运一直住豪华套房，他本是个节俭的人，这次着实破了例；还好小娥在这里，他也顺便显示了自己的实力。小娥随大流，住三人间，条件自然不能比，关键是跟她同住的那两个小娘儿们一到晚上就开经验交流会，探讨如何发展情人的事儿。小娥总睡不好，第二天便向王幸运诉说。王幸运这两天倒睡得出奇地香，不失眠了。听说小娥休息不好，到了晚上他就把小娥的旅行箱提到自己的屋，说："我让服务员换了床单，干干净净。"小娥说："这怎么行？我住这里，你住哪儿呢？"王幸运刚喝过酒，脸上带着豪气，一摆手说："你不管我，草地上铺张毡子就能过夜。"男客房满了，王幸运自己也不知道该去哪儿，其实他哪儿也不想去，就想跟小娥多待一待。

两天时间眨眼过去，天一亮，就各奔东西了。王幸运一直在考虑是不是该对小娥作一些必要的表示。是钱物，还是别的什么，王幸运无法确定。因为他确实不了解小娥，当然小娥也不了解他。可是爱情往往就是在不了解中产生的，像一个突发事件，猛地呈现在你面前，你没法不接受。有时候过于了解一个人了，反倒难以产生那份神秘和朦胧。这两天王幸运的目光只要一触到小娥，身体的某个开关便"啪"地打开，好像一台机器开始轰鸣、预热，等待进入程序。

他知道他又恋爱了。

王幸运在感情方面一向比较丰富，是不是一个生理上有残缺的人，在感情上便显得格外贪婪？王幸运这半辈子几乎从来没有停止过寻找爱情，只是运气不佳，他的爱最终都是一个无言的结局。在白凤仙之后，王幸运痛苦了许多年，对女人毫无兴趣。他把白凤仙过去穿破的一双舞鞋捡回来，洗净了藏在褥子下，没事就拿出来，坐在床上看，想象着那是她的一双脚。直到三十岁那年，他才爱上一个有俄罗斯血统的姑娘，这就是他现在的妻子卡佳，她打碎了他关于婚姻的所有梦想。四十岁时，王幸运又糊里糊涂爱上一个叫秋儿的女大学生。

如果说白凤仙在王幸运的生活中仅代表一个逗号的话，卡佳和秋儿则一个是惊叹号，一个是省略号，她们是王幸运过去、今天和未来无法割断的历史，是王幸运永远背负不幸的两种延续。

王幸运从一个整日跟牲畜打交道的乡间兽医，变成美容整形医院的著名大夫，他的成功同他的诞生一样富有戏剧性。卡佳和秋儿是两个不可缺少的环节。

许多年前，王幸运残疾后，投奔镇上一个当兽医的亲戚。因为犯过"男女错误"，身体罗锅儿了，他每天去上班，都是从供狗和羊进出的侧门通行。为避免牲口逃跑，站长下令把大门锁死，工作人员每人发一把钥匙，进出自己开门，站长却始终没给他发过钥匙。那小小的布满粪便的门洞，似一只阴险的毒眼在暗中嘲笑着他，令王幸运常常想起中学时学过的诗句："为人进出的门紧锁着，为狗爬出的洞敞开着。一个声音高叫着，爬出来啊，给尔自由——"

他不是叶挺军长，他没有勇气说"不"，所以只能从那只洞进进出出了。这样的日子过了十年。十年后,他的身体变得愈加矮小,从洞子出入时,再不至于让头撞到板壁上,或者脸被人们有意投下的暗钉扎伤。他成为一名技术精湛令所有牲畜都敬畏的好兽医。

兽医王幸运整日待在圈棚里,擎着雪亮的手术刀,兴致勃勃、废寝忘食地忙碌于马牛羊的胯下,惊听它们垂死的哀鸣,感受它们绝望的挣扎。鲜血和杀戮让他从中得到一种快感。那些肥头大耳有着某种乡干部派头的蠢猪,那些高大强壮优美,比他活得自在一百倍的骡子和马,此时在他眼里全成为对手。想起他所经历的种种屈辱,他干劲冲天。短短时间,王幸运把全乡老老少少该骗的不该骗的几乎都过了一遍。

这样,到了冬天他回到自家土屋时就很累。每次欲望的浪潮激励他攀上卡佳的山头时,他都会于悲催中看到一个个血淋淋的场景。他发现他不行了。卡佳是个把做爱看成比吃面包重要的人,她说:"这日子咋过,没法子过哟!"王幸运羞愧难当,只好去城里看病。

如果不是那次去城里看病,或许王幸运至今还在当兽医。去了城里医院,一切都改变了。那是个雨天,乌灰的天空像一张愁苦不堪的女人的脸,抽抽搭搭。她长久的哭泣盘旋于城市之上,使喧闹变得寂寞,拥挤变得空旷。医院似乎比平时忙乱,孩子的哭声、病人的呻吟和一些奇奇怪怪的脚步声混在一起。

他敞着裤门缩在一位年轻医生的眼皮下。男医生检查完眉头一皱说:"难办。"他问:"咋难办?这种病治好的不少哩。"医生说:"可你情况复杂,难治。或者这么说吧,你那里没病,你是精神方面的问题。"他说:"我精神没麻达,就是那里出了点麻达。"医生说："你说了算，还是我说了算？要不信我就给你开几副药，回家试试，肯定还是比不过你背上的家伙硬。"这叫啥话，自己来这里是解决腰带下的事儿，他却扯到脑门子，扯淡了吧。谁精神有问题，你才像个精神病呢。王幸运提着裤腰往外走，不满地骂了一句："操！"医生耳朵挺灵，笑着说："厉害！我就说你那个家伙还管用，是你脑子出了麻达。"

王幸运赌着一口气出了门。走廊那头涌进一群人来，医护人员抬着担架狂奔："闪开！闪开！"更多的来路不明的人伸长了脖子，好奇地跟着往前跑，看热闹。在疾速行进的人流中，王幸运看到白被单下伸出一截裹着黑毛衣的手臂。露在袖口外的手腕，细腻无光，几道蓝色淡淡隐去，一只小手软软耷拉着……担架擦身而过时，那只垂着的女人的手，突然像一根枯枝拽住了他，急切地、用力地、不顾一切地。他惊叫起来！女人的手所触及的，不是一般地方，而是敏感部位。王幸运至今记忆深刻，当女人揪住他裆部时，他感到了那手的巨大魔力，他像似触了电，一阵酥麻，全身烧着了……恐慌中他把那只手猛地甩开。那只手又软软地垂到了担架旁，一路摇摇晃晃远去了。

不到五分钟，王幸运就听到一个不幸的消息，女人死了。是个二十来岁的姑娘，她单位的人说，女孩聪明能干，就是貌丑，男朋友跟她吹了，她想不通，喝了药。

王幸运回到家，那一对宝贝蛋儿痛了三天。第四天凌晨，突然有了异样。他忍受着火辣辣的胀痛感跑到厕所，以为自己要小解呢，解开裤扣，那东西"呼啦"一下挤出，像秋阳下硕大的紫茄。可以想见，这久违了的亢奋与昂扬让王幸运多么震撼，他一时束手无策，不知是悲是喜。他光着脊梁跑到院子的雨地里，那连绵不断的秋雨带来的寒意，让他感到一缕来自医院的冰冷气息，那个死了的丑女，似乎正向他伸着一条爬满蚯蚓的灰白色手臂……

他突然心惊肉跳，觉得是自己害死了那女孩儿！如果不是他粗暴地甩开她的手，恐怕她是能够活下来的。她的绝望一定是他——那来自人间的最后一丝冷漠无情！也许，她本来能够活下来，因为拯救他，而耗尽最后的气力，谁知道呢？

不能不承认这件事给王幸运带来的震惊，以及对他未来的人生所产生的深远影响。王幸运突然不想再做兽医了，他借了一笔款子，千里迢迢到北京、上海，最后到香港，学习整形美容。他觉得自己该为那个死去的女孩做点相关的事——为丑陋的人，绝望的人，好心的人，重塑一个世界。他还觉得残疾人从事美容事业肯定是极有意义的、浪漫的。谁知这种选择带给他的却是更加艰辛的一条路。不少学校拒绝招收他这样的人从事神圣的美容事业，他不知跑了多少路，求了多少情，才有一位老先生收了他这个学生。

学成归来后，王幸运挂靠一家区办医院，开起整形美容专科门诊。不到一个月，门诊被人砸了两回。有一家权威美容院的女老板公开对王幸运说："就你这号人开店，不是毁我们的生意吗？"

80年代中期，这座城市的女人还比较朴实，对美容不大懂。王幸运在报上打了广告后，才有了一两个试探性的电话。偶尔来一两位女客，王幸运像抓住了大好时机，热情洋溢地拿出自己的结业证书、获奖证书，请求她们相信他；最后又端出一面大方镜，放到跟前，指着人家的某个部位，说："你的鼻子有点塌，得隆一下；还有，眼袋下垂了，拉两刀……"女人是天底下最自尊最虚荣的动物，既对自己的容貌不满意，又不允许别人挑毛病。现在她们在大庭广众之下竟然被一个丑陋的罗锅儿指指画画，批来批去，如何受得住？其结果是好脾气的女人拂袖而去，坏脾气的女人破口大骂："也不撒泡尿照照自个儿！"

人家说得不是没道理，你一个残疾人什么不好干，偏要往美容圈里钻？美容美容，没有一个过硬的容貌，怎么能有说服力？虽说政府对残疾人从业放宽政策，条件优惠，可王幸运的手续真是经过千辛万苦才办齐的。他有一句话让办事人员笑话，他说："我一个残疾人敢于从事美容业，是在向命运挑战！"

王幸运的整形美容专科门诊开了半年，挂靠的那家医院对这个不能创收的主儿终于不能忍受，下了逐客令。王幸运的门诊眼看就要倒闭了，这时出现一个叫秋儿的女孩。秋儿是帮助王幸运起死回生的关键性人物，也是王幸运创造的一个奇迹。

秋儿的出现，让王幸运认为是那个死了的丑女的复活。

背后看，秋儿杨柳细腰，魔鬼身材，弄得你想入非非，口干舌燥；转过身，吓你一跳！脆弱的人要做三天噩梦。秋儿疤瘌眼儿，鼻翼肥大，嘴唇奇厚，右唇还生一颗扁豆大紫痣，每当她看你时，紫痣上一撮子黑毛便哆哆嗦嗦，仿佛一只老鼠，滑溜溜地从你裸露的身子上走过……把如此的美与如此的丑整合到一个女人身上，上帝简直是在开玩笑！

上帝还有意捉弄人，他让你生就一副漂亮面孔，却给你安一颗笨脑袋；让你奇丑无比，偏又叫你聪明绝顶。秋儿毫无疑问属于第二种人。秋儿是乡下姑娘，家里一窝小子，就她一个丫头。兄弟们相貌堂堂，却全不中用，连小学都上不下去。只有秋儿成绩优秀，一考就考上了大学。秋儿从农大毕业后，同一位家境贫困的男同学合伙来到山村承包土地，想建一座现代化的家庭农场。谁知她的合伙人爱上了村里一个漂亮寡妇。这件事对秋儿打击很大，她参加完男友的婚礼回来，摔碎了家里所有的镜子，说："我咋这么丑？这么丑?!"

丑女秋儿生性爱美，有崇拜明星热爱酷男的嗜好。那次恋爱失败后，秋儿又一气爱过五个美男，其中两个离异，结果最终人家甩了她。秋儿的一场又一场的爱，就这么被无情地雨打风吹去。母亲是最知女儿的，母亲说："秋儿啊，咱不是天鹅的命，就老老实实当乌鸦。鱼找鱼，虾找虾，乌龟配王八!"秋儿恨死了母亲，她掐住母亲的脖子，说："谁是乌鸦谁是乌龟？侮辱人格，我还就要当天鹅!"

秋儿的遭遇唤起了王幸运极大的同情。同情弱女子，是满足大多数男人虚荣心的一种方式。王幸运现在就是这样，他想这世上有不少人比自己活得还不易。就说这姑娘吧，那么聪明，却因为相貌丑陋而不能像正常姑娘那样被小伙子追求，她的青春一定是残缺的。就像一朵花儿，从没被蝴蝶吻过，这不可悲吗？王幸运自己是残疾人，他很能理解不幸的人。他用手术刀一般锐利的眼神，打量了一阵秋儿后，慈爱地说："你相信我吗，姑娘？我能把你变成世界上最美的女人!"

并不是所有丑女通过整形手术都能变成美女，但秋儿完全具备改良成美女的可能。王幸运为秋儿制订了一套周密完整的改良计划，并根据手术所需，向银行贷了一笔款，购进必要设备、相关原料。这段准备工作王幸运整整花去半年时间，从理论到实践，从他本人的技术能力到秋儿的心理承受能力，王幸运都不能不考虑。秋儿那时身无分文，她心甘情愿做王幸运的试验品，就是对王幸运的最大支持。秋儿对王幸运说："王老师，你大胆地往前走，失败了也没关系，科学允许失败。"话说得这么悲壮，王幸运眼圈都红了，好感动。二人仿佛是同呼吸共命运的战友。

手术前的那段日子，是王幸运与秋儿最默契的日子，默契得甚至有些亲密了。淡蓝色的百叶窗将几缕天光柔和地洒在大镜子前，王幸运和秋儿面对面而坐，离得很近。录音机里低低地响着大提琴曲《天鹅》，极符合当下意境。王幸运眉头紧锁，凝视着面前的姑娘。他缓缓地抬起一只手，那曾经沾满牲畜鲜血的杀戮的手，带着点颤抖和莫名的疼痛，轻轻抚过姑娘的额头、面庞、鼻子和嘴，一直到下巴。王幸运一遍遍地抚摸，像抚摸一只乖顺的天鹅，渐渐地掌心生出些许温柔和暖意。秋儿歪着脑袋，看着他，看着看着，目光里有了迷人的羞涩，脸上也有了好看的红晕。这时，王幸运头脑中那个美丽的形象定格了，王幸运找到了最佳感觉……

秋儿的手术很顺利，也很成功，成功得竟有些出乎王幸运的意料。当这个改良美女像一只天鹅那样翩然而至，伫立在镜子前时，王幸运傻了。秋儿也傻了。那是一幕比认亲还撕心扯肺的感人场面，四目相望，没有语言，突然，秋儿扑到王幸运怀里失声痛哭。秋儿说："王老师啊，您就是我再生父母哪，我一辈子忘不了您的好！"秋儿本来就是个聪明女孩儿，现在美丽为她的智慧插上了金翅膀。秋儿没跟王幸运商量，从朋友那里借了钱，将各大媒体的记者请来，塞了红包，把王幸运为她做手术的前前后后绘声绘色讲给他们听，边讲边落泪，相当感人。其中不乏虚构的成分，弄得王幸运不好意思。

没几天秋儿的照片和王幸运的名字就上了几家媒体，医术高明、爱心博大的王幸运一下成为这座城市的热点人物。改良美女任何时候都比真正的美女具有号召力，这说明假的东西更能诱惑人，造假带来的成就感甚至远远超过了创造的快感。当时几乎每天都有大批女人从四面八方赶来，她们要看看这个"人工美女"美到什么程度。结果看到秋儿时，几乎所有人都惊叫起来，真是美啊。那美不像是人间的美，而是天上的美，带着股仙气，眼角、眉梢、唇边，每一道笑纹都是若有若无、若隐若现的；举手投足，言语之间，是不动声色、不露痕迹的，美啊，美！

为了回报王幸运，秋儿决心留在诊所工作。秋儿的工作并不复杂，负责文秘，再就是陪同王幸运出入一些重要场合。王幸运出了名，应酬也就多起来。秋儿那时月收入不高，穿得很一般，王幸运专门为她买了两套高档时装，对员工说是为了诊所的公众形象。人一漂亮，秋儿澡也洗得勤了。王幸运找人在自己办公室的卫生间里装了电热水器。周末他来值班，秋儿经常是不管不顾地跑进卫生间冲澡。

这是个漫长的令人想入非非的过程，王幸运坐在办公桌前什么也看不进去，他的心全被那哗哗哗的水声和秋儿的歌声带去了。变成美女的秋儿开始歌唱了，歌声婉转如百灵。卫生间没有门，半截花布帘风一吹，就有潮润的水汽夹着茉莉花香扑入鼻子。花布帘下露出一双修长结实的小腿，粉红色的小脚丫调皮地摆来摆去。布帘子一鼓一鼓的，让人无端地联想到女人身体的某一部分……王幸运坐在椅子上，不能自抑，裤子弄湿了。他发现自己爱上了这个改良美女。

秋儿的频频亮相，无形中推动了这座城市美容事业的发展。王幸运在短时间内将诊所扩建成医院，应该说与"秋儿效应"是分不开的。这时秋儿又恋爱了，对方是电视台新调来的一位主持人，长得英俊，声音也动听，秋儿迷得要死。像似要把从前损失的感情补回来一样，秋儿一上阵就显得慌乱而贪婪。上班下班心里只想着一件事——约会。如果说王幸运对白凤仙是一种近乎对慈母那种依赖的爱的话，对秋儿他则实施的是一种父亲般的严厉自私的爱。

王幸运受不了了。从前秋儿如果迟到一小会儿的话，他会说："又睡懒觉啦？"现在他黑着脸。秋儿一打电话，他就怀疑她在给那男的打。每天，王幸运总是挖空心思找各种各样的理由让秋儿围着他和医院转。下了班，还要秋儿陪同参加应酬。秋儿几次请假，王幸运都不准假。王幸运没有意识到自己的不近人情和即将发生的不可逆转的严重事件。

那是一个晴朗的早晨，医院里一片井然有序的繁忙景象，王幸运正准备去做一个下颌矫正手术，秋儿突然跑过来，摞下王幸运为她买的那套新衣服，说："我不想再为你做广告了，我要离开医院！"

王幸运蒙了。王幸运舍不得啊，他宁愿给秋儿再加两倍薪水。但，秋儿不干。于是就有了那个夜晚。王幸运买了一篮鲜花，到秋儿的宿舍。秋儿现在的宿舍就是从前王幸运的办公室，她与男友正在吃饭。王幸运便坐在一旁等。秋儿的男友很有眼色，倒了茶，敬了烟，就走了，让"师生俩说说话"。秋儿却一句话没有，进了卫生间。王幸运又听到了半截花布帘下传出的哗哗声，只是这一次，王幸运很心酸……

不一会儿，秋儿出来了。秋儿宛如一匹绸缎在灯影下闪着白光，冰冷、柔软、诱人。秋儿往小床上一躺，就哭了，说："来吧，王老师，我还是干干净净女儿身。从前因为丑，没一个男人要我。现在您拯救了我，就让我把它献给您吧，权当还我欠下的情……"

　　王幸运之前在花店选购鲜花时，还满脑子发热，设想着一些与玫瑰相关的温馨细节，但现在他望着泪水涟涟、可怜巴巴的秋儿，突然觉得自己成了无赖小人。王幸运很尴尬，很心寒，他让她穿上衣服，明天就到财务室结账！

　　王幸运给秋儿的最后一笔薪水是不少的，怎么说他也不能亏待这个女孩儿。岂料秋儿又一次跳出来了。秋儿在财务室骂道："王罗锅儿拿我赚了那么多钱，就这么把我打发了？"秋儿最后不辞而别，留下一间空荡荡的宿舍。当王幸运再次走进去时，心儿也整个空了。他看见地上的旧报纸里夹了一张秋儿的照片，是少女时的秋儿，穿着白裙子，扎着两条活泼的小辫儿，模样虽丑，可因为笑得甜，看起来就不那么难看了。王幸运捧着照片，似有所悟，他想这才是秋儿，他爱过的秋儿。现在这个美若天仙离开他的女孩其实不是秋儿，是另一个人了……

　　王幸运把这张照片带回自己的办公室。不久秋儿男友所在的那家电视台来医院采访，秘书为了证明王幸运医术高超，把秋儿的新旧照片拿出来让人家看。记者觉得这是一个鲜明的对比，很有价值，便拍下来。不料播出的第二天，秋儿一纸诉状把王幸运和电视台告上法庭，指控侵犯了她的肖像权。这种官司显而易见，医院站不住脚，王幸运最终作出经济赔偿。

　　这件事之后，王幸运失眠加重了。他想不明白他和秋儿怎么到了这步田地，是金钱破坏了他们纯洁的友谊？还是他们本来就不是一类人？许多知情的女名人纷纷出来指责秋儿忘恩负义，可是这并不能减轻王幸运的伤痛。总之，他美丽的女学生是离他远去了。

不久秋儿就从这座城市消失了。据说那位主持人从电视上看到自己的女友曾经是那么丑的一个人，心里有了疙瘩；之后认识了一个天然美女，便嫌弃她这个假冒产品了。为了摆脱这段历史，秋儿改名换姓，去了内地发展。秋儿后来跟这座城市几乎断绝一切往来，人们也渐渐地把她淡忘了。只是每到落叶时节，王幸运总会想起这个生于秋天的女孩。秋儿说，小时候她梦想着当一只白天鹅，可是因为生得丑，老师从不让她登台演出。她就像一片秋天的落叶，飘来飘去，被人踩来踩去……

一年前，在饭桌上，一位女名人把王幸运拉到一边，悄悄告诉他，秋儿出事了，秋儿凭着美貌到处骗婚，甚至骗到了国外；她诈骗了大笔钱，畏罪潜逃，目前公安局正在抓她……

听到这个消息，王幸运惊呆了。他想秋儿怎么会变成这样？这与他印象中那个极其自卑、惹人怜爱的丑女极不协调。女名人说："善良的王院长啊，如果你不把她变成美女，她怎么着也没这么大的本事！"

难道是我错了吗？王幸运感到冤枉。

但如今回想这段往事，王幸运不得不承认自己在秋儿的事情上是有责任的，最大的责任就是没有把这女孩的灵魂给改造了！还有，自己这把年龄了，再不能在女人身上犯糊涂！就比如说新认识的这个刘小娥，怎么说陷进去就陷进去了？

不成！

与小娥分别的那天晚上，王幸运坐在沙发上，有些心事重重。他想跟小娥谈谈自己的生活，谈谈秋儿或者卡佳，话到嘴边又咽了回去。一般说来，王幸运是个内向的人，表面上看他有不少朋友，但在内心却没有一个真正意义上的朋友。这是自尊又自卑的残疾人的典型特点，也是他们必要的提防。

小娥是个粗中有细的人，她不问他为何沉默，沏了茶，静静地坐在一旁。凭着女性的直觉，她感到王幸运喜欢上了自己，这在预料之中，又是她所不希望的。她知道自己不过是一个化身而已，就像舞台上的角色，规定好的，悲与欢、善与恶都无所谓。小娥经常被男人喜欢，逢场作戏，不在话下。可是这次有所不同。随着分手的迫近，她突然沉重起来，不知道她此行是对是错，自己跟一个叫王幸运的中年残疾男子是什么关系。早上坐在车上，当她望见一只天鹅挣扎在沼泽里凄厉惨叫时，她的心很痛很痛，觉得自己就是那只垂死的天鹅。其实这个夜晚小娥也一直在考虑要不要跟这个好人谈一谈——那样的话，一切都明朗了，当然她前面所做的一切也都无意义了。

小娥很矛盾。

雨夜是个让人怀旧的时刻，雨打芭蕉，点点滴滴，所有的心思都在这时呈现出来。两人心不在焉地喝着茶，看着电视，想说什么，却又不知怎么说。双方突然感到原来他们是存着距离的，或者说他们只差一分就进入彼此了。如今的人跟过去不同了，见面就称兄道弟，说是朋友，其实真正能做朋友的没几人。坐了一会儿，王幸运还是不说话，于是小娥说："真热，我去冲个凉。"

草原之夜本来是有几分寒意的，小娥却老出汗。她盼着时间能走得快一点、再快一点，最好倒头一觉醒来就是明天。

小娥冲澡时，时光仿佛水流从王幸运头上浇过。雨声水声交汇一体，他找到了叙述的心境。此刻当那柔软的水雾从门下的木格子里溢出来时，王幸运恍惚间看到有什么东西在向他示意。他朝着那门走去，几缕亮光泻出，有暗香盈动，一截纤细的小腿赫然在目。王幸运把手伸向门把手，当触到那微凉的铁家伙时，他打了个激灵！

他吁了口气，重新在沙发上坐下。

小娥披着浴衣出来，头发淋着水。看到王幸运还在，她有点紧张。但只是一刹那，就放松下来。她在他对面坐下，两条腿交叉成好看的姿势，看起来就像一只刚刚游出水面的天鹅在树下小憩。她笑了一下，说："不休息？"如果这时王幸运说"咱们谈谈吧"，或许小娥真的会说出自己的一切，包括她为什么会出现在这草原，成为王幸运的旅伴；但王幸运没说，王幸运老老实实地站起，锅着腰，朝门走去。

"等等——"小娥在这时发了话！

小娥想清楚了，沉默吧，她不能功亏一篑，因小失大。她一个即将离开舞台的演员，一个落花时节的女人，她现在不抓住机会，将来还有多少机会？但她也不能让一个善良的男人在这样的雨夜独自离去。她得有点德行，她得对得起他。跳舞的女孩多是从小吃苦过来的，文化不高，可懂得回报。

小娥进了里间，把浴衣脱了，露出洁白光滑的肌肤。灯光调得很暗，暗是为了一种衬托。果然，她身上那些凸凸凹凹、沟沟坎坎，产生了奇异的油画效果，全是呼之欲出、栩栩如生的动感。不仅如此，好的女人胴体，还是一篮新鲜水果，一块燃烧着香蜜和奶油的面包。

外间，王幸运熄了灯，站在暗中。王幸运这个年龄的男人，到底受过一些正统教育，他们做梦都渴望出轨，但一到临界点，就有些中气不足，双膝发软。黑暗中的王幸运脸上变换着魔鬼和天使的表情，一方面是舍不下这温香软玉，天赐良机；另一方面经过刚才的一番回顾，他有些情绪低落，心灰意冷。他告诫自己，老王同志，都这把年纪了，怎么老在感情上犯错误呢，你就管不住自己那杆枪吗？王幸运几乎是命令自己了："向后转！向前走！"

那条不宽不窄的门缝频频翻动着一幅人体油画，比街上的霓虹灯炫目。王幸运一个"向前走"，并没有走出大门，却是入了小娥那扇门。他像一个夜行中的迷途者，狂奔。他不知道那是一个巨大温暖的漩涡，他一靠近就被吸住了。他闻到了来自漩涡深处的隐秘的气息，充满迷醉的腐烂的甜酸，任何一个健康男子也休想活着出去！

王幸运快不行了，不行了！他的身体很热很黏很重，他真想甩掉它们，让自己的灵魂飞向那个光辉灿烂的巅峰！小娥正开成一朵热带雨林中的毒玫瑰，这儿，那儿，泛着烂漫的紫晕。一对小鸽子似的乳房俏皮地扑腾着，活泼可爱。王幸运一时找不着下脚的地方。王幸运在性这一方面，从来都是想象大于实战经验的，待他把皮带解开时，想是不是该先脱上衣；上衣脱了一半，他僵住了，他那只脊背怎么能随便给人看呢？……小娥其实也不是个优秀的伙伴，关键时刻她不懂得循循善诱，互相帮助，她像刚刚踏上舞台的新手那样，急于表现自我。她的身体和她的姿态都过早地表现出热烈的景象，她还空洞地发出不明方向的指令。这样，王幸运夹着一杆枪还没冲过第一道封锁线呢，便"嗅嗅"叫起，中弹似的倒了下去，而后一动不动。小娥说："你怎么啦？"王幸运说："我牺牲啦。"小娥勇敢地跳上去，战地黄花分外娇。可王幸运像一艘锈迹斑斑的旧船，怎么也开动不了了……

小娥想，天意啊。

这样一个结局是两个人不曾料到的。尤其是王幸运，他根本想不到自己在关键时刻会败下阵来。事后，他沮丧，检讨，觉得自己伤害了小娥。同时还有一种不真实感，那天晚上面前的人真是小娥吗？小娥为什么那样呢？小娥爱他？王幸运无法断定。感情问题历来是复杂的，连伟人都犯糊涂，谁还能说得清呢？

从布拉克苏草原回来后，王幸运处理完医院杂事，隔了三天才给小娥打电话。按他的本意，巴不得第二天就见她呢，但想想觉得这未免有些冲动，干脆缓两天。两天后他准备约她到环球酒店坐坐，当面致歉，还想告诉她一句话：他爱她。然而电话一直没打通，那边老说"关机、关机"。莫非是小娥又去哪里演出了，或者病了？

王幸运坐立不安了。

王幸运于一个清晨，略作一番修饰和伪装，来到小娥所在的歌舞团。王幸运没敢进排练厅，而是趁人不备溜进收发室，向一个老太太打听小娥。老太太说小娥下岗了，不知去哪儿了。王幸运问："她家住什么地方？"老太太疑惑地打量他，末了，说："谁知道她又住哪儿了，她到处住，就是不住家里！"看起来，小娥跟自己一样，是个不爱回家的人。小娥的丈夫是做什么的？小娥和她丈夫发生了什么？一时间王幸运脑子里打满了问号，但没有人帮他解答。王幸运责怪自己，他怎么对所爱的人什么都不知道呢？

寂寞难捺的黑夜重又来临。王幸运于黄昏之时来到环球酒店长坐。小娥说过，她晚上曾在这里给客人表演舞蹈，挣外快。

环球酒店是个对外的窗口，有钱人来得多，高贵漂亮的人来得多。比较而言，王幸运有些不入流。但这里的服务人员对他却毕恭毕敬，态度上甚至有些巴结，就连上厕所都会有穿着锦缎旗袍的小姐小心翼翼一路伴着。大家知道他是个了不起的人物——从某种意义上说，他的工作甚至要比生产巡航导弹、东芝电脑的科学家们神圣和立竿见影。他是为社会主义精神文明建设添砖加瓦的人。所以这位改良人类容貌的专家比改良小麦或玉米的专家厉害，能与省长市长直接对话，能给人家提意见，人家对他的意见还相当重视。

这么一位名人，一周里竟有几个晚上独自在这里长坐，这令环球酒店的德国老板颇感诧异。在听了中国员工的汇报后，老板放下手头正在处理的公务，亲自出面接待，但，对方谢绝了，脸上挂着不愿被打扰的冷漠。德国人显得很通情达理，主动安排酒店最漂亮的小姐下来，让她专门负责王幸运。可是一段时间过去了，人们发现王幸运不仅没有任何举动，竟连跟小姐说话都是无精打采的。王幸运好像在等人，等谁呢？

王幸运喜欢靠近鱼池的幽静一角。那儿真是隐蔽的——你可以看见别人，别人看不见你。旁边是一池子水，翠绿，浮三两朵小荷，粉嫩。彩灯映在水里，忽忽悠悠，曳动出水墨画般的芬芳迷离；琴声阵阵，起起落落，若有若无的风儿便挟着说不出的忧伤，润润地从耳畔拂过，似一只绵软冰凉的手。王幸运迷恋这寂静中流荡着些许不安的夜，迷恋清凉的风和风中的颤抖气息，它们总能让他想起那个站在黑山头上用孤独和期待放牧光阴的少年，想起一些远远近近曾在他生活中作过短暂停留的女人。

想得最多的，当然还是小娥。他回忆他与小娥相识的每一个细节，回忆小娥的一颦一笑。小娥说过，他脊背上的包，像长征路上红军战士背的背包。这个女人真好玩儿。每次想到这一点，王幸运都会在暗中笑一下。遗憾地是，王幸运并没有见到小娥。舞台上蹦蹦跳跳的女人不少，但没有一个是小娥。

在王幸运久久地等待着所爱的人出现时，离婚案有了进展。法院送来传票，自然是送达王幸运的妻子卡佳的——因为是王幸运起诉离婚。卡佳拿着传票看了看，很威武地挥一下手，说："去，我去！不见不散！"

像似跟情人约会一样，那个爽。倒是王幸运干瞪两眼，不知说什么好了。王幸运闹离婚有些时辰了，卡佳一直拖着不离，说要离婚，她就不活了。这会儿她怎么就突然想通了？

作为一位整形美容专家，王幸运一直以为自己比所有男人都懂女人，其实恰恰相反，他了解的不过是女人的皮毛。在卡佳看来，她是一个不缺胳膊不少腿的健康女人，健康就是完美，她能嫁给王幸运，并且同他生活这么多年，没有功劳也有苦劳。至于她跟别的男人那点子事，算啥事，不都是不幸婚姻造成的吗？王幸运又想离婚，又不愿在经济上作补偿，天下哪有这么便宜的事儿？

法院开庭。在悬挂着国徽的肃穆的公堂上，卡佳一声号啕，感人肺腑。她用一根羊腿骨那么粗的手指抖抖地指着王幸运说:"王幸运王罗锅儿,你摸着胸口说说,你还有点良心吗?我好歹跟了你这个残废二十年,你有了几个臭钱,就不要老婆了,就在外面找女人了!"

王幸运想起他的艺术家朋友说过,女人婚前是小狗,婚后是恶狗,离婚时是疯狗。疯狗没有一个不爱哭,但哭着却要咬人,咬死你!

卡佳终于扑过来了!那是一沓彩照,映着法官黑漆漆的案头,似碎裂的玻璃花。王幸运起先以为是什么照片呢,懒得睬,当法官举到他面前时,他才大眼瞪小眼了。这些照片他还没有见到,如果不是在这里,恐怕很难见到了。此时看着它们,遥远的天鹅湖重又波光激滟,他与一个叫小娥的女子闪电般的恋情历历在目……

这些照片怎么会在卡佳手里?小娥和卡佳几乎是两个世界的人,王幸运无法将她们联系到一起。可是这些来历不清的照片却又千真万确地把她们联系到了一起,并且起了作用,甚至被当作证据,证明着王幸运的家庭有了第三者;王幸运喜新厌旧,道貌岸然。那位漂亮的女法官曾是王幸运一度想接近的名人,请过几次人家都谢绝了,不给面子。现在这个冷美人红嘴唇一翻,就将他大半财产判给了女方,当然包括儿子!女法官宣读完毕,从他身边走过时,王幸运说:"有空咱们坐坐?"女法官头也不回撂了两句话。第一句:"王幸运,连你这种人也有资格甩老婆?"第二句:"不服,十日内可以上诉。"

王幸运摆摆手,表示放弃,态度异常地坚定,目光异常地冷静。来这里之前王幸运是准备说点什么的,比如卡佳的不忠,还有关于阿南的身世,等等,可是此时面对盛气凌人的女法官，他突然什么都不想说了。他认了，他就是喜新厌旧，找了年轻漂亮的女人，甩了又老又丑的老婆；他就是狼心狗肺，连亲生儿子都不要！他认了！屈辱是为了不再屈辱，沉默是为了不再沉默！卡佳显然没料到王幸运这么一个态度，很震惊。离开审判厅时，她说："王老三，别恨我。"这条母狗挤出两星子泪来。

王幸运的前妻卡佳不漂亮，一脸雀斑，鼻子过翘，嘴唇还厚，但是个招人的角儿。这主要是她目标太大，个子高，胸脯高，老是像揣了两只肥母鸡，一走一扑腾，还啄来啄去的。屁股也不大老实，跟毛头小伙儿开的拖拉机似的，两个后轮扭来扭去，时刻都要出轨的架势。笑起来声音很响，一身的黄毛在抖，鼻子上的小雀斑都要飞起来了。据说这都是遗传了她那俄罗斯父亲的血统。新疆北部地区的额尔齐斯河畔有不少俄罗斯人，他们是在很早的时候从界河那边过来的。有的男人就娶了中国女人在那里定居，有的后来跑了回去。卡佳的父亲弄不清哪去了，总之卡佳懂事起就没见过父亲，一直跟着她瘦小的中国母亲。

王幸运爱上卡佳时，卡佳的事正在天鹅湖盛传，跟民间故事一样一波三折。走到哪家的墙头下，只要围着一群人浪笑，肯定是在说卡佳。故事大致是这样的：

卡佳高中毕业后被招到煤矿当工人。卡佳一到矿上，矿上就不太平了，都说来了只白天鹅，不能让她飞了。灯光昏暗的澡堂子里，卡佳一脱衣服，就有一堆眼球滚过来。哇！那俩东西简直就是一对大香瓜！后勤上半老娘儿们多，她们这个人走过来摸一把，那个人走过去掐一下，嘻嘻笑着，说："卡佳，谁要找了你，连饭都不用吃了！"

矿上的小伙子找对象难，整天在地底下打洞，到了地面有劲没处使。男人们私下里打赌，谁能摸一下白天鹅，大伙儿给他买一条"大前门"。一时间不少无畏者夸下海口，说等着瞧。秋天，卡佳在部队的男朋友回来了，准备接卡佳去结婚。年轻的矿工们听说卡佳不久要离开矿上，都很难过。这天夜晚，卡佳到食堂上完小夜班回家，路过小树林时，突然被人强暴了。这件事出来后，派出所来调查，卡佳说她记不起那人的样子了。卡佳的男朋友知道了，留下一页薄纸跟她分了手——这似乎是那个年代唯一的选择。只要一个女孩被人强奸了，这个女孩就仿佛强奸了所有男人，强奸了整个世界。她就是最大的恶人。卡佳也是这样。从此再也没人敢理这只白天鹅了。卡佳的乳房成为罪恶、淫荡的象征，影响到整个煤矿的形象。卡佳被迫离开煤矿。

　　卡佳的母亲心疼自小没有父亲的女儿，她带着女儿搭了一辆过路的车，想换个地方。母女俩走到天鹅湖时，遭遇暴风雪。卡佳的母亲一路风寒，病倒了，这时遇上王幸运。王幸运那时在乡里当兽医，有些病给牲口和给人的治法大同小异，王幸运把母女俩接到家里。当卡佳的母亲痊愈时，已是来年春天，黑山头的苦豆子花开得黄灿灿的。卡佳的母亲很善良，她对女儿说，滴水之恩，当涌泉相报，嫁给小罗锅儿吧。卡佳一直很怕这个小罗锅儿，王幸运的眼睛像手术刀，王幸运的后背像山包，王幸运才到她肩膀高，王幸运只会跟牛羊瞎叨叨。这么个人，让她嫁？卡佳哭了一场，闹了一场。母亲咬着牙说："你以为你真是白天鹅？你是拔了尾巴的山雀子，开败了的苦豆子，好爷们儿好汉谁要你！"

　　是不是人的骨子里都藏着一种强烈的弥补意识，矮小者喜欢高大，瘦弱者渴望强壮，王幸运见卡佳第一面就强烈地想走近她——仿佛是走近一匹散发着浓烈气息的母马。他想骑。但事与愿违，此后的二十年中，他非但没能驾驭她，倒是被这个母狮一样暴烈的女人骑了。卡佳对王幸运很不满意，尤其是那一方面，她认为他不是男人，还没个麻雀蛋大。这种性的歧视是致命的，王幸运本来不是麻雀蛋，到最后竟是比麻雀蛋还糟糕的烂蛋了。卡佳喊离婚，王幸运不想离，他是真心爱卡佳的，他不嫌她的过去；再说了，离开她，还有哪个女人愿意嫁他呢？每次闹完，王幸运就跪到卡佳面前认错（尽管他并没有错），还哭，求她别离开他。卡佳的母亲一直向着王幸运，这样卡佳跟王幸运好歹过下来了。

有了儿子阿南后，两人的关系似有好转，卡佳对跟他做那件事也不大积极了。每次她一上去，就夹着两条腿喊："快！快！"好像他是一匹马。以后王幸运的事业成功了，有了身份，卡佳就再不提离婚了。王幸运一直以为是自己的爱终于感动了她，是可爱的儿子带给了他好运气。

一个偶然的机会，他发现了妻子的秘密。

那是一个雪夜，王幸运去棉纺厂接加班的卡佳，发现卡佳跟一个又高又壮的黑脸汉子在一起。两人在堆满棉包的仓库里。王幸运通过小天窗目睹了那个轰轰烈烈、如火如荼的战斗场面，无数只棉包被他们当作炸药包那样，投向敌营，而后传来胜利的呐喊！

从那天起王幸运就开始惧怕黑夜，开始失眠。但他始终保持着良好的风度：沉默。无论男人女人，一旦偷情偷出了甜头，不偷就不成了。卡佳是个闲不住的人，王幸运眼见着被他称作老婆的女人苦心巴力、不失时机地为自己寻找填充物，连他的朋友也不放过。有一次王幸运的一位艺术家朋友来做客，喝多了就留宿家里。王幸运那天也喝醉了，半夜里醒来，不知身在何处。忽听到哪里传来一声高一声低的声音，很吓人，后来他判断出那风中的呜咽是卡佳的喘息。黑暗中他撞翻了椅子，摔成了骨折……

这件事想瞒也瞒不下去了。卡佳这时反倒镇定自若了，她咬着牙说，离吧，这二十年她早把她们母女欠的情还上了！王幸运望着这个趾高气扬的女人，又气又恨，但他还是不同意离。离婚意味着儿子阿南离他而去，卡佳说过，儿子是她的心肝儿，不许任何人碰！儿子又何尝不是王幸运的心肝儿呢？小时候儿子身体不好，王幸运总是把他扛到自己并不强壮的肩上，走好远的路，到医院看病。后来儿子长得又高又胖，偏喜欢骑到他脖子上玩。儿子的小屁股颠着，一边颠，一边嚷："驾！"王幸运跪在地上，飞快地爬，把膝盖都磨出了血。儿子八岁那年，不知怎么回事，经常屙不下屎，痛起来趴在地上，又哭又嚷，每一次都是王幸运用手一点点抠出来的。连卡佳都承认，王幸运是个难得的好父亲。如今十七岁的阿南长到了一米八，体格健壮，相貌英俊，王幸运认为这孩子取了他和妻子所有的优点，五官像他，皮肤个头像卡佳，他真是以儿子为骄傲，儿子是他今生的梦想。王幸运希望他将来能当演员。尽管卡佳很讨厌这个职业，可王幸运还是想让儿子在这方面有所发展。为了儿子，王幸运忍辱负重；为了儿子，王幸运要奋斗要成功！

这件事发生后，王幸运跟卡佳依然没离。一年前卡佳成了下岗工人，这时她变得和气起来，甚至很像个贤妻良母了。既然这日子要过下去，王幸运还得配合。夫妻俩在公众面前都尽量表现得相敬如宾的样子，他们家去年还被市妇联评选为"十大模范家庭"，一家三口笑眯眯地上了电视。其时，王幸运跟卡佳已分居十年。

生活似乎已平静了，静若死水，怎么突然又出现了波澜？素来忍让的王幸运怎么就主动提出离婚？

事情出自阿南。

阿南在学校踢足球受了伤，送到医院后急需输血。医院血库没有他那种稀有血型的血，王幸运两口子赶了去。结果王幸运和卡佳的血型全不相符。医生当时就问："这孩子是抱养的，还是你们谁带来的？"医生并不想打探隐私，而是为了救孩子。王幸运愣了，他亲生的儿子怎么是抱养的，儿子当然是他带来的！医生说："好，请你赶快通知孩子的生母来抽血！"王幸运指着卡佳说："孩子的亲娘就在这里！"这回医生发愣了。医生不再说话。王幸运这才明白过来了，他冲上前揪住医生大骂："你这个笨蛋，你肯定搞错了！"医生拍拍化验单生气地说："谁搞错了，这是科学，你懂不懂？你该去问问你老婆！"王幸运去看卡佳，卡佳的脸刷白，低着脑袋。王幸运这时不得不相信那个可怕的事实，儿子不是他的！

王幸运嘶哑着嗓子朝卡佳喊："愣着干啥？快！快去找来那个混蛋，孩子的命要紧！"卡佳犹豫了一下，噔噔噔地跑去。不久，她满头大汗回来，几乎跪倒在王幸运面前，哭道："幸运，他来不了，你知道他是单位领导，要注意影响！看在我妈的份儿上，求你救救孩子吧！"

王幸运哭了，他站在医院急救室外，拨了手机，向电视台、电台他那些新闻界的朋友求助，求他们马上帮他寻找一位跟阿南血型相同的人。只要能救活阿南，他不惜价钱！

阿南出院时，王幸运没有去接。他怕见这孩子。头天晚上，他正式跟卡佳提出离婚，这个凶悍的女人这时成了一条疯狗，扑到王幸运脚下，紧紧抱住他的腿，喊："王幸运！我不离！王幸运，要离你把家里所有的钱财留下！"

　　王幸运想凭啥呢？问题是这又有什么意义？儿子没了，他最后的精神支柱倒了，王幸运活着还有什么乐趣？

　　王幸运就是在这种心境下，来到布拉克苏草原的。

　　对于王幸运的婚变，舆论大哗，连跟王幸运关系较密切的女名人对他也颇有微词。从前妒忌王幸运的男人们更是造谣中伤，说这么一个残疾人，凭什么吃着碗里看着锅里？残疾人就是有人格缺陷和心理障碍，有了几个臭钱，就不得了，这种人政府干吗扶持他们？这个社会可以容忍一个美男子包二奶，却不能够容忍一个罗锅儿离婚，容忍他有一丝婚外情。有朋友打来电话，不知是出于好奇还是不平，问："是真的吗？你和一个叫小娥的女人？"

　　王幸运不作任何辩解，换句话说，是默认。他这么做时，一方面心里得到某种莫名的发泄，另一方面又惶恐不安，这不是连累人家吗？而对于小娥的消失，以及那些照片的来由，王幸运从来不愿作一些必要的联想——比如是不是有人借离婚搞了鬼？如果这么去联想，小娥就很可疑了，事情就有可能会弄清的。但，王幸运不愿这么做。王幸运觉得这么想是十分可怕的，是在毁自己。

　　卡佳是个内心极其坚韧的女人，坚韧的另一面就是缺乏自知和脸皮厚。她那么轻而易举地战胜了王幸运，使得她有了更庞大的野心。

卡佳还想占领那套住房。房子是判给王幸运的唯一实惠的财产，而医院那堆冰冷的器械说变成废物就变成废物了。卡佳对王幸运说她一时没住的地方，再说儿子还得在附近上学，房子她得借住一阵。王幸运本想拒绝，但看到阿南站在他母亲背后，就同意了。王幸运对阿南的感情是说不清的。从阿南出院到现在，王幸运再没摸过他一下。过去父子俩喜欢扳手腕，阿南回回失败，败了还哭，缠着父亲继续扳，结果细白的腕子都扳红了。王幸运很心疼的，总是把那只细长的手放到自己嘴边，吹一下，说："好了，儿子，不疼啦！男子汉嘛，怕疼还行！"阿南出院后发现父母的关系比以往都紧张，他听到了什么，跑来问王幸运："你真的不是我爸爸？我不相信！"王幸运说："孩子，真的，我不是你爸爸。"阿南哭了，抽抽搭搭地说："你就是我爸爸，我就要让你当我爸爸。"王幸运说："你看我长得那么矮，那么丑，怎么可能当你爸爸呢?"

从那天起，王幸运就再不愿看阿南一眼。不是不想，是受不了，这个被他一把屎一把尿拉扯大的孩子终不属于他。但阿南还是叫他爸爸。阿南是个有良心的孩子，王幸运离开家时，他默默地帮着把行李扛到楼下，送父亲上路。阿南说："爸爸，以后需要什么，给我打电话。"王幸运眼睛看着一边说："不麻烦你了。"阿南说："我不怕麻烦，爸爸。"王幸运伸出一只手，想拍拍阿南的肩，手停在了半空。

王幸运离开家后住到了医院。医院最近很忙，从早到晚穿梭着女人。一场婚变为美容事业锦上添花，这也是王幸运未曾料到的。我们的生活就是这么难以琢磨，当大家都在骂一个人的时候，这个人便顶着一头大粪出了名。听说王幸运的新相好比秋儿漂亮一百倍，女患者们认为美容大师王幸运的审美水平提高了，她们更信得过他了。

这一天跟往常一样，是王幸运忙碌的一天。

早上他为一名年轻女子做了乳房填充手术，之后一小时，又为一个十六七岁的女孩缝合了处女膜。女孩咬着嘴唇，双眼紧闭，泪水从头流到尾。那哗哗的泪水似乎在诉说着一个不该发生的故事。有两次，王幸运用棉团帮她擦去眼泪，可是，新的泪水又流了出来。做完，王幸运默然地把女孩送到门外。外面，秋风卷着秋叶，追赶着女孩远去。

这时中午到了。王幸运洗净了手，匆匆去门诊部。那里每天都有一个排的老中青美容爱好者等待他的接见。一进屋，他脊背上便粘满眼珠，红红的，热热的。还未坐下，周围已竖起一道声音的灌木，阴森森地把窗外的日光遮挡了。这些煞费苦心的女人为了能见美容大师王幸运，一早就赶过来，有的昨日就从乡下来了。见了面，激动难捺。一激动，话没轻没重，没完没了。有人咨询手术价格，有人提出整形要求，有人准备作情感倾诉。说到伤心处，不够坚强的女人甚至呜呜哭起。一位站在人墙外的中年妇女眼看着自己插不进话来，一怒，便不管不顾地往小床上一躺，解裤子。她说："那个不要脸的老东西嫌我像破麻袋，我要改成松紧带！"年老的年少的抹泪的叹息的全笑了。王幸运也笑了，笑着制止道："别着急！保准改成松紧带。"中年妇女感激涕零的样子说："谢谢您，大救星！"

到这里割眼拉皮紧阴道的半老女人几乎都要谢他。王幸运有些怀疑自己的作用，难道做好了，他就真救了她们，世界从此会变得太平，人们就不搞婚外恋了？

下午，王幸运应邀去一所美容学校讲课。他的讲座主题为：《敲响美容院的警钟》。他从不久前发生在本市的一起美容毁容索赔案，谈到美容师的素质和技术，从激光、生物工程，谈到美学、医药学、心理学。短短两小时，王幸运用他智慧的语言把众美女带到天堂，又引入地狱，让她们看到了美与丑仅一毫之差。这就跟爱与恨一样。女人们喜欢会讲话的男人，男人话讲得贴切，好比女人衣服穿得得体。她们拼命为王幸运拍手叫好，脸上漾着初恋的红晕。这时王幸运的一颗大脑壳像执拗的孩童那样歪在瘦小的肩上，不说话，也不笑。不知怎么，在这个热烈的课堂上，他突然感到很孤独。

最后，照例要留下五分钟时间供学员提问题。搞美容的女人眼毒，提的问题尖锐。比如有一回一名学员问："王幸运先生，您有没有感到过自卑？您不打算为自己整一次形吗？"好在王幸运是有一些幽默感的，人一强大幽默自然就来了。他说："美需要独特的发现，小姐，如果你有幸爱上我，那么你一定会觉得我虽然丑，但很温柔，很优秀。"

这堂课上一个女学员的问题让王幸运为难了。这是个不漂亮的女人，不漂亮的女人有一个可贵品质，就是胆大。她直通通地问："王院长，有人说那个叫秋儿的女大学生是您迄今为止创造出的最成功的美女，还有人说市歌舞团那个舞蹈演员也是您的得意之作，请问，这是否因为加进了您个人的感情因素？"

这不是公开打探隐私吗？王幸运宽容地笑了一下，看看表，时间刚好到了，他说："欲知详情，且听下回分解。"

下了课，王幸运直奔医院换衣服。今天是王幸运五十周岁生日，五十岁是个值得纪念的日子，王幸运两天前就在环球酒店订了包厢，桃源阁。同以往一样，他又请了一些年轻漂亮的女名人。

好几个女名人都在电话里扭扭捏捏地说，自己今天要参加某某领导某某老板举行的宴会，人家一周前就打了招呼了，不去不合适。王幸运便连哄带训地说："怎么，我王幸运请不动你啦？今天我就是八台大轿抬也要把你抬过来！"女名人就在电话那头浪笑，说："好！冲大哥这份情我一定去。那些书记老板是谁，我不认识，就认识大哥您！"王幸运本来还想作一点暗示，暗示今天是自己的生日，想了一下没有说。因为去年的今天他也请了客，席间切蛋糕时女名人们发出欢呼，哇，过生日啊！接着七嘴八舌指责他为何不早说，如果早说，她们会替他订蛋糕，为他买鲜花，请客的事也用不着自己张罗……王幸运感动得一塌糊涂，就说："明年吧。"

一转眼生日又到了，王幸运在心里还真希望哪个女人能为他送一束鲜花。为了这次聚会，王幸运安排医院的女秘书特意到一家服装厂订制西装。商场的西装都是为常人做的，而他需要照顾脊背，所以必须特制那种后襟长出许多的西装。穿着这套新西装，王幸运往街上那么一走，三两步就走出一些味道——他觉得自己年轻得像小伙子一样了。

一切准备停当，约好的时间到了，但却不见半个人影。赴宴姗姗来迟，已成为这个时代的某些白领丽人有意显示身份的一次机会。好在王幸运有足够的耐心，每次都是久等、苦等。现在他又站在大厅里等候，眼睛忙碌地向外扫着，没有看见他熟悉的身影，倒是看见纷纷的黄叶从天飘落。秋风起，秋叶落，那个幸福的八月一去不复返了。

夜幕降临之时，穿着时装的女名人终于踏着猫步陆续而来。没有蛋糕，没有鲜花，倒是笑声朗朗，满口赞誉之词。

都说王幸运年轻了至少十岁，是不是撞上了桃花运？还问那个叫小娥的女人在哪里？干吗金屋藏娇，不把她带来？也有人装作不高兴的样子质问王幸运，说："我们和你都认识这么多年了，也没见你对我们哪个人感兴趣，是不是我们这帮人不如你那只白天鹅？……"

吱吱吱，喳喳喳，莺声不绝，小鸟依人。女人天生就有蛊惑的本领，王幸运被这么一吹一打，又喝多了。这时候，豪华包厢变成一个巨大的气球，载着他飘。那一瞬王幸运觉得自己融入了气体，虚空得不知是谁了。然而，当酒足饭饱的女名人狐狸似的在夜幕中散去后，他就跟残羹剩汤一起晾在了那儿。泛着暗光的墙壁上模糊着一团弯曲的影子，脊背上的大包被灯影虚幻出怪兽的模样。

VCD依然唱着，穿着三点式泳装的女人长发遮面，对着大海，呜呜咽咽。王幸运直勾勾地盯着女人的肚脐，在想中国女子今天如此热衷于暴露乳房和肚脐是不是误入歧途。王幸运在女人的乳房、肚脐和阴道上挣的钱越多，就越觉得这些东西可怕。人的身体纯粹变成了肉，就丧失了艺术。裸露的另一面，是美感的丧失殆尽和生命的变质。他现在有些理解了，那些丈夫为何不顾一切冲进美容院，阻止妻子隆胸，是因为不能容忍虚假。难道他就能容忍虚假吗？

手机突然响了，是卡佳打来的。卡佳一反常态，声音很温情。她说："幸运，祝你生日快乐。"王幸运说"谢谢"，就准备挂了。卡佳说："我就这么让你讨厌吗？有一件事你不想听吗？你为什么从来不问问我，那些照片是从哪儿弄的？"一提照片，王幸运就发毛。他说："你爱从哪儿弄与我无关！"

卡佳尖声道："与你无关？难道你不想知道那个叫小娥的女人吗？"王幸运果然怔住了。卡佳哈哈大笑，放浪的笑声震得话筒吱吱响，她说："看看，还惦着那小婊子不是？所以我要在你生日这天送给你一个惊喜。告诉你吧，她在美国深造呢。你还以为人家对你一番真情是不？我给了她十万块钱，你明白了吧？"王幸运说："我不明白！我不想知道这些破事！你这个恶毒的女人，你想干什么？"

王幸运把手机关了，气得浑身发抖。收拾桌子的小姐吓得往外走，他手一指，说："不许走！给我把音乐开大，最大！我要唱……唱歌！"服务小姐按他的要求选了一首草原歌曲，王幸运抓起话筒唱起来。他的声音喑哑而苍凉，把一首优美抒情的歌曲唱得怪里怪气。

"等到可克达拉改变了模样，姑娘就会来伴我的琴声……"王幸运唱完这最后一句，躺倒在地。

王幸运躺在月光下，脊背感受着茸茸细草带来的丝丝凉意，听风中的牧歌，望天上的流云，然后沿着一条灰白色的记忆长河，开始追溯。追溯，是对往昔岁月的一种怀念，隐含着深刻的痛楚和期待——期待远方的一个姑娘——那个要等到草原改变了模样才肯来陪伴他的高贵而聪明的姑娘。如此痴迷的男儿，又没有邮递员来传情，期待便与天地一样恒久，与月亮、星光绵延出无限悲悯，还有琴声相伴不绝于耳的诗意。

这份期待，塑造了一个受苦受难为爱所痴的好男人形象，为这个朝三暮四、不可救药的世界留下了珍贵的爱情绝唱。在若干年后的今天，当人们攀援在欲望的悬崖上欲罢不能时，每每唱起这首草原上的歌曲，心儿总会随悠远的琴声飘到一个星光冷寂、篝火点点的地方。它使那些失去耐心的灵魂偶尔在城市的长夜里驻步，想一想期待的味道，想一想荒山落日，野漠穷秋，还有一位须付出一生艰辛才能追到的美丽女郎。这才是生活，艺术的生活，生活的艺术。

王幸运一直认为，生活需要有足够的忍耐和持久的等待。倘使缺少了这种特质，那么，便有些可疑了——就像鸟儿折断了一叶翅膀，风铃在风中没有歌唱，白云不是飘浮的，种子一落入土里就疯长。生命的过程因为有了期待才拥有意义，而生命的意义因为有了期待更加丰厚。他想，他会等到那一天的，等到他所爱的人到来的那一天……

下半夜，王幸运醒来时，发现自己不是躺在草原上，而是躺在一个女人身边。他吓了一跳，翻身坐起，身边的女人像一条漂在河面上的死鱼，翻着令人作呕的白肚皮。她的发际、眉骨、鼻孔、下颌，以及乳晕周围，隐约有细若蛛网的银丝浮现，那是一种最隐秘的美容暗语。哦，她做过整形手术！如果不是整形美容医生，常人是看不出来的。王幸运不仅发现了，还从那细密的针脚和独有的走势，辨出是自己的杰作！天哪！

女人醒了，黑扑扑的大眼看着王幸运，说："怎么，不认识我？"

王幸运听到这声音，一个激灵，说："你、你是秋儿?!"

女人抚弄着涂满红指甲的手，说："叫我罗兰。"

王幸运看着女人那副冷艳妖娆的样子，恍若梦中，问："你咋在这里，秋儿?!"

秋儿笑了一下，扑闪着长长的假睫毛，说："我回来找你呀，王老师。没想到昨晚正好碰上了，咱们有缘。"

王幸运隐隐记起昨晚确实有一个女人缠着他，难道就是这个从天而降的秋儿？王幸运看到自己裸露的身体，不知多懊恼，多气愤，他几乎在吼："你、你这是干什么嘛，你不知道公安局在抓你吗？就算你改名换姓叫了罗兰又有鸟用！"

秋儿拿起电话，偏过一张动人的脸，冷笑道："好吧，你现在就告诉他们，有个诈骗犯在这里，和一位大人物在一起，让他们来抓吧！"

这个无耻的女人！多年的怨愤一时间涌上王幸运的心头，王幸运上去就给了她一耳光。秋儿一下倒在床边，捂着脸，瞪着王幸运。少顷，她发出一声尖厉的喊叫："王幸运，我恨你！你把我变成美女，最终就是为了占有我，对吗？连你这么一个破罗锅儿都一肚子花花肠子，你们男人哪还有什么好东西！告诉你，我就是要报复那些臭男人！他们骗我的感情，我骗他们的钱！哈哈！我现在平衡了！哈哈哈！……"

秋儿翻着红唇，扭着蛇腰，踢蹬着两条白腿，似一条水怪。王幸运想他怎么就造出这么个恶魔？他得离她远点，越快越好！他胡乱套上衣服，打开门，朝外探头，看看过道里有没有什么人。这时秋儿像一只伶俐的猫，扑将过来，瘫在王幸运脚下。"王老师，求您救救我吧，只有您能救我，看在咱们是天鹅湖的老乡！我不想进监狱，我还这么年轻。我情愿再做天鹅湖七道梁村那个男人嫌弃的丑女，只要给我自由……我在我家院里种向日葵，种白杨树，种瓜种豆；我不需要多少钱，只要一间房，两亩地，一片草场、一群牛羊就行。王老师，我知道您是好人，会帮我的，来世秋儿当牛做马，也要报答您……"

王幸运看着那张被泪水浸润得格外美丽的脸，忽然有一种痛，撕心扯肺的痛。他觉得那是他的女儿在哀求他，他不能不管。他上前扶起秋儿，说："孩子，怎么帮你？"

秋儿说："求您让我回到从前——把我变丑！"她用力地做了一个切割动作。

变丑？王幸运以为自己听错了。

从这天起，秋儿神秘的电话不时飞到王幸运的耳畔。这是个危险信号。王幸运是一个守法的人，让秋儿回到从前，意味着什么，他明白。但他又是一个极其软弱的人，一个在感情上总犯糊涂的人——那次之后，他们在环球酒店又见过几面，每一次都像似上刀山下火海，充满凶险，但其乐无穷。从未享受过真正性爱的王幸运在秋儿这里找回了男子汉的威风。大白天，他们把厚厚的窗帘合得死死的，像一对魔鬼，在黑暗中厮杀。秋儿真是一个好指挥，她能让他调动一切聪明才智，拼尽所有气力，最后自豪地倒在她的石榴裙下。半辈子过去了，王幸运还是第一次体会到肌肤之亲，第一次感到作为一个男人的骄傲和强大。可事后，王幸运就有了后怕和罪恶感，他恨自己怎么在这个时候陷于一种不可救药的危情。如果事情败露了，他不是完了吗？

事实上，他多次规劝秋儿去自首，他甚至告诉秋儿，他可以等她。说这话时，他含着泪，一副为爱情献身的样子——没办法，他恨她，却依恋她。秋儿不干，秋儿用火热的吻表示反抗。还是那句话："王老师，求您让我回到从前吧。"

王幸运想，我作为一名美容专家，是要让这个世界美丽起来，而不是越变越丑！职业道德不能丢。他好不容易塑造了这个美女，怎么能再把她变丑呢？

王幸运是万万不能答应的。

秋儿绝望了。秋儿从前确实是一个朴素的农家女孩，凭着真才实学上了大学，渴望有一位白马王子。很正常的。是残酷的现实扭曲了她，是她的自卑和自尊扭曲了她。在此之前，她还坚信她有能力换来老师的帮助，没想到竟是这么一种结果，她再次感到自己受了骗，被一个罗锅儿骗了，奇耻大辱！她像一头母狮，一跃跨上王幸运的脊梁，朝王幸运脸上抽去："嫖客！骗子！"

"我是嫖客？是骗子？我这是爱你呀！"王幸运说。他一用力，将秋儿掀翻。他像一位将军那样，抽出闪闪发光的宝剑，直刺女人滚烫的身体。他瞪着发红的眼珠子，逼视这个美若天仙的女人，喊："你爱我吗？说！"秋儿咬着嘴唇，双目紧闭，她坚硬的双手推着他突兀的后背，是抵抗的架势。王幸运很恼火，说："你不说！我就刺死你！"秋儿依然咬着唇。王幸运变得更加勇猛无畏："说！你爱我！你爱我！！你爱我！！！……"眼见着那朵玫瑰支离破碎，碾压成一片血泥，王幸运找到了复仇的快感。秋儿终于发出绝望的呻吟："我爱……你！"

但她坚定地闭着眼，绝不看王幸运一眼。

王幸运以他即将崩溃的爱最后拥抱了秋儿，仿佛一张裹尸布一下裹住女人，也裹住了自己。他紧紧地搂着这个女人大哭起来："秋儿啊，秋儿啊！"

第二天，晨报在头版位置登出一条骇人听闻的消息：诈骗嫌疑人罗兰（秋儿）昨夜在环球酒店被警察包围，拒捕时跳楼自杀……

这座城市的人并不知道，是王幸运告发的秋儿。王幸运那天晚上离去后，在一个公用电话亭给"110"报了警。

听到秋儿跳楼自杀的消息后，王幸运大病一场。一连半个月，几乎每天依靠大剂量的安眠药来抑制他过度活跃的神经细胞。这时他多么渴望人类能创造一种新的整形美容手术，那就是给他换一个新脑瓜，哪怕这脑瓜只有五岁的智力。一切若能重新开始，多好啊。

美容大师王幸运的生活重又恢复平静，是半年之后。那一阵举国上下美容风更加盛行，搞美容利润可观。王幸运凭着自身实力，又开了两家分院，赚了不少钱。他还像过去那样，日子过得很苛苦，而济贫赈灾出手大方。此外，他依然热衷于请女名人吃饭。他还是每天穿行于女人的森林里，像上帝那样，倾听她们诉说隐私和缺憾的痛苦，提出种种不切实际的狂妄要求。她们跟他商讨争论打官司，为一个眉毛高一个眉毛低，一个乳房大一个乳房小，一只眼双一只眼单。那种为了美丽而情愿忍受一百遍刀削斧劈的无畏，令他佩服、惊讶，更令他恐惧。没人比走进整形美容医院的女人更真实，也没人比这里的女人更虚伪。如此一来，情境是可怕的，作为一名医生，王幸运时常觉得今天的女性已远远不是完美容貌的问题，而是拯救灵魂的问题。

在某个黄昏，当王幸运为某个年轻女人——一个老姑娘或一个离过两次婚的女人，做完处女膜修补术，弓着背走出手术室时，他会突然产生对生活的厌倦和绝望。他一连几个小时不想再见到女人，一想起女人，便不可避免地想到眼袋、乳房、处女膜、血腥、哀鸣、撕裂等一系列词语和与之相关的画面。他脆弱的神经已变得不堪一击。他当初怎么就选择了这个与自卑自恋狂妄虚假与丑陋邪恶畸形变态如此密不可分的行当？

先前的成就感一扫而光。

他为这座城市再也见不到清新自然的女人面孔而忧伤愧疚——走在街上，角角落落弥散着甜腥的脂粉味儿，展览着被大红大紫虚化了的面具和被手术刀雕刻过的嗅觉听力和视线。从头发到眼睛、鼻子、牙齿，从乳房到腹部到生殖器，今天的女人遭到硅胶、盐水等替代物的前所未有的颠覆。社会愈发展愈进步，人们对假的渴望和造假的本领愈强。是不是他把这座城市的女人给弄疯了？

这天晚上，他打开电视，看当地新闻，不料一眼就看见自己站在精神文明建设先进表彰大会的领奖台上。对新闻媒体王幸运素来是慷慨友善的，他的爱心整形美容医院每年投入广告数目不小，老记们偏爱他，会后专门采访他。王幸运捧着金光闪闪的奖杯，感觉极佳，背也挺直不少。他用一种有身份的人应有的口吻说，随着人类文明和社会的进步，大家对美的追求已成为习惯和时尚；作为一名美容专家，他有责任让这座城市的人活得一天比一天美！爱心整形美容医院将继续为下岗女工和需要情感救助的妇女进行一些无偿服务。

真是巧，接下来就是一条公安局扫黄打非的消息。当记者的摄像机对准一群抱头鼠窜的女子时，他看到一堆白花花的乳房，似刚出土的毒蘑菇……

几年前就有同行攻击，爱心整形美容医院是小姐们青睐的地方。王幸运当时很受不了，现在他信了，她们身上有他的作品。他一眼就能辨出。

他久久地愣在那里。

王幸运决定金盆洗手，放下"屠刀"。这，在美容界一定是件大喜事，他想。二十年来，王幸运披荆斩棘，主宰了这座城市的美容业，在他发达的另一面，是众多美容医院的萧条和业主的叹息。他们怕他，又恨他，他知道。那位最早侮辱过他的美容院女老板是他这些年最强大的对手，一直图谋着要与他合作。王幸运考虑，是否将医院转给这位女老板？

这一天晌午，女老板来了，说自己有个亲戚，姓刘，因患乳腺癌，右乳摘除，现在病好了，要"再造辉煌"，请王大师帮忙。女老板再三说自己"隆不过王大师"，拜托了。王幸运本来是拒绝的，但经不住女老板戴高帽子，一高兴便答应操最后一刀。

一周之后的某个清晨，女老板的亲戚来了。一身黑衣，包着头巾，戴着口罩和墨镜，像个秘密接头的地下工作者。可以理解，整形到底算作隐私。

女人解除武装，半裸，僵直地坐在王幸运对面。长脖子，长胳膊，细腰，小头，小脸。头脸虽包着，但轮廓间透出娟秀的味道。有那么一瞬，王幸运莫名其妙地联想起一对白鸽般鲜活可爱的小玩意儿，翘翘的；手触上去，麻痒，仿佛被啄了似的。王幸运颤抖的手停在半空，胸闷，气喘，眼皮子跳。女人布满瘢痕的胸部，仿佛战争留下的废墟，千疮百孔，让他有惨不忍睹之痛。王幸运再次感到自己就是那无所不能的上帝，只有他才能拯救女人的幸福。

手术没有预想的那么顺利，王幸运操刀的手老是神经质地抖。女助手不时提醒老师。提醒得多了，王幸运不高兴了。总之，这是王幸运做得最糟糕的一个手术。做完，他精疲力竭，大汗淋漓，待那女子刚被推走，他就瘫在了手术台前……

这其实是个不良预兆，事后王幸运的女助手回忆。但那时，谁能想到一向滴水不漏的美容大师王幸运会毁在自己的手术刀下呢？

一个月后，当女人的右乳愈加隆起时，被女老板领着找上门来——女人还是黑纱、口罩、墨镜，也难怪王幸运认不出她是谁。王幸运因将一丝纱布线头缝入女人的乳房，引发炎症，导致右胸溃烂。女人住进医院，不久被再度诊断有癌细胞。女人挣扎在死亡线上。女人的丈夫，也就是女老板的哥哥，是个著名律师，五年前有了外遇后，一直跟女人闹离婚。原以为患了癌症的妻子活不了几天，不成想对方死里逃生。男人决定帮着妻子打赢这场官司，替她讨一笔赔款，算作分手的礼物。

这起官司有根有据，不算复杂，但却成为该市最为轰动的新闻。因为它包含了一个颇有价值的由头，那就是：患者不是别人，而是曾与王幸运有过亲密接触的舞蹈演员刘小娥！

看起来，小娥从一开始就知道给她做手术的人是谁。对于这一点，王幸运百思不得其解——怎么会是小娥？卡佳关于小娥的种种说法究竟是真是假？

总之，一只乳房让王幸运二十年的心血付诸东流。医院没了，他本人也进了监狱。王幸运以过失罪被法院判处有期徒刑三年。他没有上诉。都说沉默是金，王幸运的沉默中有着太多太多的无奈和善良。

入狱那天，警察送来小娥病逝前在医院写的一封信。其实是个字条，字条上有一句话："大哥，对不起了！"

2004年3月于乌鲁木齐大湾

向日葵

　　孙月花入狱有半年了，这半年我每天都会想到这个人。无论是坐在电脑前，还是站在公共汽车上，孙月花的影子时不时在眼前晃动。有两次我硬是坐过了站，还有一次险些遭车撞，惊得一身冷汗。孙月花就像一块石头压得人透不过气来。我曾经打电话给我的文友，试着同他们谈谈她，但所有人都那么冷淡，男人们打哈哈，女人们除了嘲弄就是讥笑。看来孙月花的入狱除了掀起一场庞大的舆论外，并未引起多少人的同情，连与她有染的男人也纷纷躲了起来。

　　按照常理，人们大概以为我会幸灾乐祸。是的，我曾经那样地厌恶孙月花，但打从北京回来后，我就彻底地原谅了她。望着这座我所熟悉的孙月花流浪奋斗了几年的城市，我甚至觉得这世界待她太不公平了。因而，我动了写写她的念头。但愿我的笔是公正的，我将站在第三者的立场上客观地讲述这个故事。为了孙月花，也为了更多的女文青不再做孙月花。那么，就让我们把北京作为故事的起点吧。

　　那天晚上电话铃响时，我正在北京一家宾馆的卫生间里洗浴。窗台上一炷茉莉香已燃了大半，幽幽的香袅袅散开，一股股地没入牛乳般浓稠的蒸汽中。电视上演奏的柴可夫斯基的大提琴曲《旋律》似乎也近了尾声，滑向寂静舒缓。我知道夕阳已收尽，迟归的鸟儿正驮着昏暗的天光匆匆回巢。我该安歇了，明天我将飞离北京。

所以我根本就懒得理会这个十有八九是来骚扰你的电话，它响上一阵儿会自感没趣。果然电话铃声停止。可是稍顷又大响不止，那份紧促那股气势就像横扫街道的不可阻挡的警笛。顿时，我就有了一种不祥的预感，在北京我熟识的人不多，会是谁的电话呢？冯频？我披了浴衣冲到电话机前，抓起话筒。还未站稳，就听到一声不寻常的喘息，接下来是一个男人沙哑的声音，他问："你是赵老师吗？"我说："是。"这时我听出是周健的声音，他说："孙月花找到了，在北京，她、她……她杀人了！被公安局抓了！"我的心"咯噔"一下，电话断了。

一个文学女青年怎么会杀人？！我抬头向窗外望去，外面在下雨，雨很大，哗哗啦啦；风撕扯着园子里的树木，一棵折断了头颅的向日葵摇摇摆摆，有些痛不欲生，无依无靠，它们能挺得过这场风雨吗？我换上睡衣，等着电话再打过来，但孙月花的丈夫周健再没来电话。而我，亮着灯等到天亮。

我认识孙月花缘自她的一篇小说。那是几年前了，我无意中在一堆准备处理的废稿中发现一沓写着密密麻麻小字的教案纸，字体很工整，连破折号都是用直尺打上的，封面还画着几棵向日葵，样子挺幼稚。编辑部的同事传看着，有人说："又一傻叉青年。"大伙儿都笑了。那时候人们喜欢把热爱文学的青年称"傻叉"，是说他们一个个过于认真和执著。

"傻叉"这个称呼当然有失文明，但细品味还怪亲切可爱的。要说哪一个大作家不是从"傻叉青年"混出来的？那几棵向日葵最终诱使我看了那篇小说。本来完全是无心的，没想到看着看着，竟沉了进去。我看见一个被大山深锁的小村庄里，一位当了多年民办教师的老人卧病在床。这个村子因了它的封闭与落后，近亲结婚的多，弱智儿童多。老教师临死前深感不安的是，他班里还有最后一个孩子没有学会画向日葵。那个春天，懂得父亲的女儿在园子里种了一片向日葵，在她的帮助下，秋天来临的时候，这最后一名弱智儿童也学会了画向日葵，老教师含笑合上眼睛……读完这篇小说，我鼻子一阵发酸，眼前飘忽起一片金黄的向日葵。冲动中我向主编提议能不能撤掉《文学新地》上的一篇小说，把这篇换上。花白头发的主编瞪了我一眼说："就按你的指示办。"于是小说发表了。没想到这篇小说竟引起反响，我的一位名叫刘白杨的大学同学来电话说他要写一篇评论。我自然高兴，小说是我发现的，我是伯乐嘛。按照稿子上的地址，我把杂志寄到玉林县向阳村小学一个叫周健的人那里。不久，叫孙月花的作者来信了，信中再三表示感谢，说有机会希望我能到山里转转，他们那里漫山遍野种着向日葵……

机会很快来了。秋天到来的时候，寂寞一夏的诗人作家们个个露出不安分状，要求编辑部开一个组稿会。说是组稿会，其实大家心里明白不过是为了聚聚，玩玩儿。这年头儿就数文学刊物穷，穷到为买一个电热水器都要讨论几次，最后主编说："我看大家还是自己克服吧。"从那以后，每个编辑上班时都自带一大茶缸水。想想经济如此窘迫，编辑部怎能去搞些锦上添花的事呢？这时，我那位刚刚从学院辞职下海、曾为孙月花写过评论的同学刘白杨豪爽地站了出来，对我们主编说："老牛，这事你别太忧心了，我给你去找番茄酱厂赞助，怎么样？"牛主编连说"好啊好啊"，刘白杨笑道："不过提成你得给我，这个数。"说着他竖起两个指头。牛主编有点儿感激不尽，说："行啊行啊！"两天后，刘白杨来电话说一切敲定，到玉林县开组稿会。我一听高兴极了，刘白杨这家伙还真行。老实说，平素我与他极少来往，是因为同他妻子孙梅（也是我的大学同学）过去的恩怨？我说不清。刘白杨属于那种天分较高的人，近年来挺活跃，出过两本集子，但他为人太过张扬，并且尖刻，咄咄逼人。这大约是当代评论家有意培养的一种素质，只是影响了他走仕途。我对刘白杨的第二个不良印象是好色。大凡男人都是好色的，刘白杨表现得有些贪婪了。男人能做到好色而不贪色还算明智。刘白杨显然缺少评论家应有的缜密思维，他在女人的事情上总是弄得一团糟，外面花边新闻不断，家中战火连绵。两年前听说他与本市歌舞团一名演员有染，去年听说他又与市电视台的女主持人交往密切。这对他的公众形象略有损害，幸亏他是文人，文人有点故事才算文人，何况他是本土长出的一棵"小白杨"，人们同他的妻子这么一想，也就一而再再而三地宽谅了他。

我的话扯远了，因为下文中还要提到刘白杨，为了让各位对该同志有个更全面的了解，所以我先作个交代。现在言归正传。

那次笔会气氛之热烈如今我已无法准确地描述，因为我同所有人一样从头至尾都沉醉在草原浓浓的马奶酒香中。但有一点我们谁也不会忘记，我们平生第一次骑上马唱着歌像牧人那样，在无边无际的大草原上驰骋；我们平生第一次大块吃肉，大碗喝酒，不醉不归。每到一座蒙古包前，都有身着美丽长裙、面色红润的姑娘相迎。她们高擎盛满烧酒的银碗，唱着动听的歌儿，没完没了地祝福你，那种真切、热忱令你找不出任何理由拒绝。你只能满碗地喝，没命地喝，喝晕，喝倒。男人们最后都是赤膊上阵，只穿一条裤衩，那位从番茄酱厂来的业余诗人老丁是上海人，不习惯这样，一帮人硬是把他摁倒在地，扯去背心。想想那次大家真是玩儿疯了。正好又赶上过中秋，为了迎接我们这些上面来的文人，县里专门搭了个简易舞厅，插上彩旗。吃罢晚饭当我们走进舞厅时，已有一群姑娘花蝴蝶似的飞来飞去。县政府一位负责接待的官员自豪地说，她们是从全县选拔来的美女。玉林县不大，更不富裕，但就是好客。人说小小玉林两件宝，出产美女和美酒。众男士一听这话，两眼放光，探照灯似的扫过去。刘白杨扫过之后问："那个孙月花来吗？"我说："发了通知，想必她会来的。"

接下来舞会开始了。男人们就像一群饥渴的蚊子，一会儿扑向这个，一会儿又冲向另一个，直跳到月亮偏西。待大家出去透气时，才发现外面在下小雨，雨中立着个人儿，是孙月花。孙月花黑黑的，很结实，一双眼睛也是漆黑的。她穿着一条略显瘦的红花连衣裙，背个花布包，裙摆和半高跟白皮鞋上布满泥点。看见我们，她有些慌乱。刘白杨第一个走上前，但孙月花并不认识他，孙月花带着点羞涩说她要找一位姓赵的编辑。我说我就是，孙月花惊讶地看了我一眼，"呀"了一声，说："没想到还有这么年轻漂亮的女作家。"这话我爱听，也许正是因了这句话，我在心里轻而易举地就接纳了她，并接纳了她那一口土得掉渣的玉林话。我这个人对声音很挑剔，常常因为声音的缘故我会莫名其妙地被感动，当然，因为声音的缘故我也会毫无道理地不喜欢一个人。这就是女人的逻辑，不讲逻辑的逻辑。孙月花在我完全是一次例外。我热情地拉她进去跳舞，孙月花羞答答地说她不会跳。我就对刘白杨说："孙月花交给你了，你一定要把她教会。"刘白杨喜上眉梢，上前就拉住孙月花的手。可两人刚走进大厅，乐队就落下最后一串鼓点，乐声戛然停止。

许多年后的一天，孙月花在我家里聊天，提起这事才对我说，那时她在村上一个私营服装厂打工，为了参加笔会，见一见她崇拜已久的作家诗人，她硬是旷了两天工（要请假没门儿，老板很头疼这个"文学傻叉青年"）；而为了参加这个舞会，她不惜拿出半个月工资，买了一双高跟皮鞋，还向邻村的女同学借了一条连衣裙，并用火钳子烫了刘海儿。只可惜那天她从家里出来，走了三十里山路，一场大雨把她的菊花刘海儿洗得荡然无存了。

孙月花猛一瞧不属于那种机灵女人，但挺活泼，爱说话。孙月花跟我说，她母亲在她五岁时跟人私奔了，她是当民办教师的父亲带大的。父亲把所有的爱都给了她这个独生女儿，省吃俭用供她念书。她是向阳村唯一一个高中毕业生，几乎每个月父亲都要到县城中学给她送一袋葵花子吃，因为她有个瓜子不离嘴的毛病。但她竟然没考上大学，她说这是她最对不起父亲的地方。孙月花从小学到高中一直是个成绩优秀的女孩，尤其在理科方面，她显示出超人的智慧，同学们称她"化学脑袋"。但上高三那年，她瞒着父亲突然转到文科，这使老师和同学大为不解。班主任找她谈话，她坚定地说：

"我想当作家。"

孙月花想当作家的念头萌生得极突然。那是暑假里一个炎热的下午，父亲夹着书本到小学校去了，空落落的土屋留下她。家里没有电视机，小收音机是坏的。她一个人待在土屋里，翻翻这，看看那，十七八岁是个无缘无故就忧伤的年龄，她对着园子里一棵歪脑袋的向日葵盯了半天，又仰着脖子追随一只鸟儿到很远，最后躺倒在床，对着糊着报纸的屋顶卖起呆来。突然，她看见发黄的旧报纸上的那篇文章：《作家叶子》。她睁大眼睛吃力地看完文章，才知道叶子是个上海知青，在云南插队数年，做过胃部切除手术，但他在繁重的劳动之余，刻苦写作，终于成名……从那一刻起，"叶子"这名字就烙在了她心里，为了买到他的书，她特意到县城的小书店跑了一趟。她一连几个晚上躺在床上读这本小说，村里每天晚上十二点断电，于是她就点着煤油灯，直至天明。在那些虫吟蛙鸣分外沉寂的夜晚，她笑了又笑，哭了又哭，完全陷入小说的情境中。接下来，她开始读《战争与和平》《安娜·卡列尼娜》等。每天她比父亲起得还要早，太阳没露头，她便洗过脸，端只小板凳，坐到了爬满牵牛花的篱笆墙下。深紫、浅粉、桃红的牵牛花在晨风中散发出淡淡的苦香，萦绕在身后；蝴蝶、蜜蜂飘飘洒洒的样子，在花叶上翻飞，时光就这样静静地从那书页间滑过。午后读累了，她就躺在老梨树下的一张草席上闭目小憩。这时，安娜·卡列尼娜着一袭黑裙朝她姗姗走来，样子哀婉。她不由得流下眼泪。那个暑假，她过得温馨而痛苦，新学期到来的时候，她变得瘦削而衰弱，几乎背不动书包了。

那个黄昏，她背着书包从家里返校，看见一大片向日葵在夕阳下起舞，绚烂的金黄中透出一种凝重的血色，她忽然晕倒。她依稀记起母亲与那个戏班子拉琴的男人就是从这里挽着手跑去的，向日葵在他们身后疯舞。她对着他们的背影大声喊："爹呀，快来！娘和那人跑了！"母亲似乎回了一下头，脸上有泪痕滑过。他们就那样跑到了天边，与向日葵融为一体。母亲出走那年她五岁。从此，她常常看见父亲一个人立在地头，呆望那片向日葵。这是父亲种的向日葵，父亲年年种，却并不去收获。秋天到来的时候，总有一些学生三五成群地把它们掰去。那天，她站在地头，望着一片海洋般浓烈的金黄，说不上为什么，泪流不止。她也很想写一部小说，书名就叫《向日葵》。这个念头一经产生，竟让她的未来整个儿改变了。高考前夕的孙月花几乎放弃了所有的功课，她完全不像一个要参战的学生，倒像是一位专业作家，完全沉浸在创作的狂热中。她茶饭不思，没昼没夜地写起长篇来。无论谁来劝阻，都没一点儿用处。

落榜是意料中的事，孙月花一点也不吃惊。吃惊的是她的父亲，他不知道他这宝贝女儿何时变成了"文学傻叉青年"。孙月花的长篇小说自然是没有地方出版的，这对她打击很大。她夜夜抱着砖头厚的小说，一句话不肯说。父亲急了，一气之下把那"砖头"投进火炉……

那天夜里，孙月花把她的故事叙述到这里，突然想起什么似的，一骨碌从毡炕上爬起，拉开门。外面雨停了，借着月光，可以看见门前不远处有一个细长的影子在晃动。孙月花礼貌地对我说："请你稍等，我去去就来。"我看见孙月花跑到那个影子跟前，说着什么。那人把一包东西递给孙月花，拉住她的胳臂。孙月花推开对方，摆摆手，示意他走，而后跑了回来。"是表哥，接我回家的。我让他再等一会儿。"她说。我说："你让他进来嘛。"孙月花说："他怕见生人！这个死脑筋，他倒是记着给我带了雨衣，可自己的衣服全弄湿了。就让他在外面站着好了，反正我一会儿就回去。"我说："好吧。"谁知那天夜里我们聊着聊着就忘了时间，忘了外面还站着个人。天蒙蒙亮时，我们都倒在炕上睡着了。直到刘白杨来敲门，我们才醒来。孙月花急匆匆地朝外跑，看见前面弯曲的山道上正一拐一拐走着个穿蓝衣服的矮个男人。真是委屈了，这么厚道的表哥。孙月花大大咧咧笑着说："没事！我表哥熬夜熬惯了，他是老师。"我说："不会是你的恋人吧？只有热恋中的人才这么执著傻气呢！"孙月花听了一笑。初次接触孙月花，我有两个印象，一是她有灵气，艺术感觉较好，这对一个搞文学的人极为重要；二是她淳朴热忱。孙月花不说话时长相实在一般，但一说话就笑，笑起来甜美无比，让你仿佛跌入幽泉，倍感清爽。她的眼睛不大，可总有两颗小星顾盼生辉。每当她笑的时候，眼睛里的星儿就活蹦乱跳，格外生动格外幸福的样子。我终于总结出：这世上有两种女人是最美的，一种是目光忧郁、面部清俏的女人，她们通常眸子幽深，朱唇紧闭，有着贵族似的病态的苍白和高傲。她们与生俱来有一种艺术气质。另一种则是那种阳光一样透亮、泥土一样清新、山泉一样活泼的女人。前者以冷峻摄人魂魄，后者则以热烈感动你。严格意义上讲，我们生活的圈子里，这两种女人都不多见，绝大多数女性生来就是做妻子、母亲的料，她们早已丢掉了第一性的问题——如何首先做个女人。对不起，又扯远了，我们还是回到孙月花身上吧。

孙月花无疑就是一股山泉，她朴实大方和无所顾忌的样子令与会者耳目一新。无论男人还是女人都喜欢她，"月亮花、月亮花"地招呼个不停。那两天孙月花"咯咯"的笑声始终伴随着我们，天高云淡，野花芬芳，加上有那么一个姑娘，想想，这世界该有多美妙。那两天，刘白杨显得比往日快活多了，三七开的分头梳得溜光。

那时，我们谁都以为孙月花还是个姑娘，小姑娘，这一定令不少男士想入非非，我猜想。但直到后来路过孙月花的家，才知道她有家有孩子。这是一件偶然的事，向阳村有我丈夫的亲戚，临行时，丈夫让我给老人带一些中药去。那天已是晌午，参加研讨会的代表们下午三点要回市里，中间有三小时。我想起孙月花是向阳村人，便请她为我带路，她抱歉地说她只能把我送到村口，因为她要回服装厂。我对她的热情深表感激。路上，孙月花从包里拿出一双黑布鞋换上，说是好走路。她步履轻捷，一路向我讲述关于山里的传闻，爬坡过沟，还细心地上来搀扶我。把我送到村口的一片葵花地前，她站住了。我拍拍她的肩，说："你悟性很好，努力写作，会成功的。"她点点头，笑着向我挥手，一脸明媚。走出数米，回转身，见孙月花还站在原地，那一刻我生出一种感觉，孙月花就是向日葵，向日葵就是孙月花。灿烂的向日葵成为一道永远的风景嵌进我的脑海。

我原以为这就是我们此次的别离，这种别离倒是比较符合我的审美心理，有股子诗意的婉约。但，万万没想到两个小时后我们又一次的突兀见面竟将此前的一切打破。这次见面十分难堪，我和她都深感意外。离开丈夫的亲戚家时，亲戚热情地说你们城里人走不惯山路，给你借匹马来，送送你。于是，我就跟着亲戚来到村口小学校旁的一户人家。刚走近院落，就听见一个女人的哭骂声："……呜呜，谁让你去那里找我！你不嫌丢人呀！你看看，孩子病成这样，也不去看医生……呜呜，都是你把我毁了！毁了！""咚！"的一声，似乎是孩子滚到了床下，一阵婴儿尖利的哭嚎传来；接着是一个苍老声音在吼："月花！你太狠心了！""我恨！恨！我受不了！呜呜，爹，你就让我走吧！权当没我这个女儿！"是孙月花变了调的声音。接下来就有一个披头散发的女人冲出门来，她一抬头愣住了："赵老师?!"

我惊愕地望着她，说："这是怎么啦?"孙月花咬了咬嘴唇，一下跪倒在我脚下，哭道："赵老师，求求你，带我离开这里吧！"

我当然不能带她走，无论我有多么同情她，我都不能去拆散她的家庭。孙月花的日子显然过得窘迫，两间土屋已破败不堪，屋里潮湿阴暗，散发着一股霉酸味儿。她的患肺气肿的父亲已卧床两年，为了治病，花光了家中有限的积蓄。除了两张土炕和几只木凳外，几乎见不着一件像样的家具。在靠近窗户的一端，有个土块垒起的半人多高的土台子，台子抹得溜光，台子上散乱地放着纸笔和小油灯，这大约是孙月花写作的地方了。走到台子前，我特别抬头注意了一下屋顶报纸糊的顶棚，灰黄中有一圈明显的黑晕，这是孙月花熬夜的印证。黑圈旁有一篇文章标题醒目：《作家叶子》。孙月花的作家梦就萌生于此。当一个寂寞的女孩望着她生活中这片自由的天空，当一个孤独的女孩夜夜捧着小说在煤油灯下读着人间那些悲欢离合时，她的心就像一叶小舟，会随风飘到任何一个她向往的地方。在我的劝说下，孙月花当时倒是留下了，但我相信她的心从此将不再安定。因为我知道文学青年是一批苦闷的青年，不安分的青年，文学女青年的思想更如流泉般爱涌动，如岩浆般易喷涌。我的判断来自孙月花的特殊婚姻。

那个被孙月花称之为"表哥"的男人不是表哥，而是她的丈夫。他叫周健，生得矮小清瘦，一副老实巴交的模样儿。那天我在他家里，看他抱着个婴儿，笨拙地哄着，急得满脸是汗。女婴很瘦，两手抽搐着，有了明显的病态。里屋，传来民办老教师粗重的呼吸和吐痰声。这样的场面，是令人不安的。从孙月花的哭诉中，我得知她是为了父亲才结婚的。她落榜后，父亲老病复发，生命垂危。拯救父亲生命的唯一办法就是把他送进县医院。孙月花没有钱，她第一个就想到了向表哥周健借。周健和她是初中同学，待人厚道，按照过去的说法大约称得上青梅竹马。周健初中毕业的那个夏季为了上树给她掏鸟窝，摔折了腿，整整养了半年，耽误了上高中不说，此生还落下残疾，只好留在了村上。那时孙月花的姨妈已去世多年，姨夫还活着，一心盼着儿子出息，没想到落得这么个结果！孙月花的姨夫是个自私狭隘的农民，他从此恨上了孙家父女，不许周健再同这门亲戚来往。随着年龄的增长，周健的婚姻大事显得日益紧迫，儿子在这巴掌大的村子里虽然称得上秀才，但这年头儿姑娘们不认文化更认钱，何况说白了周健还是个残疾人呢。为了给儿子挣一笔成家的钱，孙月花的姨夫到离村很远的一座煤矿上下苦力，钱是挣了一点，谁知竟在一次事故中把老命也丢了。给周健的父亲办丧事时，孙月花和父亲去了。那次她哭得比谁都伤心，她说都是她害了周家。不久周健就到孙月花父亲的小学校当了民办教师，但他的性格发生了很大变化，不再像过去那么热情快活，他常常独来独往，见了孙月花也装作没看见，孙月花几次请他到家里吃饭，他都冷冷地拒绝了，这令孙月花伤心又气愤。倘若孙月花能够顺利地考上大学，或许她已淡忘掉这个少年时的伙伴，但她偏偏也回到了这个村子。失落中的她对周健的心态有了更贴己的认识，想到他自小带她下河捞鱼上树抓鸟高粱地里捉迷藏青草坡上放风筝；想到他于无数个周末陪伴她在学校出板报，板报出完后，又一声不响地背着她的书包和她走二十里山路一同回家；想到他和她走过的那银灿灿的沙枣林，紫茵茵的苜蓿地，想到他身上散发出的那股她熟悉的汗味儿，孙月花竟然鼻子发酸，热泪涌流。她怀疑这是不是就是爱？可是她又从来没有想过她会去嫁给他。爱一个人和要嫁给一个人有时是不大一样的，尤其对孙月花那么一个女孩儿。我很能理解孙月花。孙月花决定嫁给周健最直接的原因是那三千块钱。周健听说孙月花的父亲要住院，二话不说就拿出钱来。待到孙月花的父亲出院时，周健父亲留给他的钱已全部借尽。于是就有了这样一个傍晚，孙月花来到周健的住处，对躺在床上发呆的周健说："表哥，我知道你准备娶亲的钱全搭在我爹身上了，你就娶我吧，我给你当老婆。"说完，孙月花脱去蓝底白花的短衫。面对女人饱满鲜活的肉体，周健竟然吓得面色苍白，嘴唇颤抖。是孙月花逼着周健要她的，孙月花向我坦陈。从这一点看，孙月花的确是个不简单的女孩。但要说她工于心计也不是，我倒觉得她蛮善良，知恩图报，她嫁给周健还不仅仅是因为钱。这从她要孩子这件事也可以得到印证。她嫁给周健是瞒着父亲托熟人开的假证明，父亲是坚决反对他们近亲结婚的；要孩子也是她自作主张，因为周健喜欢孩子。总之，在这场婚姻中，孙月花为自己考虑得太少了。

我回到城里不久，就收到了孙月花寄来的小说和信，她说老板因为她参加笔会耽误了活儿，将她炒了鱿鱼；还说她待在家中写一个长篇。孙月花寄来的短篇小说题为《渴望有张桌子》，写的是在一个偏远贫穷的小山村，有一个酷爱文学的姑娘，因家境贫寒，一直买不起一张书桌。家中有一张油漆剥落的破旧的小炕桌，儿时是她与哥哥的纷争之地，她常常在哥哥的拳头威胁下捧着作业本转移"战场"。大水缸的盖子、窗台、灶台、床板……都留下过她的欢乐和泪水。转眼间小姑娘长成了大姑娘，她进了一家县上的服装厂工作，望着经理室那宽大的老板桌，她是多么羡慕啊！她不甘心就这么做一辈子女工，她要奋斗，于是缝纫机的机板又成为她暂时的书桌。她伏在机板上写得如痴如迷，竟忘了做活，结果一次次地被老板训斥，弄得她好不容易找到的一份工作也失去了……从此，姑娘只能伏在家中的土台子上没日没夜地写啊写啊，可是寄出去的稿子总是石沉大海。绝望中已不再年轻的姑娘告诉父亲她要结婚，谁能送她一张书桌她就嫁给谁。于是，第二天村里一个比她大十多岁的光棍弓腰背着一张木桌送上门来……"这是孙月花本人的经历吗？"主编看了小说后问我。我只好向他们讲述了在孙月花家的所见所闻。我的同仁们甚是同情。自古以来，文人就有个毛病：好打抱不平，且滥发慈悲。连着两期我们的刊物都发孙月花的小说，第三期则是刘白杨的评论，孙月花一时小有名气。细想想这对一个初学写作的青年人并不合适，但那时我们这些编辑只顾自己的情绪，就像一些行善者施舍后会感到快活一样，同样我们也需要找到一种方式证明我们的正义感和同情心。

接下来就有了那么一天，一个我意想不到的雨夜（雨夜在我的生命历程中已成为一个特殊的时刻，和一种难以抗拒的预示）。孙月花的小说发表后，我给她寄过两本，还认真地写了一封长信，劝她好好生活，及时带孩子治疗，来城里可以住到我家。信的末尾我好像介绍了一下我的近况，我说编辑部人手紧张，某某在北京要接着读研，一时回不来，所以目前我暂时还不能去文学院进修……我的这封信显然触到了孙月花的兴奋点，孙月花满脸雨水背着简单的行李匆匆地来了。那天夜里我正在电脑上给一个文友写信，女儿小荷已经睡了，我的丈夫像往常一样关着门在客厅里弹钢琴。写到这儿，我想我有必要向读者朋友介绍一下我的丈夫，不，前夫李奇先生。聪明的读者从故事的开头大概已预测到点儿什么，我这个人不会制造悬念就像不擅长包装自己一样。总之，李奇先生在这个故事中是极其重要的。

李奇先生今年三十八岁，是一所艺术学院的副教授，本市著名的青年钢琴家。他不高不矮，五官嘛，该大的不大，该小的不小，您可以随意想象；他大约三十岁就荣幸地谢了顶，本来这算个不足，没想到架上一副深色宽边眼镜，竟令他格外的不俗，光亮的脑袋更接近国外那些音乐大师了。李奇有一双值得称道的手，你见了绝对会赞叹。李奇先生张开两只手曾不止一次地向我感慨："啊！一双多么奇妙的手！它生来就是为艺术而存在的。不，它本身就是艺术！"我说："如果你今天还待在农村，它不照样在抡锄头把子吗？"李奇家祖祖辈辈都是农民，李家坟头上就长了他这么棵灵芝草。李奇认为我说这话太恶毒，又在影射他的过去，还说我是揭疮疤战斗队的队长。其实，我毫无揭疮疤之意，我只是对李奇有看法。当年李奇在他们县上中学，一个当右派的音乐教师十分欣赏李奇和另一个女同学的乐感，音乐老师家里有一架旧钢琴，李奇和那个女同学每个周末都到老师家学琴。老师离过婚，独身一人，没有子女。有一天，李奇进门，看见老师正抓着那个女同学的手练琴，他吓坏了，上气不接下气地跑到校长办公室，说："陈老师是流氓！"在当时这显然不是一件小事，老师受了处分，被罚到很远的一个矿上劳动，女同学也无颜见人，高中没毕业就退了学，后来得了抑郁症，服毒自杀。而李奇呢，考到了上海音乐学院。李奇对我说这一切时，是在我们婚后的第三天，当时我就愣住了，我真的很同情那个老师和女孩儿。是李奇毁了这二人，或者说，是当时的社会。尽管李奇一再表示内疚，我亦表示理解，但我至少觉得他是一个冷酷无情的人。这种人很危险，一旦遇着合适的土壤，就会萌生出思想的毒苗。

我这个人疾恶如仇，是不是搞文学的人都有这样的偏激。总之，我和李奇的婚姻从此布下了一张可疑的网。生活的烦恼和琐碎时不时地牵动这张网，让我们去透视对方。如果不是那位酷爱艺术园丁般辛勤的音乐教师，他李奇一个头顶高粱花子的乡野小子凭什么步入上海滩的高等学府？今天他又凭什么坐在神圣的音乐大厅接受众多的鲜花和掌声？如果不是他当年那一纸证词，暂不提那位老师，那位姑娘会不会今天也成为一位钢琴家呢？

李奇对我不满的地方也不少，比如他不喜欢我过于随意地与人交往，对我常常不打招呼地把作者带到家中，吃光了他买回的饭菜尤其深恶痛绝，还对我热衷于和文友聚会表示深深的忧虑。他说："你吃了别人的用什么还情？反过来还不是要让我请客吗?"我说:"请啊!"李奇先生说:"你以为我是有钱人吗?要有钱我早办音乐会了!"办音乐会是李奇一直以来的梦想。李奇一生气,就弹贝多芬的《命运》,有股子要同自己的穷命抗争的味道。

孙月花来的那个晚上,李奇心情不错,弹的是些热情奔放的俄罗斯民间舞曲。对交响乐和钢琴曲,我谈不上喜欢,李奇多次笑话我没层次。我说听不懂装懂那算什么层次?现在不少买钢琴的人就是故作高雅。李奇因此又得意地说:"所以说真正的艺术不是常人心能感受的。"相比较,我更爱古乐和民乐。听音乐不全是在欣赏,许多时候是在给心灵寻找一处栖息地。就比如说蒙古族、藏族和维吾尔族音乐,它们空灵又实在,总能让你找到草原大漠、雪域高原,找到蓝天白云和长河落日;无论是滑过月夜的马头琴,还是响在黎明的声声木鼓,以及摇过沙漠的清脆驼铃,都应和了我的心跳。那天夜晚我坐在书桌前听着那些俄罗斯舞曲,不知怎么竟生出感动。透过飘荡的音符,我看见一条铺满黄叶的小路,看见殷红的夕阳下一座古旧的俄式建筑,看见一扇拱形的窗,洁白的纱帘似鸽子鼓动的翅膀在向我召唤……顿时我心跳气喘,两眼迷茫,不由自主就循着那条小路摸去……

我轻轻地推开浅黄色的门,我悄悄地来到他的身后,我久久地凝视着他埋在风琴前的优美身姿和柔软而富有力度的十指,当他在琴键上落下最后一串音符俯身叹息时,似有如雨的花瓣纷纷洒落,将他覆盖。那些花瓣浓艳如血,美丽得不忍目睹,我想那该是他的血啊。我要用他的血将我的唇染红,我要我用染红的唇吻他,我多么想吻一下他啊!……"干什么?!"突然李奇大叫起来,显然李奇先生被我这个举动吓坏了。我睁开眼睛，捂着脸准备离去，李奇站起身拉住我。他问："你怎么啦？又头疼了?"我点点头，又摇摇头，我已经患了多年偏头痛，他知道。他搂住我，说："对不起，你好多年不这样了，我不太习惯。"

为了表示他的歉意，那天李奇拿出少有的温情。却在这时传来"咚咚咚"的敲门声。李奇惊得一跳，问："谁?!"有个细细的声音从外面传进："我是孙月花……"我立马穿上衣服去开门。李奇嘟哝一句："这么晚了来干什么？真是个傻叉青年!"关于孙月花的事，我对李奇说过。

打开门，就像第一次见到的那样，孙月花一身泥水，面色发青，灰色长裤挽到小腿，黑布鞋湿透了。我把孙月花迎进客厅，问她怎么这个时候才来，她放下挎包笑着说："班车在路上坏了。"她看见李奇后礼貌地打了个招呼："您好。"说着从挎包里拿出一袋干蘑菇放到茶几上。李奇嘴角弯了弯，扫了她一眼，就走出客厅。李奇对来我家的作者一向不友好。看到孙月花这副样子和她带给我的蘑菇，说真的我十分不忍。我问她吃饭了没有，她说吃过了。我想她一定没吃饭。我让李奇去做一碗鸡蛋面，李奇很不情愿，但还是去了。不一会儿面做好了，李奇便退至卧室不再出来。我看着孙月花小口小口地挑着面吃，生怕吃出声音的样子，笑了，问她家里人都好吗？她说都好呢。吃完饭，我想她坐了一天的车该累了，让她早点休息，就睡客厅。不想孙月花竟毫无睡意，她说有件事想和我谈，她就是为这事来的。原来她是想到北京参加文学院的培训，她说："赵老师，你把学习机会放弃了太可惜。"对于孙月花想去北京学习的这个要求我挺吃惊，因为她不过是个刚刚起步的文学青年，家在农村，又是那么一种境况，一年下来不说学费，就吃住也够她呛啊。我说："你又没单位报销，参加培训自己得花不少钱呢。"孙月花说："我已经把钱借好了，到了北京我还可以打工挣嘛！"我说："你父亲和周健同意吗?"她说："他们没意见。""孩子怎么办?"我问。她说："周健照顾。"我说："周健不容易啊。"她点点头，"嗯"了一声。

文学院名声在外，可以说是无数文学青年梦想的圣地，但其实也并非圣地，孙月花知道吗？我很想提醒她一番，甚至制止她去，但到底没说出来。你身为编辑，怎好向一个满腔热忱的文学青年指责培养作家的摇篮？见我半天不语，孙月花不解地睁大眼睛，问："你不同意我去?"我说："你想到哪去了，能出去学习提高是件好事嘛。"孙月花听了这话，眸子里两颗小星蹦蹦跳跳起来，她说："赵老师，你不知道我没考上大学有多懊丧，我做梦都想到大学堂里去坐坐啊！"望着孙月花热切的目光，我还能说什么呢，我拍拍她的肩说："行，明天我就同我们主编讲去，推荐你去北京学习。"

第二天吃过早饭我就带着她去编辑部了。主编也还干脆，说孙月花想去上学就让她先填张表吧。当我把表格送到孙月花手里时，她激动地一把抱住了我，说："谢谢赵老师！"那时已是九月上旬，各大学都已开学，孙月花又焦灼又激动，不敢在我家里久留，于是我托朋友帮她买一张硬卧票。孙月花从小手绢里拿出钱来给我，我没要。我真的很同情这样一个执著的文学青年，同情使我变得慷慨。孙月花感动地对我说："我永远不会忘记你对我的帮助！"我说："我帮不了你什么，文学的路很遥远也很艰难，想成功还要靠自己奋斗。"她两眼含泪点点头。我看她穿得寒酸，拿出李奇给我买的裙装送给她。孙月花穿上裙装，显得苗条了，漂亮了。她高兴地唱起花儿调，音色甜美，韵味十足。还真是一个聪慧女孩，如果给她一个好环境，她定会比城里许多姑娘出众。唱毕，她走到钢琴前，问我："你爱人是弹钢琴的？"我说："是钢琴教师。"孙月花惊羡地说："呀！太棒了！赵老师，我特喜欢钢琴曲！那天晚上要不是钢琴声我恐怕还找不到你家呢，我忘了你住几单元了，隐隐约约记得你好像说过你爱人是弹钢琴的，我就循着琴声摸来了。那天是你爱人在弹琴吗？"我说："是，他每天晚上都要敲上一阵儿。"孙月花不解地望着我，说："你怎么能用'敲'这个字眼儿？那是乐神的手在抚摸大自然啊！我可以看看钢琴吗？"我说："当然可以。"于是，孙月花掀开紫红色金丝绒。望着乌黑铮亮的琴面上映出的自己的影子，孙月花眼里露出一种激动与渴求，她似乎犹疑了一下，颤颤地伸出右手摁向琴键。顿时钢琴的低音部发出一声轰鸣，孙月花像小孩子一样"呀"了一声，回头冲我笑了。这时李奇先生回来了，看见孙月花站在钢琴前，他毫不客气地说："别乱动好不好！"孙月花吓得忙合上琴盖。

孙月花对钢琴的着迷大概就是从这个晚上开始的。

孙月花到京不久，给我来了一封信。看得出她挺兴奋，说他们每个同学都有指导教师，把她分给了某某大刊的一位颇有名气的老编辑；还说班里组织中秋赏月会，请了一些知名作家、诗人参加，晚会上她穿着我送给她的那身裙装，跳了一段维吾尔族舞蹈，引得满堂喝彩，许多男士都争着同她合影……看到这里，不知为什么我的心提了一下，凭着女人的直觉，这不是一个好信号。一个乡下姑娘刚到北京就大出风头，太不明智了吧？但接着我又否定了自己的看法，在今天这个时代，推销自己就像推销商品一样自然，过于谦虚有时还被看作一种无能。我不能要求别人都同我一样与世无争。我的同学刘白杨就曾批评我："你整天强调超脱，看破红尘，这其实很不符合人性，人的本性就是喜新厌旧。从某种意义上说，喜新就是渴望一切新鲜的事物，欲望就是追求，这没什么不好。一个人要是没了欲望，还活的什么劲？没了激情，艺术还有什么生命？"

收到孙月花信的第二天，我就给她回了封信，鼓励她好好学习，珍惜这次机会，因为我听说她每个月五十元的生活费都是周健和老父亲省吃俭用寄去的，真不容易。不久，孙月花回信了，说她有两个短篇小说被刊物的编辑看上了。那两家刊物虽不是名刊，但也是正经的文学刊物，应当说这是一个好消息，我去信祝贺她，让她小说发表后给我寄一份。但没想到从此就再没有收到过孙月花的信。有一天，我们编辑部那位在北京上研究生的同事打电话催寄工资，正好是我接的电话，我问他孙月花情况怎么样？那老兄一听我问孙月花，马上放低了声音，说："你还不知道吧？孙月花一个月前被流氓祸害了！幸亏被人发现得早，不然就没命了！"天哪！怎么可能呢？她不是待在学校吗？哪儿来的流氓？同事说："作家班管理比较松散，孙月花经济上有困难，听说她每天到公厕去打扫卫生，公厕离学校挺远，在城郊接合部，孙月花怕同学们知道，就在晚上偷着去，一个月下来能挣个七八十块吧。有一天晚上刮大风，天特黑，孙月花走出厕所不远，就迎面撞上两个流氓……第二天早晨，一个足球运动员在树林跑步时发现路上排污水的井盖只盖了一半，他朝下一看大吃一惊，立马到派出所去报了案。孙月花送到医院被抢救活了，公安局问她那两个人长得什么样儿，她一个劲儿地哭，你说冤枉不冤枉……"我问："孙月花现在情况怎么样？"同事说："听说学校让她回去休养，她还不干。"听了同事最后这句话，我沉重的心有了一丝轻松，这说明孙月花的意志并未被摧垮。

那天夜里我一宿未眠，噩梦不断。我一会儿梦见孙月花站在向日葵前那清纯的笑脸，一会儿梦见她躺在街上，披头散发，满身是血，衣服被扯成了碎片……我被惊得大叫起来，浑身冷汗。李奇翻身坐起，说："你这半夜三更的大呼小叫，怎么回事？"我捂着胸口说："孙月花……太惨了……"李奇不耐烦地说："又是孙月花！"我说："你知道孙月花出了什么事吗？"我把孙月花的事说了一遍。在我复述这一切时，根据我那位同事提供的情况，我的眼前不时晃过关于孙月花的一些镜头：她独来独往，每天第一个去教室，熄灯后最后一个回宿舍，没有人比她更勤奋更刻苦；她几乎从来不跟同学们一块儿吃饭，她总是趁食堂快关门的时候一个人去买两个馒头，同宿舍的一个女同学甚至还发现孙月花在吃被她扔掉的咸菜……学校有集体澡堂，但孙月花却从来不去那儿，她舍不得买一张五角的澡票，更舍不得买洗发香波……对我的叙述李奇毫无反应，我转过脸去，却见他早已入睡，头扭到一边……我愤怒了，这就是艺术家李奇吗？竟然如此地缺乏同情心！

思虑再三，我决定给孙月花写一封长信，人在孤独无援时最需要别人的关心帮助，偌大的京城，孙月花举目无亲，她是多么可怜！我措辞委婉地写好了信，并随信汇去了一笔钱，不多。然而不久信和钱都退回来了，信封上贴着一张薄纸：查无此人。没搞错吧？我立马给我那位同事打了个长途电话，同事说不知道啊，十天前孙月花还到他那儿借过钱呢。我说你赶快去她学校问问。两天后同事给我家里打来电话，说孙月花真的失踪了，行李也不见了。学校派人找了一周，还报了警，怀疑她是不是回新疆了。我几乎不敢相信这个事实，难道孙月花会寻短见？孙月花出走的直接原因是同宿舍那个扔咸菜的湖北女生说自己的饭卡丢了。那两天孙月花破天荒到食堂买了一次红烧肉，于是大伙儿便怀疑是她——她完全具备作案的条件和可能性。那个湖北女生平素就极看不起孙月花的寒酸，又十分嫉妒她的才华，加之孙月花刚刚出过事，因而发动全宿舍的女生对孙月花进行一次大搜查。孙月花的刚烈性格自然容不得这种人格侮辱，她与那个湖北女生打了起来。湖北女生逼迫她承认是自己偷了饭卡，还说只要认错饭卡可以归孙月花，但孙月花坚决否认。结果那湖北女生把她的枕头甩了出去。第二天大家起床时，发现孙月花的床空荡荡的，孙月花已不知去向。众女生一时慌了神，连忙到学校保卫处报案，学校立即派人寻找，又和新疆联系，未果。

事情到了这种地步也许就不了了之了，可这时候孙月花同宿舍的两个女生偏偏想去郊游，她俩向湖北女生借她那款式新颖的风衣拍照时，竟然发现风衣口袋里有什么东西，伸进手去大吃一惊，是饭卡！搞文学的人到底还存有一丝良知，本来她们也是很看不上孙月花的，不要说她那一口土里土气的方言让人听着难受，她腌制的那些咸菜满屋子酸味儿令人作呕；就说每个月的那几天吧，她用不起卫生巾也就罢了，还买不起一条管用的内裤？干吗老把那条灰不溜秋的布带子像旗帜似的挂来挂去？弄得一位她们崇拜已久好不容易请到的大刊主编一进门就挂到了耳朵上，丢人呐！本来是要进行一场颇为严肃的文学交流的，要探讨一番海明威、托尔斯泰的写作风格，或者罗丹老爹和梦露女士的情爱世界，但万万没想到出了这么一桩有辱全体女作家脸面的事！每每回忆这事她们就会义愤填膺。为了那次聚会，五名女生（排除孙月花，因为她无钱凑份子）筹划了整整一周时间，首先是把屋子打扫得窗明几净（这对散漫惯了的女作家们实属不易），接着是购买精美茶点和水果饮料，还特订了一篮鲜花。那位大刊主编刚刚访美归来，请的人很多，此次能将他请来要归功于小巧玲珑、财大气粗的湖北女生。一切都准备停当，就等着主编先生驾到，湖北女生还让其他几个女同学检查一下有没有什么纰漏，万一有不妥之处不就白费心了吗（大家做梦都想在大刊上发点东西啊）？然而谁都没注意到高悬在门上方的一根铁丝，没有发现晾晒在铁丝上的孙月花的"圣物"。那位身高体胖的主编微笑着向迎接他的女作家招手时，一低头竟像触电似的惊叫起来，退了出去。完了！五个女生大眼瞪小眼，都知道这个聚会被孙月花"砸"了。孙月花啊孙月花，你他妈的做女人做到这个份儿上，算什么女人？还有什么资格搞文学？那次孙月花被她们骂了一周才解恨。可是今天当两个女生看到那张饭卡时，她们过去的一切蔑视和仇恨都化作了深深的同情。她们原本并不打算把这件事捅出去，但她们终于忍受不了良心天长日久的拷打，再说对那位仗着丈夫有钱就盛气凌人的湖北女生，她们也着实反感。这种浅薄市侩的富婆来这里镀金，实在是有些附庸风雅，矫揉造作。于是她们向校领导作了汇报，学校对此很重视，让湖北女生进行深刻检查，并登出寻人启事，寻找孙月花。但孙月花仍然没一点音信。我曾写信给孙月花的丈夫周健，问孙月花是不是回去了，没想到一周后那个大山里的民办教师找上门儿来，问我孙月花到底出了什么事，家里也很久没收到她的信了。望着这个老实的男人，我不忍再骗他，遂将孙月花的事如实道来。男人听了悲愤交加，一脸冷汗。后来听说他离开我那儿就直奔火车站，踏上赴京的路。

大约又过了几个月，时值七月中旬，各学校都陆续放暑假，我的同事回来了。我问他孙月花有消息吗？说她丈夫到北京找她去了。他说在学校见着周健了，真可怜，没钱住旅馆，天天睡教室，结果还是没找着，孙月花怕是早不在了。我一下没忍住，涌出泪水。我恨自己当初为什么要支持孙月花去北京上学，离开大山的孙月花一定就像那些离开了泥土和太阳的向日葵。我始终不能接受的一种认知是，为什么作家只有到北京才能成"家"，远离北京就不能成"家"？在这里我要向那些一心想出去"镀金"的文学朋友们大声疾呼：回归吧！只有当你俯下头颅亲吻土地的时候，你才会嗅到生活的气息；只有你感激生活，你才会得到回报！辛勤的农民总是在自己的土地上收获喜悦的。作家应当具有本土意识，充分发掘自己脚下的金子。

我忘不了那个苦夏，一滴雨没有，持续的高温天气令我口舌生疮。数天来，我坐在书桌前心神不定，脑子里不断晃动着孙月花，我的心快被炎炎烈日烤焦了。突然有一天傍晚老天爷阴下脸来，大雨滂沱。雨水竟带来了孙月花！披衣开门时我惊愕地叫了起来："你从哪儿来?!"黑黑瘦瘦仿佛变了个人似的孙月花神秘一笑，叫了声"赵老师"就来握我的手。她的手冰冷生硬，鸟爪一般，头发乱蓬蓬湿漉漉，两眼迷迷蒙蒙冒着寒气，宽大的黑裙子晃晃荡荡，稻草人似的令人生疑。我不由得要抽出手来，孙月花却更紧地抓住它们，两眼直视我说："看把你吓的！我又不是鬼！"弯弯的嘴角，两颗尖尖虎牙，是孙月花，那个天性快乐的孙月花，可一口纯正的京腔分明又不是孙月花的声音——过去那土里土气的方言。我疑惑地望着她，问："你回向阳村了吗？周健到处找你呢！这么长时间怎么连个音信也没有？"孙月花歉疚地说："我这不刚从家里来嘛，在北京时我是想给你写封信来着，可一直瞎忙……"我将她让进屋去，孙月花顾不上洗脸就打开旅行箱，拿出一盒精致的化妆品送给我，说："赵老师，这是我在王府井给你买的，你这样的女人是该有一套这样的化妆品的。"我接过化妆盒，笑道："孙月花，这半年你藏到哪儿去了？"孙月花说她在北京一个新加坡华人办的影视公司工作，一个月两千块，此行是准备在新疆谈笔业务的；还说她有一部长篇要出版。我暗叹孙月花真行啊。

　　孙月花的到来，又令李奇婆娘似的吊起了刀把子脸。他嫌孙月花不洁，说她那么多的钱干吗不住酒店？孙月花大约看出了李奇的不快，第二天就搭了辆红色桑塔纳走了，说朋友在天海大酒店要为她接风。天海是本市唯一一家五星级宾馆，我和李奇听了大眼瞪小眼。

　　一周后的一个晚上，我准备睡觉，突然接到一个男人的电话，男人用他粗哑的嗓门喊道："你是孙月花的朋友吧，快来交通医院，孙月花大出血！……"天哪，孙月花出车祸啦？我叫了辆出租车赶到医院时，孙月花已被抢救过来。年轻的女医生告诉我，孙月花流产了。孙月花醒来后哭了起来，说："赵老师，对不起，我骗了你……"我这才知道，孙月花这些日子一直在一个派送广告公司打工，每天没黑没白到处奔波，她哪里是北京什么公司的职员。我把孙月花接回家，从菜市场买回一只老母鸡炖上。李奇先生对我已毫无办法，只好嘲弄地说："赵老师不仅具有为他人做嫁衣的牺牲精神，还毫不犹豫地当起了文学女青年的婆婆。"这回孙月花住了五天。这五天，其实不是我照顾她，而是她照顾我们，一日三餐为我们做饭，打扫卫生，我再三劝阻也没用，只好由她去吧。家里一下变得窗明几净，那几盆将死未死的花也被她拯救过来，显出青翠的颜色。当我们一家吃着孙月花做的千层饼和玉米粥时，李奇先生第一次露出笑脸，样子深沉地说吃着这千层饼，他就想起了故乡和母亲。他总算放下艺术家的架子同孙月花讲话了，这使我轻松起来。孙月花在我家还洗过一次衣服，她把李奇的白衬衣和演出服熨得平平展展，这使李奇大为感激。为了表示这种感激，李奇慷慨地为孙月花弹了几支曲子，孙月花站在李奇身后脸儿微红着，两眼炯炯放光。

晚上，孙月花有写作的习惯，她趴在我的书桌上写着写着，有时会突然停下来，情不自禁地抚摸书桌，扭头对我说："这桌子好漂亮，洁白铮亮，将来我也一定要买一张你这样的桌子，窗台上呢放一盆小向日葵。电脑呢就算了，我这人笨，学不会，还是手写……"我乘机说："你在北京待了这么久没去学学？现在作家手写的不多了。"孙月花马上低下头不说话了。孙月花与北京，在我一直是个谜。一天，孙月花的丈夫周健打来电话，孙月花神色慌张，支吾了几句就把电话挂了。我问她是不是家里有什么事，父亲的身体怎样了？她愣了半晌才说父亲半年前就病故了，她要同周健离婚。我大吃一惊。孙月花说她已经无法适应山里的生活了，比如没地方洗澡，还有那肮脏的旱厕；更无法忍受周健，周健几乎每天晚上都要和她做那件事，每次都要把她折磨得死去活来，不管她是不是来月经。因为她有过一次遭人强暴的悲惨经历，她对他的举动就深感厌恶，她还嫌他脏。但周健死活不肯同孙月花离，他认定是文学害了他的老婆，令她走火入魔，于是把她的一部手稿烧了，还把从前孙月花写作的那个土台子也拆了。他甚至跪下来求她，只要她不再写作，待在山里和他过，他什么都依她。想想那个憨厚老实曾有恩于孙月花父亲的人，想想那个一年来独自带着病孩，养着老人，每个月省吃俭用供孙月花上学的人，我觉得周健其实也很可怜。那天我极不冷静，骂了孙月花一顿，劝她回去，孙月花坐在那儿，两眼黑洞洞的，枯井似的。最后猛地撩起衣服，哭道："你骂吧，赵老师，我知道我不是个好妻子好母亲，甚至也不是个好女人！但谁也不能阻止我写作，我决不会再回去！"我看见孙月花身上一块青一块紫，不知该说什么了。

　　我开始为孙月花找工作。孙月花的条件是，要有住的地方，并且必须有办公室和一张桌子。正好一家报社在招聘记者，那里的负责人是我的朋友，我就介绍她去了。孙月花去报社后，我的日子恢复了平静。偶尔她打来电话，我问起情况，她说一切都还好。我让她周末过来玩儿，她说她要采访，忙得很。大约三个月后的一天下午，我那在报社当负责人的朋友突然打来电话，支支吾吾说有事儿求我。我说只要我能做到，一定帮忙。那老兄呼了口气便说，你把孙月花拿走吧。我问出了什么事儿？他说她已连续三个月没完成任务，至今写不出一篇像样的消息。还说，孙月花不是迟到就是早退，在办公室里竟然写起小说来。朋友说，本来他一直很关照她的，但报社毕竟不是培养作家的地方，请多多谅解……放下电话后，我心里一阵恼怒，孙月花啊孙月花，你怎么到哪哪出问题？这回我决意不再去管孙月花。但孙月花又找上了门。她比前一段时间更显消瘦和憔悴，手提旅行箱，肩背黄挎包，裙子皱巴巴的，长筒袜脱了丝。还未说话泪已先流，半晌才说了一句："赵老师，我辜负了你，真不该……"我的心顿时软了，拿起电话，拨通了刘白杨。我请求他在公司一定为孙月花安排个活儿，要有办公桌的活儿。刘白杨笑道："那只好做我的秘书喽？"我说："行！"孙月花高兴得扔下旅行箱，抱住我哭了起来……

这回孙月花似乎到了一个充满阳光的安全地带，她隔三岔五来电话，兴高采烈地向我谈她的情况，偶尔还提着礼品来家里小坐。有一次我问她不是有部长篇要出版吗？她一时愣住了，脸儿涨得通红，我忽然明白她撒了谎。看来我真的并不很了解孙月花，可怜人必有可恶之处。

时间过得飞快，转眼翻过一年，春节即到。我家李奇先生为了筹办个人演奏会陷入从未有过的忙乱。虽然演奏会已迫在眉睫，但他却没有时间练琴，而是忙于四处化缘，自然我也被搅了进去。举办个人演奏会是他多年的愿望，起因是系里一名年轻副主任开过个人演奏会，报纸、电视纷纷作了报道，副主任一时名声大震。今年系里有一个正高指标，李奇与那个副主任实力相当，指标给谁不给谁，就成了难办的事情。两个人见面一团和气，但私下里却在较劲。李奇听说市里有一家新建的剧院音响效果特别好，设备全是进口的，就去联系，人家开口就是十万，李奇傻了。可租个便宜的场

101

地他又不甘心，说这次决不能输在他那同仁手下。李奇举办演奏会的目的其实已失去它真正的意义。

这天，天上飘着雪花，我硬着头皮去找那位番茄酱厂厂长、业余诗人老丁。求人办事总得请吃顿饭吧，于是夜幕降临之时我和一个既不英俊也不潇洒的男人来到灯红酒绿的"天海"准备吃自助。坐下不久，就见旋转门外闪进一个提着红色手袋、裹着白色皮草的金发女郎，后面跟着一个瘦小的男人。他们朝我们走来，登上铺着红地毯的楼梯准备进KTV。我们的业余诗人老丁不顾烟卷燃到了指尖，欠着身，目光紧追过去，嘴里"啊、啊"个不停。看似目中无人的漂亮女人其实最在意男人的目光，那女人显然注意到了老丁，当她用眼睛的尾光向我们扫来时，登时就愣了神，惊叫道："怎么是您？赵老师！"没想到这个金发女郎竟是孙月花。几个月不见，原本清瘦的她变得又白又胖，从前乌黑的亮发变成金色的卷羊毛，唇膏是用的那种带银光的暗红，与我相握的肥手戴着两枚戒指，涂着酒红色的指甲。孙月花拉了拉身后低着头的男人，说："周健，快向赵老师问好啊。"我这才看清那个一直低着脑袋穿着皱巴巴劣质西服的男人是周健。他拘谨地朝我笑笑，看了看孙月花。不用说他一定是来找孙月花的。孙月花岔开话题说："赵老师，好久不见了，哪天咱们坐坐，一直瞎忙，没去看您，真抱歉……"如今的孙月花同我说话操着京腔，一口一个"您"。两人走后，老丁一脸的惊愕和痛苦，说："要是在街上遇着我还真认不出她来了！还记得那年咱们在草原上开笔会的时候吗？孙月花有多朴实！我骑马裤裆撕破了还是她帮着缝的呢，她怎么会不认识我了呢？好好一朵月亮花哟，可惜了！刘白杨这小子真不是个玩意儿，凭着有几个臭钱包二奶，竟然把那么纯洁的文学女青年拉下了水！……"老丁的脸由于愤怒涨得通红，我说："有这事儿？"老丁唾沫星子飞溅，说："孙月花是刘白杨的小情人，你不知道哇，连刘白杨的老婆都拿着菜刀打到公司去了！"我怔住了，老天爷！孙月花还真不简单。

那天我心情格外沉重，就像窗外铅灰色的天空；老丁也心事重重，独自一人喝着闷酒。我压根儿忘了李奇先生托付给我的事，直到老丁醉倒在桌上"呜呜"地哭起时，才说他不再当业余诗人了，而是当了"专业作家"，他经营了二十多年的国营企业被刘白杨的公司给兼并了……

李奇寄予我的最后希望破灭了，这意味着演奏会不能如期进行，这使他烦躁又愤怒，整日伏在钢琴前叮叮咚咚乱敲。一天下午，孙月花提了大包小包来了。说真的，此时的我已经毫无过去的那份热情。我冷冷地问："有事吗？"孙月花说："赵老师，我知道您会对我有看法，所以这么长时间我一直不敢来见您。我不求您谅解我，我只求您别不理我……"我说："既然你知道那么做不好，为什么不能去做个自食其力的女人？你不是一直想当作家吗？作家不该活得这么没尊严！""作家该怎么活？"孙月花反问："折腾了几年我才明白，文学同音乐、美术一样是供贵族消遣玩味的东西，而我这种人大概不配。"停顿片刻，她接着说："我承认金钱收买不了人的灵魂，但金钱在很多时候却逼迫我们不得不低下貌似高贵的头颅。为了实现我们心中的目标，向金钱低一回头何尝不可？实话说吧，我并不爱刘白杨，但刘白杨能给我一分安定的生活，能给我一张桌子，能让我出书，而周健什么都做不到！他只会用眼泪和拳头对付女人，他不知道在今天这个社会，眼泪和拳头是男人最无能的东西!"说完这话,孙月花从她的红皮包里拿出一张烫金请柬,说:"明天上午十点在天海酒店举行我的长篇小说《云里雾里》的首发式,希望赵老师和您先生能来捧场,再见!"孙月花踏着猫步走了。

孙月花的首发式我没有参加,李奇去了。中午他满脸酒气回到家,把一本装帧美观的新书放到我桌上,说:"孙月花的新书首发式开得可真隆重啊,连上面的头头脑脑都去了,一群记者把孙月花包围了,刘白杨亲自为她主持呢!"我打开书,扉页上有"请赵老师指正"一行字。作者简介一页还印着照片,穿着红裙的孙月花以几棵金灿灿的向日葵为背景,笑得十分生动。这是那年开笔会时我给她拍的。《序》是北京一位有知名度的青年作家写的,评价孙月花的作品"透着月光般的冰凉、纯净和淡淡的温柔的忧伤"。李奇呼了口气,满眼喜色说:"报告你一个好、好消息,我场租的事解决了,孙、孙月花答应借给我十万块钱……"由于激动,李奇变得结结巴巴。我一惊,问:"你怎么还她呢?"李奇说:"不用担心,到时候卖票赚回来呗,不会赔。当然,孙月花借钱给我除了看你的面子,也不是没有条件,她想请我给她当钢琴教师,每个周末下午教她半天,每个月付报酬一千……"我"噗"地笑了,这是一个怎样的世界啊,就在昨天,孙月花还是个可怜巴巴被李奇轻蔑地称为"村妇"的人,今天李奇倒要为她打工了。我笑着说:"这不是给她当周末伴侣吗?你答应啦?"李奇红着脸说:"我知道这对一个艺、艺术家,很不合适!我一向挺反感的,但现在节骨眼上,也许应该超、超脱些……"李奇像被人捉住的贼满脸羞愧。如此高雅的一个人被逼成这样,我忍不住哈哈大笑。

第二天是周末，李奇乘公共汽车如约赶至孙月花远在南山风景区的别墅，给孙月花去调钢琴。傍晚时分他冒雪归来，脸冻得红扑扑的，兴奋地向我描述着孙月花的别墅：尖顶红房子，拱形门，园子里有冬青树和松树，就像童话中的小木屋一样。他还羡慕地说，孙月花家里有许多花，都是她种的。我问："她的桌子是什么样的？"李奇说："没注意，下次看看。"

但下次李奇仍然回答不出，他说他只在她的琴房里，不便去她别的房间。我问："孙月花的乐感怎么样？"他说："悟性不错，有天赋。"

就这样，李奇先生成了孙月花的钢琴教师。十万元钱很快打入剧院。有一个周末，李奇回来得很晚，大约是凌晨两点。我问："怎么这么晚？"他阴沉着脸说："公共汽车坏到了路上，一等就是两个小时。"我说："你就不会打辆出租车吗？"他说："那个地方的人都开私家车，很少有出租车。"那天夜里，我睡得极不安稳，醒了望望灰白的窗户，发现他也在醒着。接下来几天时间李奇都是一大早就到单位去了，睡了多年懒觉的他破例于每天清晨买回早点。又一个周末到了，李奇没有去孙月花那里。我问他怎么不去上课，他说他身体不大舒服。傍晚时分，孙月花来了电话，说找李奇。我把话筒递给李奇，李奇礼貌地说他要练琴，马上要演出了，时间太紧……对方似乎并不听他的解释，把电话挂了。我说："她怎么可以这样？不过一个靠人养活的包妹……"李奇"呼"地站起，恼怒地瞪着我说："这女人不都是你弄到家里来的吗？"话音未落，电话铃响起，又是孙月花，她说她要见我，马上！

写到这儿，亲爱的读者朋友，我想你们已经猜到发生了什么。那天晚上放下电话，我不顾李奇再三劝阻出了门。记不清是在什么地方了，只记得风雪交加，夜空白茫茫一片。我和孙月花在一家咖啡馆里相对而坐，孙月花一直在流泪，像个受害人，而我则像个三流记者，追根究底，问她一些个情节细节。孙月花相当地诚实，到底是写小说的，描述细致。作为一名编辑，我在欣赏那些细节时，又深深地明白我其实是在拿一把钝刀子割自己。末了，孙月花"扑通"一声跪倒在我面前，哭道："赵老师，对不起，我伤害了您！……"我平静地问："你爱李奇吗？"她点点头，说："是。"我说："你爱他什么？"她看了我一会儿，用沙哑的声音说："他的手，您没发现吗？他有一双魔鬼般的手，修长、柔润，指尖饱满而富有弹性，粉色的指甲修剪得干干净净，我从没见过男人有这样漂亮的手！真的，好像天生就是用来弹琴的……"她泪汪汪的眼睛里跳跃着两团火苗。

那个晚上，孙月花不停地讲述，讲述着她与李奇，仿佛在向她的闺蜜倾诉。雪停了，我们才分手。

我没有回家。在这个风雪之夜，我漫无边际地游荡在街上，不时地与那些提着大包小包、满脸喜色的男人女人相撞。哦，快过年了，再有几天就是三十。想到过年，突然就有一种刻骨的孤独感。不知不觉，我已站在了一座学校的大门前。没有人问我是谁，我像十多年前那样走进母校——走进构成我现在的全部的过去中。今夜风雪把我送到这里完全是一种偶然，人生中充满了诸多偶然，但谁说偶然中不是蕴含着一些必然呢？就像我同李奇和孙月花、冯频，孙月花同周健、刘白杨，孙月花与李奇，李奇与他中学时的音乐教师……追溯人的一生，几乎我们每一个人在不同的年龄不同的阶段都会有不同的伙伴，这个伙伴可以是儿时一块儿耍尿泥、过家家的男童女童，也可以是青年时期的老师、同学和恋人，老年时的票友牌友，今天或许多了一种，性伴侣，等等。我们不得不承认，给我们的一生带来深重影响并构成我们过去和今天的，是他们！他们比我们的亲人似乎更有力量掌握我们的一生，这就是命运。

久违了！母校。今夜当一个女人走在一条僻静的杨槐路上，领受着风雪，细数着那些带着时光烙印的老槐树时，她心里有一种说不出的苍凉感。哦，操场还是过去的操场，槐树也还是过去的槐树，雪雾里的灯光还是那么亲切伤感……原来这些时间上已经遥远的生活，竟离她这么近，它们多少年一直静静地蛰伏在这里，等待她像现在这样，在某一天的某一个平常的时刻来临。

十多年前，有一个穿白裙的小姑娘常常走在这条杨槐路上。她瘦弱苍白，走起路来脑后的马尾辫一摇一晃，亚麻色的头发在阳光下闪着亮光。师生们都知道她就是中文系的"业余诗人"——尽管她还从未正式在刊物上发过什么。正是五月间，槐花开得沸沸扬扬，一片灿然，这凝脂般的白，衬着远天流霞的红，惨淡却兀自美丽着。路旁矗立着一座古旧发黄的俄罗斯式建筑，二楼上那一间垂着白窗帘的办公室就是学院的《小荷》编辑部。每天傍晚从那里传来阵阵风琴声，几乎总是古老的俄罗斯民间舞曲，柔和动听，曳长的拖音仿佛蕴含着一种不为人知的东西和深邃莫测的哀愁。她知道这些曲子是一个叫冯频的编辑弹的。冯频是北京人，三十四五岁，身材高大，他穿着十分整齐，两条裤缝似乎永远都是笔直的。编辑部原来有两名编辑，老编辑退休了，只有冯频一人忙着每月出校刊。据说冯频年轻时因为在报上发了几首"反动诗"，被打成右派送到新疆。女孩儿几次上去送稿子都见他伏在琴上，他让她把稿子放下就只管自己弹琴。她有点生气，想问问自己写的那些诗为什么一首也不见发表。站在离他不远的地方，望着他微弓的侧影和随着琴声悸动的嘴唇，以及那十根修长的在琴键上来回移动的手指，她忽然就不再生气了，竟觉得他是个孤独的人。如果他不怕打扰，她是情愿那么静静地站在他身后听他弹琴的。有一次，她站了很久，甚至闻到了阵阵槐花的幽香从窗外袭进，听到曲子间歇时他发出了轻叹，还看见他弹完《红莓花开》后将头深埋在琴上肩背抖动的样子……她提起脚要走，他回过头来，问："你怎么还在这里？"她脸红了，说了声"对不起"。他却招招手让她坐，说要和她谈谈她写的那些诗。他说："这一期我们要发你的那首《永远十八岁》，你语言不错，带着音乐的节律，但我觉得最难得的是洋溢在作品中的一股真情，这对一个创作者来说十分宝贵……"她听了这话，激动得心儿咚咚直跳，要知道那是她的处女作啊！那天，冯频谈了很多，他说他在北京上大学学的是桥梁建筑，但他一直酷爱文学。临走，他借给她一本书。后来她去给他还书，两个人已不再生疏，她主动帮他登记来稿，校对，他挺高兴。

在冯频的建议下，女孩儿毕业前夕被学校聘为校刊的业余编辑。冯频让她负责选稿编稿，每个周末送审一批。也许是因为不久将要面临选择，大家从此会各奔东西，那一阵系里每个周末都办舞会，男女生们就像疯了似的跳个不止。舞厅就在冯频办公室楼上的会议室里，每每听到传来的音乐声，伏案编稿的她就有些心旌摇动。大伙儿都说学生会主席刘白杨同她是黄金搭档，刘白杨待她因此就显出更多的殷勤，每个周末都来叫她跳舞。可是她经常无法去，冯频是个认真古板的人，他总要给她布置一些事。有一回她草草编了稿就跳舞去了，冯频审稿时发现几处差错，毫不客气地批评了她，说她不配做编辑，本来他让她来这里完全是出于对她未来的考虑，没想到她这般令他失望，她充其量不过是个附庸风雅的女人！也许是这句话伤了她，她同他顶了起来，她说："我的未来不必烦您考虑，您还是为您自己的未来多操点心吧！"冯频愣住了，泛白的嘴唇抖了抖。事后她觉得她太过分了，冯频离异过，女儿在北京，平反后他一直活动着往回调，却不成功。

她一连两个周末没有去编辑部。除了因为同冯频的不愉快，还因为她出了点事。这件事同发生在孙月花她们宿舍的事属同类，只是性质更恶劣了些。如果说那名湖北女生放错了饭卡是无意间伤害了孙月花的话，那么叫孙梅的女生却是在制造一场诬陷——有意将自己的砖头收录机放到她的床下，称她偷走了她的东西。在临近分配的关键时刻，班里每一个揣着作家梦的同学想象力和创造力此时都发挥到极致。她就那么无辜地被孙梅打倒了，孙梅做了校刊编辑，并且很快同刘白杨订婚。她对孙梅深表理解，但屈辱带给她的痛苦却无可替代（这正是她后来同情孙月花的一个原因）。在毕业前夕的一个周末舞会上，她一下变得那样孤立，几乎没有任何男生再请她跳舞，刘白杨又组合了新的搭档——孙梅。她孤零零地坐在那儿，泪珠在眼眶里打转。就在她准备离去时，一个瘦削的身影走到她面前。他穿着灰色西装，打着领带，裤缝笔直，他微欠着身子笑望她，做了一个请的姿势。她愣住了，竟然是冯频。人们纷纷投来各种目光，备受尊敬、从不跳舞的冯频老师跳舞了，并且是第一个请她！冯频望着她说："其实我一直想请你跳一支舞的，怕自己跳得不好让你笑话。我今天专门去买了套西装，就是想请你……"听了这话，她热泪盈眶……

在人漫长的一生中，其实构成所谓经历的许多时间和空间都是一种浪费和虚设，对生命本身而言，产生重大影响并使人终生改变的常常只是那一两个事件。那个初夏的周末，晚风夕照中，她与他于槐花弥漫的琴声里，那样一种静静的相伴，无言的诉说，还有那朦胧的甜蜜与感伤，这都是她后半生永远不会再经历的，当然还有那次舞会。若干年后当为人妻母的她彻底体悟到时，已经晚了。爱，在她还不懂得爱并学会选择时，已匆匆离她远去。

记得舞会后隔了没几天，毕业分配下来了，她被分到僻远小县的一所中学教书。大约半年后的一天，她突然收到冯频寄来的一包书，还有一双漂亮的玫瑰红露半截手指的毛线手套。捧着那包东西她感动不已，教室没有暖气，批改作业时她总是手冷，她是需要这样一双手套的。周末，她决定乘夜班车去市里看他。清晨当她冒雪踏进校园时，老校工告诉她冯频调回北京了，半钟头前刚走，他指着雪地上的脚印说："这不，脚印还在呢。"她愣了一下，紧跟着那行带花纹的脚印追了出去。她拼命地跑，跑得很快，直到出了校门，脚印消失……她汗流浃背，拖着沉重的步子向回走，走着走着，就泪流满面了。

她遭了车撞，被一位年轻男士送进学校旁边的一家医院。

还好，只是腿被擦伤，轻微的脑震荡。大约是第三天的清晨吧，她还在梦中，隐约听到一阵琴声。她忍着头痛，跑出去，循着那声音一瘸一拐通过一个圆门走到另一个院子。她走过杨槐路，磕磕绊绊爬上灰黄色的俄罗斯小楼，只见敞着门的琴房里坐着个男人。她不顾一切地冲了过去，叫了一声"冯老师"，跌倒在地。弹琴的人过来扶她，她看清了，正是三天前送她上医院的那位年轻男士——刚调来不久的钢琴教师。《小荷》编辑部已改作琴房，旧风琴不见了，取代它的是一架铮亮的钢琴。她心情黯然地下楼，望见门前的积雪被阳光融化，花纹脚印已变得模糊不清。当一串清脆的鸽哨从头顶划过摇向远天时，她想他真的走了，再也不回来了。她弯腰捧起那冰冷的雪水，忍不住心痛！

危险这时一步步向她靠近。一个人在失落时，是不是特别容易产生情感错位？她曾问自己，那段日子，患有脑震荡的她是不是把钢琴教师与冯频当作了一个人？看起来是这样的，就在那间琴房里，在一个雪夜，她同相识不久的钢琴教师走到一起，她稀里糊涂，毫无准备地就将自己给了他。整个过程短如瞬间，没有一点感觉，甚至连疼痛都不曾有。她由姑娘变成了女人，又变成了钢琴教师的妻子。尽管她脑子里不乏浪漫和新潮，但嫁给自己的第一个男人似乎是她别无选择的选择，这一点她是那么传统而固执，直到今天，她依然认为贞节是女人最珍贵的美丽。愈是这么认为，她愈是痛苦——为什么她没有将这份美丽献给她深爱的那个男人？难道人生就是这一场又一场的错过与过错吗？难道她的过错注定要换来钢琴教师最终的背弃？……

那天我回到家，已是凌晨三点。李奇还没有睡。于是我告诉他，该结束了，我们的婚姻是一场误会。李奇一惊坐了起来，他说他不是有意要伤害我，只是一念之差。他说孙月花其实很痛苦，但为了钱为了有份安定的生活她不得不那样；百无聊赖的生活中，李奇为她带来一丝光明，骨子里就浪漫多情的孙月花由崇拜渐生爱意，可她知道这种感情很危险，爱情令她绝望，生活更让她厌倦，于是那个周末洗浴完毕的孙月花割脉自尽。她并没有死，是李奇挽救了她。李奇抱着她走向纱帐，李奇把她从死神手里夺回来……这些，都是李奇说的！我第一次发现少言寡语的李奇还有当作家的天赋，他同孙月花一样，描述得生动而详尽，真实又真诚。但这真诚又是多么的可怕！他为什么不说是孙月花勾引了他，却要承认是自己忍不住碰了她？为什么要说"人性是复杂的，面对那样一个充满青春活力又那么孤独无助的女人……"这样混账的话呢？但李奇却否认他爱孙月花。

　　如果李奇先生因为爱上了哪个姑娘去同她上床，我完全可以理解，但恰恰是他同一个自己一向不喜欢的女人上了床。这又一次让我对他刮目相看！那夜校园里几个小时的清算，以及孙月花的介入，告诫我这些年来实质上我们谁也没有赢得谁的心。在我的坚持下，我们很快去办了离婚手续。但因为李奇一时找不到住处，加上要开音乐会，他仍然住在家里，客厅归他。

　　一天上午，窗外飘着雪花，我正在家里赶一篇稿子，周健来了。这位民办教师大冬天竟穿着上回穿的那套皱巴巴的西服，提着一只黑提包，这大约是他进城的唯一一体面的行头了。周健一见我就问："孙月花来过吗？"我说没有。周健于是长叹一声跌坐在沙发上，说他们学校放寒假了，他把孩子寄放在学生家了。刚才他到孙月花的住处去找她，看门老头说她早搬走了。周健红着眼圈对我说："我饶不了那个姓刘的，孙月花要是有个三长两短，我要他赔人！……"我说："事到如今你该想开些，既然孙月花已铁了心，你再磨下去也没意义，难道你这么过幸福吗？"周健"呼"地站起，瞪着我说："我幸福不幸福无所谓，我不能让我可怜的女儿没有母亲！只要我周健还有一口气，就一定要把孙月花从姓刘的手里夺回来！"周健抓起包向门外冲去。这是一个怎样的男人啊，我真不明白他即使把孙月花弄回去又有什么用。

周健刚走，刘白杨就打来电话，问："你知道孙月花的下落吗？"我说："应该问你自己，我怎会知道呢。"刘白杨笑了一下，说："也是啊。"大约要放电话了，突然想起什么似的问："赵老师新出版的书还有吧？年初我到北京出差顺便去看过冯频……""冯频？"我的心提了起来。"对，冯老师，"刘白杨说，"他病得很重，听说又离婚了。他问起你来着，说在报上看到过一则书讯，介绍你的书，让我给他寄一本，可我回来后一忙就忘了，你自己给冯老师寄一本吧。"刘白杨念了一个地址和电话号码就把电话挂了。

也许我该给冯频打个电话，问候一下他的病情。电话打过去，听筒里一直响着"嘟嘟嘟"的忙音，我攥着话筒的手变得冰冷，心口跳个不停。很久很久，我的大脑都是一片空白，眼前有一块白纱在风中飘啊飘。直到一阵铿锵的琴声突然压来，我才知道李奇演出回来了，他又开始敲击《命运》的大门了。我抑制不住冲动破门而入，这一刻我真的感受到一颗绝望的心在挣扎，是贝多芬，是冯频，也是我，但却不是李奇！他李奇一个忘恩负义的家伙凭什么凭借贝多芬的痛苦，抒发自己的愤懑与无聊？那天我像疯了似的，冲过去就把琴盖"咔嚓"一声合上，我说："够了！你以为你是贝多芬？贝多芬的痛苦不允许任何无病呻吟的人去模仿去亵渎！听到了吗？李奇先生！"李奇愣了一下，站起身怒视着我说："你赵老师可以痛苦，我他妈的就不能痛苦吗？贝多芬孤独我也一样孤独！我知道你反感我，看不起我，你不能原谅一个一时糊涂的人，是不是？可我十多年前就原谅了你和冯频！你忘不了他，是不是？"李奇逼视着我。我霎时就眼泪唰唰，我已经好多年没有这样流过泪了。

当晚李奇提着旅行箱离开了家。他的钢琴演奏会砸了，门票卖了三分之一还不到。这是我后来听说的，还听说由于婚变他评正高受到了影响，尽管我们的离婚是半保密状态的，但他的对手不知从哪里得到了这一情况，便用他生活作风问题来攻击他，他被彻底击败了。按照一些聪明人的预见，下面该是孙月花和李奇结婚，但这迟迟没能成为现实。孙月花再一次失踪了，带着身孕——刘白杨的孩子。据说刘白杨夫妇私下里找过她，愿出高价换这个孩子，因为他们唯一的爱子不久前出车祸而死，刘白杨的夫人孙梅又再不能生育，但孙月花拒绝了。

时光在飞逝，一晃又到了金秋八月。一帮不安分的文人又打电话嚷嚷要到哪儿去开笔会，说一年没聚了，闷得慌，也想得慌。他们在电话里总是慨叹从前如何如何难忘，谁谁谁在草原上喝醉了酒，晚上把尿尿到了谁的皮靴里；谁谁谁看上了谁谁谁，两人骑着一匹马跑进了葵花地；业余诗人老丁还谈到刘白杨在段子大赛中获金奖的"作品"，硬是一个脏字不带。他问我："赵老师，你还记得那个段子吗？"不等我回答，那老兄就饶有兴趣地说了起来："……有一天，玉林县向阳村一个叫月亮花的女作者来到牛编（指我们的牛主编）办公室。月亮花恭恭敬敬把一沓稿子送到牛编面前，说，老师，请您给看看，好吗？牛编一见是个漂亮女人，连忙说，好！这就看，这就看。于是戴上眼镜看了起来。看完，这位牛编摘下眼镜，上下打量了一番月亮花。月亮花问，老师，感觉如何？牛编想了想，皱着眉头站起来，说，总的来说上半部不够丰满，下半部呢又水分太大，有些漏洞，要不考虑考虑，日后再说？……""闭上你的臭嘴！老丁！"我骂道。老丁哈哈大笑，笑罢，神秘地告诉我说刘白杨的番茄生意赔了，公司濒临倒闭，他和朋友又开了个男科门诊。要说刘白杨开别的什么公司我都信，唯有说他开男科门诊我感到滑稽，要知道刘白杨上大学前在县上不过是个兽医。老丁说："这年头儿人和兽有啥区别，刘白杨是兽医，他的朋友是人医，人与兽结合得恰到好处嘛。我说赵老师你得更新观念喽！"老丁叹了口气又说："赵老师你不知道吧，孙月花又傍了个广东佬，最近在广州让人家的老婆拿硫酸破了相……"

关于孙月花的传闻，在我居住的这座城市起码有四个版本，真假难辨。我也不想弄清楚。直到我那次到北京开会，才知道事情真相。

北京的那个黎明令我终生难忘！下了一夜的雨并未停止，淅淅沥沥，敲击着大地。在这愁惨的阴雨中，园子里的花落了，叶子却仍见肥厚，这不禁使人联想到女人的青春，经不得半点风雨；即使那些不落的花，也如失血过多的少妇的脸，不见了最初的明媚和甜美。岁月无敌，女人同爱情一样易老啊。此刻，孙月花在哪儿？牵挂与不安如雨丝渗入心里，我开始原谅孙月花。

"笃笃笃"，有人敲门。我打开门，是周健！半年多不见他更瘦了，两眼深陷，那件灰西服已变得肮脏不堪，破皮鞋上泥泞点点。他抖抖缩缩，似乎很冷，我让他喝杯茶慢慢说，这个可怜的男人于是坐了下来。他说向阳村一个跑买卖的人告诉他，孙月花当年出走的母亲跟那个戏班子拉琴的男人就住在北京郊区，于是他趁暑假又找到北京。费了好多周折终于找到了她母亲家，这才知道孙月花因为杀了继父一个月前被公安局抓走了……"月花会坐牢的！"周健抱着脑袋"呜呜"地哭起来，身子筛糠般抖个不止。他呜呜咽咽地说，出来前他给孙月花买了一张很大的书桌，那是他好不容易攒钱买来的；他说他再也不反对她写作了，她爱写就写吧，只要她不离开向阳村……痛苦使周健面部整个扭曲了。我望着这个民办教师低低地哭着，说不清是悲哀还是愤怒。

那天上午，我退掉了回新疆的机票，与周健一同乘长途汽车来到乡下孙月花租住的小屋，孙月花的母亲因失语而住进了医院。一个女房东见我们来，问："你们是孙月花的家人吗？"周健点点头。房东立马高兴地说："孙月花已经欠我半年房租了。她妈病病歪歪，一天捡破烂儿连自个儿也养活不了；她那个继父呢好吃懒做，除了会玩儿个琴啥也不会干，这几年全靠孙月花养着呢！那老东西不是个玩意儿，要我说，该杀！"从房东嘴里，我得知孙月花的杀人动机或者说缘由。孙月花的继父酗酒成性，常常在外鬼混，十天半月不回家。第一次见面，继父下巴上那颗醒目的黑痣就令孙月花震惊！接着她那尘封的记忆之门打开了——她想起了几年前那个夜晚，她打扫厕所出来，在暗处突然被一个下巴上长痣的男人扑倒的一幕，正是这个人，没错！一时间孙月花羞愤恐惧，难以启齿，不知所措，但为了苦命的母亲她守口如瓶。倘使继父待母亲好些，也许她会把这页耻辱永远压在心底，但继父经常殴打母亲，还对她动了邪念。终于有那么一天，孙月花在继父殴打母亲时，新仇旧恨涌上心头，她举起菜刀，向那个罪恶的头颅砍了下去！……

　　房东这番话解开了孙月花的失踪之谜和她的北京情结。房东带着我们向楼下走去——孙月花的小屋是间潮湿阴暗不足八平方米的地下室，打开灯方见四周景物。一张小木床，整齐地摆放着蓝花被子。墙上挂着一面小圆镜，镜旁斜插着一枝金灿灿的向日葵绢花。昏暗中，只有这花儿显出那么一丝生气。床头还放着一块描图板和那只我所熟悉的挎包以及一些手稿，孙月花说过，那描图板和挎包是一名搞测绘的工程兵小战士看了她的小说《渴望有张桌子》后送给她的。多年来，孙月花走到哪带到哪，可以想象许多个夜晚她便是伏在床上垫着这块描图板写作。如今它已变成暗黄色，印着点点墨痕，隐约可以看出主人的笔迹。周健把那沓手稿递给我，手稿实在凌乱，稿纸大小宽窄不一，有报社的，有杂志社的，还有一些无条无格的白纸。捧着沉甸甸的手稿，我的心亦沉沉的。"别看她一天趴在那儿写呀写，挣不了几个子儿！这年头儿卖啥不比卖文强，年轻轻儿不好好做点事，写什么小说，有几个人爱看嘛！"胖胖的女房东说。

　　周健似乎不大喜欢听女房东说话，他对我说："赵老师，你能在北京找个地方给月花出版吗？我还攒的有钱，三千块够不够？"我望着他不知该说什么，可怜的民办教师并不知道如今出一本书要花多少钱，对他来说，三千块可是他一家几年的生活费呢。见我不语，周健眼泪出来了，弓下身子求我："赵老师，你就再帮月花一回吧！"我点点头，但我在心里说：周健，你该知道面临铁窗的孙月花将不再拥有公开出版的权利了。

晚了！世界上还有什么能比"晚了"更令人痛心呢，它意味着一种结束，意味着今生不再。周健晚了，我也晚了！离开北京的那个上午，当我背着我的书按照刘白杨给的地址找到冯频的单位时，冯频单位的人说一个月前他得肝癌死了。他们说老冯是个好人，还不到五十岁，太不幸了，被打成右派到新疆和老婆离了婚，为了回北京又复婚，接着又离婚，人啊人！我站在那儿怔怔地听着，毫无目标地望着窗外。有个男人走到我跟前指指窗外说："喏，那就是老冯设计的立交桥，看见没？"我说："看见了。"

十分钟后，我淋着大雨站在了那座雄伟的桥上。凭栏临风，眼前一片繁华，奔忙着劳碌的车辆和人群。那些人，我不认识，我认识的人走了。禁不住感慨，为冯频的短暂和桥的永久，为冯频的古老和桥的现代。

人这一生，真正的痛苦其实不是因为不能选择，而是因为总在选择——无奈的选择，不合时宜的选择，选择错误。孙月花的经历证明了这一点，冯频当然也是这样。那天我站在桥上，似乎又听到了远方的琴声。

我的前夫李奇又何尝不晚呢？职场失利后，他怀着折磨他多年的愧疚和悔恨，去看望当年那位被发配进山的音乐教师，但患痴呆症的老师却不认得这个学生了。李奇痛不欲生，操起砍刀，当场剁去了右手的一根食指——"今生我再不弹琴了!"他发誓。

后来当我飞回新疆走出机场时,我意外地收到了多年来他送给我的第一份生日礼物——玫瑰。吊着绷带的李奇说:"让我们重新开始吧。"我说:"我们都不再年轻,为什么还要犯些年轻人常犯的错误?"李奇说:"你还是不肯原谅我。"我说:"我只是不能原谅我自己。"是的,我没有能力让一个男人永久地爱我,就像我改变不了太阳东升西落;每个女人其实都是一道某个季节的风景,时过境迁。我为普天下所有漂亮不漂亮的女人感到悲哀。

写到这儿,我累了。我要休息了。孙月花的手稿就放在我的枕边,这是一部文学青年心灵的血泪史,这是一棵过早离开泥土和太阳的枯萎的向日葵。我期待着有一天这部小说能与她的主人一道走向新生。

·

(原载《中国西部文学》1999年第11期)

玉飞天

　　女人过了四十，失眠的日子就越来越多了。看了很多医生吃了很多中药仍无济于事后，医院让她病休一阵。这天朋友向她介绍音乐疗法，于是她便到音像商店买了一盒琵琶曲。晚上洗过热水澡，开一盏柠檬色的小灯，躺在床上听音乐，她突然就被一种奇妙的声音吸住。这声音犹如深山幽泉跌落，又似古庙清风拂过，依稀还有月光滑过丝绸的沙沙声……稍顷，云中飞来一霓裳女子，挥洒着花瓣飘飘而过。花瓣裹着一股莫名的芬芳急雨般覆盖了她的眼睛、嘴唇和胸脯，她隐隐听到来自苍穹的一声呼唤……

　　"咔嚓！"门外传来开锁的声音，接着门厅的灯亮了，是男主人回来了。那西装革履的男人用他平素走进会场的那种漫不经心的目光，扫视了一下客厅，进洗手间洗漱。不一会儿，穿着紫红色丝绸睡衣，挺着威严的肚皮进了卧室。男人并未看床上一眼，径直走向矮柜，关了音乐。

　　霓裳女子倏地不见了，她被惊醒，嗅到了"两面针"掺和着酒的气息。她扭过身去。这时柠檬色的灯熄了，席梦思床"吱呀呀"响过一串之后，一只胖手游过来。

"有点音乐好。"她说。

丈夫说："叮叮咚咚，分散注意力。"

目标明确，办事利索，是丈夫一贯的作风，包括在这种事上。她知道。

他从不吻她，也不说半句情话，只是没命进攻，这让她感到这个和平年代的转业军人总算找到了用武之地。不消几分钟，战役宣告结束。伴随着席梦思床一阵抽搐，丈夫酣然入梦，鼾声雷动。

接下来，是她大面积失眠。

失眠的时候并不闲着。她在黑暗中默数着远处一次又一次急促的汽笛声，心中那个念头又萌动起来……

天光微明，当这个女人提着旅行箱独自踏上月台时，空中正飘着雨丝。回望被雨帘扯得支离破碎的湿漉漉的灯光，她又激动又紧张，心儿咚咚乱跳。在过去的日子里，从事救死扶伤神圣职业的她，每天面对白色的墙壁白色的病床，同时也在面对自己毫无色彩的生活。多年来她一直渴望生活中能有一件意想不到的事情发生，但四十年过去了，记忆却如一口古井，连虫吟蛙鸣都不曾有过。她曾经向往作一次旅行，到父亲的老家敦煌看看，竟然都没能成行，因为总是忙。丈夫倒是经常外出开会，只是从未邀请她与他同行。丈夫很清廉，处处注意影响，这一点她能理解。此次她是瞒着他出游的，她之所以这么做，有赌气和冒险的味道；还有，她心中藏着一团谜，那是属于父亲的秘密，也是她的秘密——结婚这么多年她从不曾告诉过丈夫自己是私生女。不仅因为私生女这种身份是她这个妇产科医生忌讳的，更重要的是会令丈夫和丈夫那个极好面子的革命大家庭产生被玷污感。明早丈夫将飞南方考察，按常规，那时她正好在医院值早班，他们是不讲究临行前告别的，因而他不会知道她外出的事。

汽笛一声长鸣，列车如巨龙发出沉重的喘息，接着高昂着头颅，向前冲去。女人提着箱子一节节穿过空气污浊的车厢，找了个硬座坐下，然后补了票。从即刻起，她便是一名普通旅客，不再是这座城市最权威的妇产科专家，也不再是掌管这座城市命运的市长夫人……

列车驶过一片初冬凋谢的原野时，天光大亮。东方泛起两抹嫣红，少女的脸儿似的。不过眼下都市已见不到这种含蓄的纯天然的色彩了，都市无少女。都市的现代化和新观念让女性一诞生就成熟为女人，省略了若干阶段。但大自然依然还保留着它的真纯，先是揭开羞涩的面纱，而后让那鲜嫩迷人的笑靥一点点一点点溢出来，最后成就一个浑圆的女人的脸。女人怎是月亮？她不大同意文学家们这个自以为是的比喻，在她看来，播洒温暖与光明、孕育大地万物的太阳属于女人，而非男人。

离开了苍白的病房，离开了那些血光盈动的子宫，儿时就很有艺术天分的她一下子变得轻盈活泼起来。尽管路途遥远，下了火车，又倒汽车，其间要穿过大漠孤烟的茫茫戈壁，让她吃不下，更睡不好，但她满心欢喜，连那对松弛的乳房都变得胀鼓鼓的。半下午，渺远的天际忽冒出一片浓绿，接着敦煌这座被雪峰沙山环抱的历史古城展露出它神秘的姿容。

汽车刚刚在客运站停稳，一群打着各种住宿招牌的店主便一哄而上，招徕生意。一时间，四下里响起浓浓的乡音。一个瘦高的年轻人挤到她面前，说："大姐，是来旅游的吧？

需要住店和导游，我可以为您提供方便，价格合理，服务周到……"

柔和的男中音，纯正的普通话，她觉得他有些与众不同。年轻人穿着牛仔服，一头长发，面庞黝黑，五官周正，只是那副黑眼镜显得大了，是不是这样更酷？在这个世界上，有两种人的眼睛最狠最毒，一种人是批评家，另一种是医生。当她用锋利的目光审视那个年轻人时，她发现他脸红了，慌乱中扶着眼镜，把目光闪向一边，说话也不利索了。呀，一个多么羞涩的年轻人啊，她想，她被他的脸红搞得不知所措了。

年轻人见她犹豫着，准备离去，这时她突然把自己那浅灰色旅行箱推到他跟前。他一下乐了，提起箱子走向三轮车。他的步子很矫健。

这时一个矮墩墩的汉子迈着鹅步过来，伸出一只多毛的胖手，挡在了年轻人面前。两人对峙了几秒钟后，年轻人把旅行箱交给了他，扭身离去。矮汉绷紧的黑脸松开了，松出皱纹重重的笑来，他对她说："我们是一搭的！走吧，大姐，我那搭一晚上五十块钱，还可以洗澡，你们这种高雅女士肯定喜欢！"

她动了心。虽说经济还宽裕，但女儿正在上大学，从农村出来的她有着节俭的习惯。

二十分钟后，她来到一座门楣上镶着金色飞天标记的二层小楼前。她再没见刚才那位年轻人。她到房间看了看，还算整洁，于是撂下旅行箱，趁着太阳还没落，匆匆上街。她想走动走动，看看父亲的故乡究竟是个什么样子，顺便打听一下槐花巷，再联系明天到莫高窟观光的旅行团。从未出过远门的她是需要导游的。

敦煌这座城市不大，世界潮流的旅游热如今已将它渗透。眼下寒意渐浓，虽过了旅游旺季，可许多橱窗里还摆着各种旅游产品，最为醒目的要数那些飞天石膏雕塑。这些飞天比起父亲手下的玉飞天就显得单薄呆板多了，她觉得。父亲当了半辈子小学教师，他最大的满足似乎不是将村里的多少娃娃送出山去，而是在他那低矮狭小的屋子里诞生了多少个飞天。他们从前生活的那个地方叫玉泉县，盛产一种白若凝脂的美玉，假期里父亲总是背一只帆布口袋步行几十里去河滩寻找玉石，有一次就找到一块羊脂玉。这块玉成为父亲的爱物，每次雕刻前必洗手，一年后就又诞生一个飞天。这尊玉飞天比以往雕刻的任何一尊飞天都美丽，引得全村人来看。一位日本富商慕名而来，愿意出高价买下，那时父亲已病得很厉害，需要钱治病，可他却说什么也不卖。她从城里回乡下看父亲，有一天父亲突然说了一个怪怪的名字：小飞天。他说，我这辈子欠她的，她是你娘，住在敦煌市西边那条又细又深的槐花巷里。她就像这玉飞天，能歌善舞……

父亲一生未娶，可却有她这么个女儿，村里的大人暗地里说她是私生子。在整个贫困苦难的童年里，她无数次想象她的生母，不止一次地追问父亲，但他只字不露。现在，她带着父亲生前雕刻的玉飞天找她来了。她想知道，她的生母究竟是个什么样的女人，何至于父亲早年离开她来到新疆当兵，何至于父亲又用半生的时光雕刻那些没有生命的飞天，何至于父亲为了捍卫那尊玉飞天最后倒在血泊中……

看看表，她已在街上转了两个小时。走了不少路，问了许多人，槐花巷却没找到。大约是个老地名，如今没谁记得它了。这时，天空阴下来，行人少了。一阵阵冷风紧追着辗过街道的汽车，低号着不知向何处去。她深一脚浅一脚地在小巷中走着，准备返回。可是，她突然发现她弄不清东南西北了。槐花巷没找着不要紧，问题是她连回旅社的路也找不着了；回旅社的路没记住也罢了，那旅社的名字她竟然也忘了！每一条小巷都那么眼熟，每一座二楼小层都那么相似，她用一副倒霉的哑嗓子不断地向一些开旅馆的店主询问，都说根本没接过她这位游客！她跑得浑身汗湿，两腿发软，心里像着了火。天哪，这个粗心的女人怎么会是她呢？

天黑透了，空中疏疏落落飘起雪花。街灯亮了，红的、黄的、绿的、紫的……似一只只饱蘸欲望的夜的眼。这些眼睛忽明忽灭，忽近忽远，在她看来既诡谲又富有挑逗性，很像时下某些城市女人的眼神，张扬着性感和腥膻之气，直逼得这世上原本就经不住诱惑的男人更加走投无路。过去她在电视上的法制节目中常看到一类稀奇古怪的事情发生，哪知她在这块土地上刚落脚就出了事。谁教你贪图便宜，去住那种小旅社？

她想给"110"打求助电话，但沿街寻找电话亭，才发现街道变得异常地静，偶尔有几辆车在雪幕中迅速划过，腾起一阵气浪。路两旁几乎所有的店铺都关了门，那五颜六色风情万种的"夜眼"不过是一种虚设。她站在十字路口不知所措，禁不住想起丈夫和那个安全实在的家来，想她为什么要选择这次独行。这时一阵"叮当"声由远而近，摇了过来，一辆三轮车在她身旁停下，车夫扭着身子问："请问大姐，要坐车吗？"

纯正的普通话，一个有些耳熟的声音。她转过身看，果然是"熟人"——几小时前在车站招呼过她的那个穿牛仔服的年轻人。这使她喜出望外,像受苦的农奴盼来了亲人解放军,鼻子一酸,一把抓住了男人的胳膊!

这架势着实吓坏了对方,男人迅速挣脱,说:"你、你要干啥?!"

她说:"你不认得我了?刚才在车站?"

男人定睛一看,舒了口气,扶了一下黑眼镜,额上有一层细汗。

于是她把迷路的事说了,央求他送她回旅社——矮个子店主曾说过他们是一搭的。但男人显出为难之色,说:"我不认识他,但可以试着找找。不过这车钱咋算?"男人一扫几小时前的文气,说话直截了当。

她不好意思地说:"你看吧。"

男人硬硬地说:"三十。"

她的心疼了一下,无奈只能默认。

接下来男人载着她穿街走巷一路寻去。一个小时过去了,并未找到那个旅社。男人说,在敦煌,门上有飞天标记的多如牛毛,一晚上也找不完。

"那就到派出所去!"她说。

"到派出所?"男人立刻停下车来,说:"我还没吃饭呢,肚子饿得咕咕叫,不行,我不跑了。"一副不想干的样子。

她向四周望望,再没车了,于是说:"求你帮个忙,我人生地不熟……"

男人擦擦汗,犹豫了一下,才说:"那就再加十块,这雨雪天的。"

她苦着脸认了。

然而绕了半天路，派出所也没找着。她简直不相信这个看似精干的年轻人竟然这般窝囊。她心情坏透了，真想大骂他一通，但不能这么做，因为他随时都是可以扔下她不管的，而她还需要他。她只好赔着笑，低三下四说些讨好的话，求他再找找，一定要把派出所找到。他似乎很不高兴，在黑暗中气哼哼地用力蹬着车又绕了几个圈。她听到他大喘粗气，一股汗臭味儿直冲她的鼻子。这么绕下去哪儿是个头呢？她确实疲惫了，于是说："算了！送我去旅社吧，国营的。"

　　他就带着她跑了两家国营旅社，不料都客满。天太晚了，他出来后向她解释。她几乎瘫了。

　　见她这样，他在黑暗中露出一丝不易觉察的笑，说："要不你到我家凑合一宿？一晚上三十块。明天我可以带你去车站找那家伙。"

　　她对他这个建议感到有些吃惊，脑子里乱哄哄的，一时没了主张。

　　他急了，看看天，不耐烦地说："我得回去了，要不你把车费付了……"

　　她咬着嘴唇，强忍着别流下泪来。她为几个小时前对他产生的莫名其妙的好感而羞愧，这种人就是这种人，为了钱可以什么都不顾！她从包里掏出钱狠狠撂给他，他拿了钱就准备离去。这时她突然叫住了他。既然他愿意带她去找那个矮家伙，她不如就先去他家住吧。

　　就这样，她坐着他的三轮车在风雪之夜七拐八弯来到他家。他的家实在糟糕透了，一间小屋黑咕隆咚，破破败败。但她顾不了太多，合衣倒在那张被褥分不清是灰是白的床上。这一宿她中间没醒过一次，竟然睡得那么踏实。天放亮时，听到窗外叽叽喳喳的鸟叫声才睁开眼。吸了吸鼻子，一股霉湿味儿夹着刺鼻的烟草气息，以及羊膻味儿扑鼻而来。昏黄的晨光下，这间不大的土房更显拥挤，一道火墙横在中央，两只笨拙的原木矮凳卧守床旁；土炉子，大水缸，窗台上还有几只豁牙的青瓷碗，墙头挂一串红辣椒……这是哪儿？她怎么会在这样一间破屋里？

她一骨碌下床，走到门旁，"吱呀"一声拉开了钉着老羊皮的木门，一股清冽的空气沁入心脾。小院里覆盖着一层厚雪，一棵老槐树歪着脑袋站在土房下，那样子很像她的父亲。父亲活着时在冬日的早晨就爱这么歪着脑袋看天。旁边是个牲口圈，"哞哞"的牛叫声在清晨显得孤寂而安详。忽然，她身边的麦草垛下发出"哗啦"一声，冷不丁钻出个穿着羊皮袄的人来，她吓了一跳，那顶着满脑袋草棵子的竟是那男人。

"你睡在这里?!"她惊讶极了。

男人在草垛上惊慌地寻找眼镜。她发现他那漂亮的眼睛并不显得近视，干吗要遮上一副又笨又破的黑眼镜。男人把眼镜重又架上鼻梁时，粗黑的面皮才绽出一丝笑来，说："没、没事……"

"你这就送我去公安派出所。"她说。暗想，这种人真够可怕的了，昨夜她竟平安度过，谢天谢地。这儿不是久留之地，得赶快跟派出所联系，得赶快找到那家旅社，找到她的箱子！

男人幽深的眼神被镜片罩得朦朦胧胧，他皱着眉头，用一种跟昨晚不大一样的和蔼口气说："大姐，我知道你着急，我也为你急呢。你这样的女人出来旅游肯定不容易，是不是？本来是要换换心情的，又碰上这倒霉事儿……"

128

她觉得他还是有同情心的，便投以感激的目光。

他马上扭过脸去。她发现他跟她说话时，眼睛总是望着一边，似乎想回避什么。他说："你想，去了公安派出所又能怎么样？他们连杀人放火的事都管不过来呢，何况你这桩小事儿？依我看哪，今儿上午你不如高高兴兴去千佛洞走走，下午回来时，正好长途客车到站，我带你去车站找人，你那个房东一准儿在站上拉游客……"

她觉得他说得在理，于是问："去千佛洞得多少钱？"

"那要看你怎么玩了。如果要导游，我这样的起码得一百块，不过，我不想赚你的，你现在情况特殊，是不是？收你六十吧。"

她心里真不舒服，本想还个价的，但想想她还得用他，便默认了。

男人倒还细致，为她备了水，得知她有晕车的毛病，又到药店买来药，让她事先服了，还请司机安排她坐到前座。现在他换了一套半新的西装，雪白的衬衣配蓝色领带，胡子刮得干干净净，这使他相貌堂堂，甚至十分英俊。他这么做似乎是为了与自己般配些，她很高兴她身边走着这样一个年轻小伙，一个恭敬中带着一些亲密的男人，跟她的男朋友一样。

一路上，她果然发现投来的惊羡目光。因为他跟她走在一起时，总是伸着一条胳膊，似乎在护卫。当他端着相机为她选择角度时，他也是用欣赏的目光打量她。每当他喊"笑一笑，OK"，她的脸都要红。那一瞬间她似乎又回到了少女时代。久违了！异性专注的目光。这么多年来，她走在街上，有谁注意过她吗？包括她的丈夫，她同他说话时，他的目光总是懒懒的，不是空对窗外，就是埋于饭桌，他从未有过凝视她的时候。要知道，男人的目光是能够提升女人的自信心的。知识女性都会说，她们美，是为自己，其实，不过是想保全面子。

不久，她又发现了她的导游的另一优点。他知识丰富，思维敏捷，会讲很多佛教故事。

比如在参观北魏时期的一个洞窟时，他向她讲述了这样一个故事：从前有一只饥饿的鹰追食一只鸽子，鸽子无处藏身，于是飞到慈悲的尸毗王的住处，求救于他。饿鹰告诉尸毗王，如果你放掉了鸽子，那么我就会饿死。为了拯救那只可怜的鸽子，同时又不至于让鹰饿死，尸毗王竟将自己身上的肉割下来喂了鹰，最后血流而尽。

接着，他又讲了一个与爱情有关的故事，叫《难佗出家本生缘》。他说，难佗是佛教创始人释迦牟尼的亲弟弟，因为热恋着妻子孙陀利，一直不愿跟哥哥出家。释迦牟尼便以种种手段诱逼他，最后迫使他出了家。可出家的难佗十分思念妻子，于是偷跑回家。释迦牟尼发现后严加训诫，领他遍游天宫，观诸宫女，又复游地狱，见汤镬之刑，难佗最终悔悟，潜心佛法，成为罗汉。

她两眼盯着壁画上一对执手相看、爱恋难舍的男女，心里不由生出惋惜。

背后巨大的窟顶，天花如雨，流云飞动，天神翔舞，彩带飘扬。忍冬枝繁叶茂，莲花吐露清香；花丛中蝴蝶纷飞，孔雀起舞，驰鹿、飞鸟、跳猴……闲适自在，生意盎然。但最让人动心的还是那些飞天，她们婀娜多姿，个个妖娆，或操琴奏乐，或舞蹈散花，飘逸秀美，欢快热烈。古代画师们把对女性最高的赞美都凝聚到了飞天身上，画面施以黑、白、绿三色，利用波浪形白色飘带，造成动荡气氛。飞天们在熊熊火焰中冉冉升腾，仿佛一只只精灵化为清风远去……

如果不是男人刚才的介绍，她简直难以相信眼前这一派花香鸟语的背后竟是一些悲伤的故事。在这座庞大深邃的千佛洞中，在上自十六国下至隋唐遗留下的众多壁画中，竟有那么多内容是在表现一种忍辱负重的牺牲精神，故事的主人公几乎无不以超人的忍耐力承受着巨大的苦痛。以肉体的痛苦来映衬心灵的圣洁，也许，这就是佛教所推崇的一种美学精神？

最令她惊讶的是，她喜爱的飞天竟是与离别、战争、流血和死亡连在一起的。即使释迦牟尼于美丽的跋提河畔婆罗树间最后涅槃，即使毗楞竭梨王和虔阇尼婆梨王为求得妙法，一个不惜往身上钉千钉，一个甘愿剜取肉体燃亮千灯，飞天们都是欢欢喜喜，唱啊跳啊……

为什么要让这世间最美的女子为痛苦欢歌？

为什么要让这自由之神为死亡狂舞？

一生都在塑造飞天的父亲，从没告诉她飞天其实也在承受苦难。此前她一直把飞天看作是自由、欢乐、纯洁、幸福的象征，怎么会是这样呢？

见她对着壁画一副悲悯的样子，男人问："你怎么了？"

她叹口气说："飞天也挺可怜的……"

男人有些诧异地看了她一眼，说："你这么认为？精辟。按我的理解，飞天就是今天所谓的文艺工作者，让干啥就干啥，只是那时还不大受尊重。别看每个朝代留下的壁画上都有飞天，可她们全是陪衬，永远没有自己的故事。瞧，那种半裸的披巾散花的是西域飞天，她们腿臂健美，线条圆润流畅，双脚倒垂头上，形体富有动感，这是北魏流行的西域艺术风格。你再看那对穿大袖长袍的，这是中原式飞天，她们含蓄优美，清瘦飘逸，注重神韵气度，是受中原艺术的影响……"

一时间她对他佩服极了，忘了早晨的不快，说："你对飞天挺有研究。"

男人笑笑说："我喜欢飞天，她是一个美丽又残酷的童话。"

她一震，紧望着他。这时他俩正好站在一幅壁画前。他们的目光第一次衔接到一起，他连忙低下脑袋。她忽然就感到了他的不同寻常，望着他挺拔的侧影，心里竟也有了种异样。

在大半天的相处中，他们一直是和谐而愉快的，当然也有争论。比方她认为敦煌之所以成为佛教圣地，是因为它位于丝绸之路上。他则坚持说，从历史的根源看，五千年的漫长历史给敦煌留下了文明和荣耀，也留下许多辛酸和屈辱。早在新石器时代这里就有人类栖居，先秦时期，两支名叫"月氏"和"乌孙"的游牧民族先后迁于此地，可不久便被强盛的匈奴统治了。此后数百年间，历经几个朝代，这里一直刀光剑影，硝烟笼罩，百姓背井离乡，饱尝战乱之苦。敦煌之所以成为闻名于世的佛教圣地，是因为这里的人们忍受了太多太多的痛苦，而这时"救苦救难，普度众生"的佛教的传入，从某种意义上说正好迎合了他们，使他们仿佛看到了"人间苦海的圣光"……

最后他总结道："但，即使是释迦牟尼自己，最终也没有摆脱苦痛，壁画上那些无比繁荣的景象不过是他的理想，美丽的飞天或许是他一生的梦中情人……"

不管他说得是否对，她对他这番理论都不能不惊讶。她问他是什么文化程度，他淡淡地说高中。她夸他聪明，他笑着说："这不是为了挣你六十块钱嘛！"

他脸上又露出一股世故油滑相，让她反感。她想，如果一直待在千佛洞里，她或许会喜欢上他的。

从千佛洞出来，太阳已偏西。她感到有些饿了，男人便带她到一家较大的饭店就餐。吃饭，吃什么，其实并不重要，但要有一个好环境。她在乎这个。她在雅间里要了三道喜欢的小菜，用纸巾细致地擦了一遍碗筷。举起筷子时却从窗子上看到了他，他正坐在外面一张桌子前吃大饼。她起身招呼他过来一起吃，男人捧着大碗茶，摇摇头，一张黑瘦的脸显出沧桑，俨然换了个人，再没了刚才的洒脱和文气。物质有时就是这么强大，它能将一个人的清高和自尊剥离得一点不剩，而人这种物质和精神的混合体，虽然在很多时候故作高雅地追求着精神世界，但终究不能够摆脱物质凡俗的本质。

她心里有些不忍，就让服务小姐把自己的饭菜挪出去，又加了一个菜。她说她想尝尝他的大饼，他愣了一下，把手里的饼递给了她。她说："那你必须吃我的菜。"他"嗯"了一声，脸红红的，头也不抬，狼吞虎咽地吃起来。她便想，这样一个聪明的男人怎么落得如此窘迫？看样子有三十岁了，怎么没成个家呢？

吃罢饭，两人赶回市里，直奔客运站。正是长途客车进站的时间，车站乱哄哄的。她走在前面，让男人帮着留意，男人说没问题。可不一会儿，她发现他没了踪影。她顾不上他了，自己在一群叫嚷着的店主中穿梭，探子似的东张西望，每当有矮胖的人出现在视野里，她便上前把人家拦住，人家很不高兴，冲她说："你认错人了！"

她找得满头大汗，头晕眼花，终于还是没找到昨天那个矮胖的店主。她扶着候车大厅一根肮脏的柱子站下，突然一阵恐惧袭来。因为她猛然发现，她在这场忙乱的寻找中，又遗失了一个最重要的东西——记忆！她竟然把那个店主的模样给忘了，老天爷！他究竟长的啥样儿？他的五官、表情，还有特征……老天爷！她真真为她的愚蠢和盲目悲哀啊！

就在她沮丧又痛心时，她的导游出现了。她不由得火从心起，说："你躲到哪去了？你不是说可以在这里找着他吗?!"

男人辩解道："那人肯定会来这里，真的，大姐，今天不来，明天准会来……"

她恼火地瞪着他说："谁是你的大姐？你还想骗我的钱，是吧？我这就把导游费付给你，你走吧！"说着，从包里掏出六十元票子摔给他，"咚咚咚"跑开。她真的气坏了，又跑得极快，一不小心跌倒在台阶下，惨了！

似乎有几秒钟，她感到天旋地转，呼吸困难，一阵钻心的痛，痛得她几近虚脱。她张开十指，想抓住什么爬起来，但却动不了……

男人跑过来拉她，她狠狠甩开他的手，说："你们这种人不堪信任！为了钱可以不择手段！"不知因为疼痛，还是伤心，她哭了。

男人怔住了。有那么一会儿，他一动不动，低着脑袋，站在她面前，眼中似有愧意。但接着脸上又浮现一层江湖人的狡谲和世故来。他说："实话说，那家伙我要找他，肯定能找到，不过他可不是省油的灯。你现在又没有任何凭证，证明你把箱子放到了他那里，他要不承认，你找公安局也没办法……"

原来他们根本就认识！从昨晚到今天，他一直在捉弄她！

她吃力地站起，愤怒地说："你是亲眼看到他拿走了我的箱子，他抢了你的生意！"

本来她是想激起他的某种情绪，但他并不生气。他说："可我不会出来证明。"他坚定的脸上像浇铸了一层硬铜。

"你的意思是还想要钱？对吗？"她冷笑道，"好吧，只要你把旅行箱完好无损地拿回来，我付给你五十块钱！"

"太少！"男人镜片后的眼珠青蛙似的鼓着，十分可憎。

"一百，再不能多了！"她咬着牙说。

"行！不超过今天晚上，我就能让你见到你的箱子。"男人说。

为了那装着玉飞天的旅行箱，她跟着男人又回到他的破屋。

她躺在那昏暗阴冷的屋子里等待。此刻脚的疼痛和失去箱子的懊丧包围了她，初来时的兴致全然消退。眼下她这荒诞不经的行为是不是可以称之为冒险？也许她此次瞒着丈夫和同事出来旅游，本来就是在冒险；而怀着一种说不清的心理，带着玉飞天来寻找她从未见过面的生母，更是荒唐。荒唐就让它荒唐下去，冒险就让它冒险到底！到了这个时候，她毫无办法便是唯一的办法了。

晚上，男人提着一只塑料袋回来。黑眼镜上裂了一道缝，头上湿漉漉的，脸上青一块，紫一块，裤脚上沾着泥水，走起路来一瘸一拐。

她从床上坐起，吃惊地问："你怎么啦？"

"跟人撞车了……"他一屁股坐到凳子上，头上淌下一串串雪水。

"那家伙找到了吗？"她问，隐隐觉得他的伤与这事有关。

他摇摇头，叹口气。半晌，用冻红的手从牛仔服里掏出一沓钱，数出几张，"啪"地甩到她跟前，嗡声嗡气地说："这些钱是我挣你的，现在还给你，你走吧。"

"这……"她一下呆了，怔怔地望着男人低垂的脑袋，不知道突然间发生了什么事。这个弯子绕得太大了，早晨他还跟她讨价还价呢，现在怎么会把所有钱都退给她？他脑子没出啥毛病吧？

她有些不相信地看着他，说："你真会开玩笑，你干吗跟我开玩笑？"

他用粗黑的手抹了抹眼镜上的水珠，苦笑一下，说："我没跟你开玩笑。你说我们这种人为了钱可以不择手段，我承认我有过，我甚至……嗨！"他在自己头上砸了一拳。

她满腹的怨气顿时化作不安和感动。在单位和家里，人们都觉得她是个温和得几乎失去个性的人，她从不会为什么事大喜或大悲，当然也永远不会犯什么大错。她是个理智型的优秀女人。但，这不过是大家的错觉。其实，她骨子里是个很情绪化的人，很丰富的人。她拿着那钱，走到他跟前，说："你付出了劳动，这是你应得的报酬。"

他捂着半边发青的脸说："我答应过要找回你的箱子，可是现在没有找回来。你大老远地从新疆来，又遇上这种事，就让我做一回好人吧！……"

她还在拒绝，他一下子火了。他说："你这人怎么这么傻？傻大姐！"后来他说，我请你吃晚饭吧，明天一早你可以去公安局报案。她欣然接受。靠在火墙上的男人脸上泛起含糊的笑。她望着他脸上的血迹，问要紧吗？起身想给他倒一杯开水，但暖瓶是空的。屋里没有生火，很冷。她于是忍着脚疼，去院子里弄了一捆红柳柴，回来生火。

很快，炉膛里发出火苗的欢呼声，灶上的烧锅也漫出热腾腾的白气，屋子暖和起来。他的脸色不像刚才那么可怕了，他吃力地从凳子上站起，眼睛望着一边说："你一定饿了，我这就出去买些吃的。你该洗个澡，你们这样的女人是有这个讲究的，让你住在这里委屈了。浴衣、床单在我提回来的塑料袋里，大木盆在床下……"说完，他一瘸一拐地出去了。

他走后，她背起包犹豫了两分钟。她想她应该走了，她对让这个陌生男人找回箱子已不抱任何希望。然而说不清为什么，另一个念头又在固执地挽留她，也许是他刚才那番突如其来的转变令她感动，也许是出于好奇——是的，她要看看他还想干什么。

她将门仔细插好，把热水倒进大木盆，进去。哦，那温热的水，竟像一双手在轻抚着她。她浑身痒痒的，热热的，一种轻松，一种沉醉，一种香甜的倦意，很快就使她忘了所有的不快……

洗毕，她穿上男人买的粉色浴衣，把头发披成瀑布——这两个行为其实很不符合她的习惯。首先，她从不穿别人的衣服，嫌不卫生；二呢，她半辈子都是绾着髻子，从没披过长发，觉得招摇。现在，她是怎么啦？她站在窗台那半拉破镜子前，没完地照着自己，还捏捏胸脯，摸摸屁股。

在她蠢蠢欲动的不安中，男人顶着一脑袋雪花回来了，买了酒菜，还从怀里小心翼翼地拿出一束鲜花。她吃惊地望着他，他也用惊讶的目光掠了她一眼。"送给你。"他说。

她没有接，问："为什么要给我送花？"这些年无论平时还是节假日，往他们家送鲜花的人可太多了。都以为鲜花美丽高雅，但却不能遮盖许多卑俗的用心。

他笑着说："因为你是进我这屋子的第一个女人，再有，我还从来没有给女人送过花儿。"

她很高兴，接过花，闻了闻，清香。她找了只玻璃瓶，插进去。

他用两只凳子拼在一起，上面铺了报纸，一一把菜摆上去。四个菜，两荤两素，这是她此次出来第一次享用这么丰盛的饭菜。没有杯子，他把酒倒在两只豁口的青瓷碗里。轮到吃饭了，两人才发现没有坐的，他就让她坐到床沿，他呢，跑到门外，搬了几块砖回来。她忍不住笑起来，他放下沾着雪沫子的砖，拍拍手，也笑了。

"来，干杯！"他举起大海碗说。

她也端起碗来。大海碗"当"地碰到了一块儿，竟连瓷都碰落了。他们又都笑。他仰起脖子一饮而尽，然后，指着她说："喝！喝！"平时她是不喝白酒的，但今天不知哪来的豪气，一气喝光。

她浑身热起来。有一团火苗在体内蹿，渐渐地，烧到耳朵和指尖。四肢开始软，软出一种轻飘和舒适。她不知道这是不是叫醉，哦，醉的感觉真好。女人，一辈子总该有一次醉。醉眼看花，醉里寻梦，醉在异乡孤独的旅途中。醉，其实是清醒，是大悟。

他的脸也红了，直红到眼珠。

"世界上什么事都会发生，别太在意。"他对她说。

她点点头，觉得那裂着缝的镜片后面的目光深不可测。接下来，他们又喝了两个小半碗，真正醉了。这时头顶那只昏暗的小灯突然灭了，他要起来看个究竟，她说算了，就黑着灯说话吧。她说这话时不像对一个陌生男人，而像对一位老朋友。就在昨夜她还提防过他的，怕他袭击她或抢劫她。但现在她已完全消除了对他的戒备，她觉得他不坏，并且还很有些情调。眼下有情调的男人不老实，老实的男人没情调，她偏偏喜欢有情调的男人。

外面依然飘着雪，听得见雪片扑打窗玻璃的轻柔动人的声音。小铁炉呼呼地抽着，火光在他们身上忽闪忽闪，像一道若隐若现的暗红色带子，一会儿飘向她，一会儿又飘向他。她发现他在看她，一种躲躲闪闪犹疑不定地看。她也想看他，看清他。可是她却怎么也看不清。一个女人想要看清一个男人，是天真而又愚蠢的，有人说。她就从来没能看清过自己的丈夫。他几乎半生在官场上忙，而她也多年站在他背后忙着做贤妻良母。他们从不吵架，就像平行四边形的两组平行线永远相对而不相交。不吵架的家庭是多么单调可怕啊。

两个人都不说话，静静的，这时窗外隐隐传来的歌声就显得苍凉、飘忽又清晰。是个男人在唱"花儿"，高一声低一声的，带着一股子狠劲儿。

"一定是个孤独的男人。"他说，"你喜欢唱歌吗？"

她说："我喜欢听歌。"

他说："那好，我唱给你听？"

于是，他唱了起来：

叫声妹妹，我的好妹妹，
你的哥哥看你来哎。
妹妹开门来，
哥哥给你提上一条羊格腿腿来……

139

嗓子倒亮堂，就是音准成问题，有种要把歌儿扯到黄河边的感觉。出于礼貌，她起先憋着不笑，后来是把头扭到一边捂着嘴，而后就忍不住哈哈大笑起来。但他依然唱着，两只手在半明半暗的火光中有力地打着拍子。唱到最后，唱不上去了，他索性站起身，抻长了脖子，硬把那一串音符给"拔"了出去。

她笑得气都上不来了，这是几天来她第一次这么畅快地大笑。在过去的日子里，她也难得这么开怀大笑过。可笑着笑着，鼻子酸了，眼泪出来了。她不想让他发现自己哭了，连忙用袖子擦眼睛。可他还是觉察到了，他说："你哭了。"

她连忙掩饰道："烟呛的。你想听故事吗？"

他说："我从小就爱听故事。"

于是，她向他讲述了一个女人的半生。从那个总是坐在麦草垛月亮地里唱着《听妈妈讲那过去的故事》的孤独的小女孩，讲到那渴望像飞天一样飞起来却不幸摔坏了脚告别舞台的忧伤自怜的白衣少女；又讲到那个一直躲避爱情又寻找爱情惧怕失恋却偏偏失恋的女大学生，最后讲到一位不再悲伤也不再欢乐不再失恋也不再恋爱的永远失眠的妇产科医生……

男人出神地听着，火光使他镜片后面的眼睛不再是眼睛，而是凝固不动的圆石头。她觉得她始终没有看清过他的眼神，是因为他的眼镜。那架黑眼镜太庞大太古怪了，它有种遮盖人生的沉重气势。它甚至篡改和歪曲了他年轻的容貌。他发现她在注意他，扭过脸，说："讲。"

接下来她绘声绘色向他讲述一个曾发生在槐花巷的故事。她把声音放得很低很柔，就像静夜里我们通常听到的远处的流水，轻悦，舒缓，沉郁。连她的丈夫也不知道，其实她是极具表演天赋的。她说："槐花巷是一条古巷，那巷子又细又长，深得一眼望不到头，它就在敦煌的西边。每到春天，槐花开得沸沸扬扬，满街飘香……"

她眼前真的就出现了一条曲曲折折的古巷，还有如雨的槐花。

"解放前巷子里住着一个大户人家，家里有个独生女儿，叫小飞天……"她像主持人那样稍作停顿，歪歪脑袋，看一眼"观众"，接着说："飞天姑娘天资聪颖，十分美丽，她幼年丧母，只有父亲，父亲视她为掌上明珠。姑娘在兰州念书那阵儿，提亲的人络绎不绝，可那年她初中毕业后回到家乡，偏偏爱上了她家过去的一个男仆。飞天姑娘瞒着父亲，每晚偷偷出去跟小伙子约会，那条古老的小巷从此成为他们爱的纽带。春天，他们追赶着鸽哨在槐花中穿行；夏季，他们坐在绿阴下背诵着唐诗宋词；秋天，树叶黄了，他们踏着沙沙的落叶，默数着即将离别的日子；冬天到了，他们真的该告别了——小伙子穿上军装要随部队到新疆去了。姑娘父亲不同意女儿嫁一个军人，他把女儿关了起来。那姑娘后来在地窖里生下一个女婴，父亲怕丢人，把孩子抛出家门……

"那是个雪天，天空低暗阴沉，一只雀儿也没有。槐花巷静静的，在一片青灰色瓦房中延伸出一种无尽的忧伤。高大的槐树已变得光秃秃的，直指苍天，仿佛已站立了一万年，凝固成一种绝望的姿态。小伙子抱着那个被外祖父抛弃的孩子走出小巷时，眼里流下辛酸的泪水。那个朝气蓬勃的春天，那个充满活力的夏日，那个恬淡优美的金秋，这么快就远去了，在这条古巷中似乎从不曾有过……

"那个女婴被她父亲千里迢迢带到了新疆，她像一棵草那样顽强地长着。有一次她和村里的孩子们在一条大堤上玩，他们嚷着'私生子'追打她，她无处藏身，又气又恨，最后一头跳进河里。她以为她不过是轻轻地飞到水面，没想到险些被淹死。被人救起后，她在父亲的怀里又哭又闹，问：'我为什么没妈？我是私生子吗？你说！'父亲任她的小拳头打在身上，只是更紧地抱住她……"

讲到这里，她忍不住流下泪来，唰唰地。多少年啊，她都不再流泪，没娘的女孩生来就不懂得撒娇。在现实生活中，她给人的印象也一直是严谨平和温良似乎从不忧愁的。但现在她忧伤了，在一块陌生的土地上，向一个陌生男人倾诉她埋在心底的最隐秘的孤独和痛楚。火光的明暗勾勒出她生动的悲切，加上她穿着温柔的粉色浴衣，披着湿淋淋的慵懒的长发，这个相貌平平的女人突然间透出毕加索油画作品中女人那迷人的忧郁气质。

她讲啊讲啊，这一生的话语和秘密被她一晚上都讲完了。她是多么需要倾诉啊！讲到后来，她甚至不自觉地调动起自己的所有想象，像一些小说家那样痛苦地虚构起她父亲母亲的爱情，以及那条她根本不知在何处的槐花巷。过去她怎么从未有过这种渴望与激动呢？在她诉说这一切时，男人一直专注而严肃地聆听着，有时是鼓励地朝她点点头，有时给她续茶。有几次，他甚至低下头去悄悄擦眼镜。于是她说，你不戴眼镜的好。他犹豫了一下，便取了眼镜，眨眨眼睛，小心翼翼地看她，俏皮而又温情，原来男人的眼睛也是传情的。

该说的都说完了，那片小小的心空就像一面擦去尘垢的镜子，陡地放亮了。他又为她续了茶，把碗送到她手里，带着怜惜的表情说："喝吧。"

她端起热热的酽酽的大碗茶，一口气就喝了个底朝天。她喜欢茶，不是那种高档的龙井，是普通的茉莉花茶。但因为失眠，她一直不敢喝，此刻她觉得好过瘾。那股子茉莉的清香直入血脉，连呼吸都变得馨香了。喝得太猛，她脸上、脖子上都弄上了茶水，她用手背抹着水珠，不好意思地笑了。他忙从裤兜里掏出一包纸巾递给她说："擦擦吧，我刚买的，过去我从不用这玩意儿……"

她接过来，抽出一张擦脸，有一股粉香。一抬头，发现他在看她，一种欣赏的目光。她不自然地笑笑，他也笑笑。

"故事中的那个小女孩儿是你吧？"男人问。

她没有回答。

男人不再说话，仰头看着黑乎乎的屋顶。炉火一闪一闪，勾勒着那墙上的剪影，高昂的头颅，突出的喉结，隆起的胸肌……这一切令她怦然心动，呀，他真年轻真英俊！有一种时下城里女孩说的那种"酷"。男性的健美体格往往更让女人着迷。

就在她于暗影中偷窥这个比自己年轻很多的男人时，男人粗重地叹了一口气，转过脸对她认真地说："你是一个想法太多的女人，虽然你有过不幸的童年，但你现在过得比普通人强多了。要钱有钱，要工作有工作，你还有什么不快活呢？失去一只旅行箱算什么？"

她说："失去一只箱子是不算什么，可你知道吗？女人一生中大多时候是在为心灵而活，她们不能没有爱情，失去爱就等于失去生命。"

他"噗嗤"笑了，说："不对，失去自由才等于失去生

143

命!"接着他又略带讥讽地说,"你们属于这个社会极少数的精神贵族,而我母亲那样的女人至今还在土里刨食,她们这一辈子只会为生存而痛苦,不会因为别的……"

他说这些时,她看到他的表情有些凶狠,她终于忍不住问:"你好端端一个小伙儿,为什么不找份像样的工作?"

他沉默了一会儿,说:"好工作能轮到我们乡下人吗?城里人还不够争呢,我们能在这里混口饭吃就不错了,然后再把爹娘和老婆孩子养活。现在农村种地挣不上钱,村里的年轻人全出来打工了……"

她点点头,问:"想家吗?"

他说:"当然!不瞒你说,今天是我三十岁的生日,谢谢你陪我说了这么多话,平时我这里从不来人的……"

她隐隐看到他眼里的悲伤,心想,如今这类人活得不容易啊!她的心一时充满同情。

"听口音,你不是本地人,像是新疆人,怎么跑到这里来了?"她问。

他没有回答。但默认了,他是新疆人。本来在那一瞬她脑子里甚至闪过帮帮他的念头,她是有这个能力的。可他没有回答她。

灶里的火苗终于燃尽了,屋子一片漆黑。烧锅里的水由刚才热烈的滚沸变成深沉的波动,袅袅的蒸汽搅得夜色迷离又暧昧。

"你父亲怎么没和你一起回来走走?"男人把话题转移到她身上。

她平淡地说:"他八年前就离世了,被人害了……"

"被人害了?为啥?"黑暗中那个声音极其尖锐。

她叹口气说:"为了一个玉飞天……"她不想谈这件可怕的事,一点儿不想。然而眼前还是浮现出那幕惨烈的场景:八年前那个暑假,当教师的父亲完成了他最后一尊玉飞天后,终于倒在了病榻上。一个夜晚,有歹徒入室行窃,玉飞天没被偷走,老教师却被刀捅伤。老教师送进医院时还有气儿,警察问他凶手是谁,他竟摇头,说了句"可惜了",就不再说话,直至咽气。她当时在城里工作,后来回到乡下时听邻居们这么说。

都以为这是一起谋财害命,但看到屋里什么也没少,公安局便认定是一起报复杀人案。可老教师临死都不说出凶手的名字,这又使公安局怀疑一定是同他关系非同寻常的人干的,遂调遣大批警力围绕着她家的熟人侦查,但最终也没找到什么线索。

"什么玉飞天?"黑暗中男人戴上了眼镜。

她看着他重又变得陌生的样子,有点失望。她说:"玉飞天,你不懂吗?你们这里不是到处都在卖飞天雕塑吗?不过是石膏的,不值几个钱。我父亲是用羊脂玉雕的,若干年后,没准是文物呢。实话告诉你,我那箱子里就装着这玩意儿!那是我父亲要送给我母亲的……"

"呃!"男人发出惊叹。他起身铲了一些煤添进灶里,"轰"地一声,火苗蹿起,男人慌忙闪到一边,呛出一串咳嗽。她趁着光亮递给他一张纸巾,男人抓过去,胡乱擦了一把,看也不看她说:"天不早了,明天你还有事,我该走了……"说罢就去开门。

她跟在他身后问:"你去哪里?"

他说:"去睡觉。"

"不，"她一把抓住了他的手，他的手粗大而坚硬。他抖了一下，想挣脱，她说："这么冷的天你不能再睡麦草垛。"

他的胳膊放松下来，说："没事。"

此时他和她站得那么近，衣服衔着衣服，两种气息在交流。她只到他的肩膀，于是她半仰脑袋对他说："你真是个好人。"

他在暗影中笑笑，扭过头来看着她说："我没有你想象得那么好。"

他们不再说话，火光在两束目光中穿梭、游动、追逐，忽然撞到一起，点亮了心灵的灯。她不由自主地向他靠了靠，心儿紧促地跳了起来，想把手抽回来，但她的手已紧紧地被攥到了他那热乎乎的厚实的掌心中。她感到生疼，疼得令人心醉，令她想大喊大叫！她真的叫了起来，但那声音刚刚出口，就被他滚烫的唇覆盖了。他将她揽进怀里，她没有反抗，突然抱住他的肩头哭了。她太寂寞了，寂寞许多年了。在他亲吻她的时候，她身体的每一个部位都张开了嘴唇和眼睛，涌泉般发出快活轻悦的笑，仿佛在说："啊，真好！"在这个朦胧得让一切失真的夜晚，这个淑女，这个贤妻良母，完全变成了另一个人，她就像一只飞蛾，奋不顾身要扑向火海，燃烧自己……

窗台的半面镜子映着火光，映着她和他。她的浴衣开了，露出一截雪白。她瘦，瘦得清俏，细长的脖颈犹如鹅项，那微突的锁骨在一串细润的珍珠项链下柔韧地蠕动着。

"啊，你真美！知道吗？这两块骨头叫什么？"他用粗糙的手抚摸着她脖子下的锁骨。她有点疼。

她羞涩地摇摇头，像一只柔顺的羊羔在他的臂弯里"咩咩"轻喘。她吮吸着他身上那股浓浓的汗味儿，觉得怪亲切。

"美人骨。"他说，"女人最性感的美是乳房，最睿智的美是眼睛，最炫目的美是嘴唇。而这所有的美，都因为它们太过暴露张扬，容易遭到假冒伪装的侵害，因而失去其真纯。只有这两道锁骨终不会变，它是女人永恒的爱之门！……"他像诗人那样摇着一头乱发，痛苦而欣喜地吟诵着，两眼盈动着激情。

她被他这诗意的语言打动，她完全忘记了面前这个男人的身份，也全然不在意这屋里的不整洁。做医生的她几乎半生来都在同不整洁的东西做着斗争，比如她不能容忍苍蝇在明亮的窗玻璃上落下一粒粪便，不能容忍丈夫的西装沾上一根细小的头发丝，等等。这些嗜好或者说毛病，都注定要使她终生心力交瘁，不得放松。因而她有时也是恨自己的。

在她四十年的岁月里，她接触过无数整洁体面有层次的男人，可以说与她同床共枕的男人就是成功优秀的象征。但，他们有谁这么赞美过她呢？女人是花，是花就该得到雨露的滋润阳光的亲吻，就该得到赞美和欣赏。那么，他欣赏她有什么错吗？

安分守己四十年的她，骨子里其实是透着浪漫和多情的。

"抱紧我，紧紧的……"她依在他宽宽的肩头上说。

于是，他拥紧了她，又将她抱起，在不大的空间里旋转起来。粉色绣花浴衣在火光中飘起飘落，她吓坏了，求他放下她。可他朗笑着依然转个不停。这时她不怕了，张开双臂，只听得丝绸发出的"哗哗"的高贵动人的声响。她的身子变得愈来愈轻，愈来愈小，渐渐地消失了，仿佛那美丽的飞天，腾云驾雾而去……

终于，她和他倒在地上。窗台上那束鲜花不知何时被碰落，撒了一地的五颜六色。她拾了片花瓣，衔在嘴里，娇喘着，小女人一个，那眼神带着风骚。

男人被这目光弄乱了情绪，从地上弹起来。就像一个拳击手上了场，突然发现自己多年来无力征服的对手，激动、恐惧和无以言表的兴奋，使他出现临战前短暂的怯场。他结结巴巴地说："我、我……"

她伸出一条玉臂，嗔道："拉我起来!"

男人带着疑惑的表情伸手去拉她。她猛一用力，男人一趔趄倒在她身上。她大笑起来，像小说中的坏女人那样，肆无忌惮，挑着媚眼儿说："胆小鬼! 你还像个男人吗?"

男人瞪着她，愣怔片刻，突然摘下黑眼镜，"啪"地扔到一边，怒狮般扑向她。她机智地跳起来，他扑了个空。这样他便拿出更大的气力，向她发动第二次攻势。

"实话对你说，我有过女人，还找过那种女的，可过后我就觉得恶心，我恨自己……她们没法儿跟你比，真的，你是我见过的最好的女人，我喜欢气质高雅有文化的女人……"他喃喃地说，令她沉迷之中似乎听到了自家厨房蒸锅发出的亲切的声音。她奇怪，她不在乎他的过去；相反，听到他说她高雅，她很高兴。高雅这个词真好，用在她这样的女人身上……

一阵沙尘暴似的袭击过后，她困了，多少年来她第一次想睡觉了。

是窗外一只夜鸟的惊叫将她唤醒。她的意识还留在梦中，昏暗中看见一片阴云密布的原始森林，一条巨蟒盘旋而来，她拼命挣脱，却被扼住了咽喉，她发出呼救。

"怎么啦?"他醒来。

"这是哪儿?你是谁?!"她问。

"你生气了?"他上来拥抱她。

她彻底醒了,一把推开他,坐起。黑暗中的她浑身发抖,为几个小时前的行为感到绝望。

"是我不好,对不起……"他说。

"啪!"一记响亮的耳光响在静夜。

他下意识地去捂脸,脸好好的,她打了自己。他去拉她,说:"你别这样,是我不好!我有罪!我该死!我对不住你,对不住你父亲……"他带着一种哭腔说。

她"嚯"地跳起,大叫道:"滚!滚!!"

他抓起衣服,愣了愣,冲出门去。雪花从大敞的门凶猛扑进……

她哭了,不知是恨自己,还是恨他。她还是她吗?她到底怎么了,竟然变成了饥不择食毫无廉耻的荡妇?

趁着天还未亮,她要离开这个地方,回新疆。她不想再为那只破箱子跑公安局了。

拉开门,围着红柳栅栏的小院静静的。几只雀儿啾啾地叫,在那棵歪着脑袋的老槐树上跳上跳下;冬日惨淡的熹微为那树平添了几分凝重和暖意,当人家屋顶上的炊烟袅袅地飘过云头,她忽地就想起了父亲,她那不幸的父亲。也许命中注定,父亲得离开母亲;命中注定,她得把父亲留在这世间的最后的爱——玉飞天丢失;命中注定,她要和一个陌生男人发生一个陌生的故事。她知道,昨夜是一场告别,她将不再是一个好女人。

太阳刚刚露头，新鲜红润，朗照着一个纯白世界。她背着包，走出院子，头也不回地走上铺满白雪的路。她要快快地逃走，她要把这儿忘得干干净净，就像从未发生过那一切。可走着走着，她站住了。这不是槐花巷吗？低矮古旧的青灰瓦房夹着一条又细又长的巷子，巷子两旁是些枝杈横生的槐树。那树干弯曲着黑漆漆的苍老的身子，仿佛望眼欲穿盼儿回家的母亲，屋顶上稀疏散乱的炊烟，就是慈母被风霜染白的缕缕头发……

这古巷跟她梦中的槐花巷多么相似！以至她站在巷口回眸凝望时，依稀又看见了她年轻的父母当年相依走来的情景。他们说着笑着，迎着飘飞的槐花……

在她对着小巷入神时，摇摇晃晃走来一个拿着扫帚的老太太。老太太走到她跟前，用一双警惕的老眼盯着她问："同志，你站在这搭做啥？"

她看清了她臂上的红袖箍，问："大妈，这巷子叫什么名字？"

老太太说："解放巷。咋啦？"

"您知道槐花巷在哪儿吗？"她问。

老太太眯眼打量着她，用轻蔑的口气说："你说那槐花巷呀，早让大马路给轧了。咱是社会主义国家，咋能办窑子街呢？你说是不是，同志？"

她一时愣住了，脸上一阵发热。老太太扫雪去了。

她站在老槐树下，突然鼻子发酸，直酸到心底。难道昨夜她给他讲述的故事真的变成了杜撰？那个曾在兰州念书的高雅脱俗的女学生不是母亲，而槐花巷和小飞天才属于母亲？她忽然明白，这么多年父亲为何从不向她提母亲，又为何说他欠她一辈子。答案是：他爱她，却抛弃了她，因为他要当解放军。

啊，神秘的槐花巷，可悲的玉飞天，连同父亲一生的旧梦，以及她短暂的浪漫和历险记，这一切都统统粉碎丢失在这异乡宁静的早晨。

两天后，她重又回到新疆，重又在她生活的那座小城做着高贵的第一夫人，在一个优秀男人的金屋檐下做着贤妻良母，重又失眠。

那天，当疲惫不堪的她站在离别几日的自家小楼前时，禁不住泪眼婆娑。打开房门，面对洁净宽敞的客厅，雪白的窗纱，她感到熟悉又陌生。虽是冬日，家里却是暖和的，阳光洒在一盆盆绿叶植物上，透着生命的朝气和美的质感。这个家是多么温馨啊！书房里挂着一些名人字画，气派的写字桌上放着微机、电话等。她轻轻拿起那只红色的金鱼状的烟灰缸，像对久别的老友那样，细细端详，里面有白色的烟灰和两个海绵烟头。它们带着一股高档香烟特有的味儿，还有丈夫的气息，直扑鼻翼。她望望被风吹动的窗帘，似看见他刚刚离去的背影留在空气中的痕迹……

她的鼻子酸了起来。

走进卧室，相当静谧。猩红的地毯，雪白的床单，还有厚重的天鹅绒落地窗帘……一切都是她从前亲手布置的。因为失眠，她怕见光，更怕黑暗。她的窗帘分两层，一层是带蕾丝花边的白纱，另一层是紫色天鹅绒。这样在夜里她能透过朦胧的白纱，偶尔感受月光如水的意境。夜晚总是她思想活跃的时辰，而那漫长的夏日白昼，她则需要用天鹅绒的凝重为她营造一个安全的黑夜。

窗帘在她成为一道人生的屏障。脆弱敏感、心无所倚的女人是需要隐蔽在厚重的窗帘下完成她的梦想的。

此时，她在松软的地毯上走着，突然就感到背后有两束光直射过来，热辣辣的。她回过头去，吃了一惊，那是丈夫的眼睛。她的市长丈夫就站在背后长满松柏的陡峭的山路上望着她，有半米距离。这只相框挂了两年了，是一位本地著名摄影家拍的。丈夫经常在报纸上展现他的光辉形象，可几乎没有一张照片令他满意，他老说人家没把他拍好，其实给他拍照的多是摄影家和名记者。唯有这张并不像他的照片让他满意，他于是请人放大后挂出，好证明自己不是不上相，而是人家的技术问题。

因为照片上的人并不像他，过去她似乎从未感到过照片的存在，但此刻她发现上面那双眼睛从未有过地像他。他在看她（啊，她发现他第一次那样凝视她），目光里含着温厚宽容，一副善解人意的样子。

于是她慌了，摸摸衣领，领子扣得好好的；理理头发，发卡还在，但她的心却在咚咚直跳。她连忙跑出卧室，冲进卫生间，三下两下就脱得精光，她想她该洗个澡，洗去一切！

自这天起，她洗澡洗得频繁了，原来一天顶多一次，或者两天一次，而现在她早晚都要洗，且时间一次比一次长，走出卫生间几乎要晕倒了。洗完澡当她审视着镜子中的人时，竟意外地发现自己胖了。从前扁平的腹部变得圆润光滑，乳房也有了沉甸甸的感觉，托在掌心犹如熟透的柿子，乳晕泛着诱人的藕荷色，还有那若隐若现的纤细的锁骨……啊，美人骨，爱之门！谁告诉她的?！

不，不，谁也不曾告诉过她，是她在胡思乱想。她迅速打断思路，但她又怎能忘记那"爱之门"曾经向一个比自己小十岁的男人—— 一个她不知姓名的无业男人敞开过？他的声音就在她的耳畔，他的气息已渗透到她的肉体，无论怎么洗，她也能嗅到他身上那种味儿……

真让她无奈。还好，她这一副不正常的样子丈夫并没有看见，他到南方开会没有回来。她正好有充分的时间和空间去修正自己的失态，并采取种种措施。她把带到敦煌的里里外外的衣服，包括那只价格不菲的皮包统统都送给了收破烂的。弄得收破烂的老头儿以为这女人疯了，抓过衣服就跑，生怕她再要回来。她还买了一打高领内衣，企图遮住她的"美人骨"。

她不是个坏女人，她是打算对自己来一次再清算的。她要严肃深刻地反省自己，最近她到底怎么啦？问题究竟出在哪里？……

一周的病休很快结束了，她怕见到医院的人，于是又续了一周假待在家中。这是一个清晨，下了一夜的雪，窗外的冬青树白皑皑的，阳光出奇地亮，丝丝缕缕都像针般直刺她的窗子，令她心悸。她拉上窗帘，穿着睡袍，开了灯，找出日记本和笔来，准备在这样一个全封闭的状态下，写写她近日的心情。写日记是她少女时的习惯，这本粉红色日记本便是那时留下来的。

她轻轻打开扉页，从里面飘出两片干枯的黄叶。她立刻回忆起来，这就是她的初恋。上初三时，她和他同桌，她是班长。他又高又胖，十分威猛，学习不好，却很凶。能管住全班的她唯有那男孩管不了。她恨他，但哭过就又不恨了。

因为他能画一手好画，他的画在学校屡屡展出，她自小就倾慕具有艺术天分的人。那些被他画的女孩儿个个漂亮，他从不画她。这两片树叶是他们在外写生时她特意采摘的，本想送给他，让他画一回自己，他却说："你长得不好看。"

啊，会画画的男孩儿，她的初恋。

上了大学，她又喜欢过两个男孩儿。一个是学生会主席，一个是班里的宣传委员。他们几乎整天在一起搞活动，甚至可以说亲密无间。她自以为她在女生中是极优秀的，然而，她所钟情的两个男子却先后把红线抛到了其他女生手中。男生们暗地里说，她太优秀，也太清高，她适合做朋友，而不适合做妻子。在男人眼里，做妻子的女人该是怎样的呢？她真不理解他们，为他们失去她这样优秀的女人做妻子深感惋惜。

于是，失落之下她就嫁给了她现在的丈夫。他们是经人介绍相识的。他比她大八岁，当时是市下属的一个农科所的技术员。小技术员当过兵，转业后又考入农大，工作很投入，人也厚道，政治上积极要求进步。这当然是继承了他那个革命家庭的光荣传统。但一向喜欢英俊高大男人的她觉得他个头儿矮了些，相貌也太一般，整天灰头土脸的，尤其缺乏情趣。第一次见面是在介绍人家里，介绍人备好茶点就出去了。坐在她对面的他一直红着脸不说话，看两只手。她忍不住了，说："你怎么不说话呀！"他抬起头志忑不安地看着她，这才说了一句话："我不爱说话。"第一次见面就在无言中结束。

第二次见面，大概是介绍人批评他了，小技术员一坐下就对她说："那我就不客气了，正式开始谈了。"她被他这话弄得哭笑不得。后来当她得知他从小跟着爷爷在农村长大，父母待他感情一直疏淡时，她就同情起他来。

那三次见面是初春，正是青黄不接时节，可他却提着一篮子黄瓜和西红柿从乡下满脸泥汗来医院找她。他高兴地对她说，他的温室栽培试验成功了！科里的同事望着那一篮子新鲜蔬菜，都十分羡慕她。她把蔬菜分给了大伙儿，他一点不生气，说，以后还给他们送他种的菜。他真是热情又大方。

两个月后他们结婚了。嫁给他，可以说是她那些同事起了决定性作用，他们吃了他的菜都说他好，他们对他远远比她对他满意。但相识甚短就结婚，却令他的父母不悦。他们怀疑其中一定发生了什么，其实什么也没发生。她是在新婚之夜向小技术员献出处女地的。正是春季，小技术员一夜云雨不断，就种上了自己心爱的庄稼——小麦，他们的女儿叫小麦。中国是个农业大国，对农业技术人才一向是偏爱的，加上小技术员颇有成绩，又拥有某种背景，因而很快就提起来了。此后仕途一路畅通，这是她始料不及的。

婚后的生活平静如水。他不爱说话，并且早出晚归，也没有更多时间同她说话。她想法很多，却是藏在心里。他们的交流到后来仅限于床上了。而在床上，他也是没话的。

她这次之所以在这方面犯错误，也许是因为始终没有得到过热烈的爱情，她不甘心今生留下一页空白？

也许，是丈夫多年来在仕途上摸爬滚打，疏淡了她，她忍受不了这漫长难耐的婚姻，想寻求一点婚外刺激？

也许，是她从前看外国小说看多了，安娜·卡列尼娜和郝思嘉们在她心里种下了不灭的激情，使她变成了一颗情种，遇春风春雨就要破土而出？

也许，是她受了时下一些资产阶级生活方式的影响，不自觉地走向腐化堕落？……

这些似是而非的"也许"并不能使她满意。一个高贵的女人能把自己降到那样一个层次——和一名打工仔,这是多么糟糕的事啊!

这个可怜的女人在一天天地拷打着她那脆弱的灵魂。白天,她拼命干活,绝不让自己消停一刻,洗衣、擦地、清扫院子,不放过任何一个角落。她甚至把丈夫的所有衣服都熨烫了一遍,把他喜爱的盆花也修剪整理了一遍,累得浑身汗湿,精疲力尽。这样她才好受些,觉得自己似乎减轻了某种罪责。

可每到夜晚,她躺到床上时,脑子里便又无情地跳出那个人——戴着黑眼镜的影子。她甚至一点也记不起那个人长的什么样了,但却能感受到一束深藏在镜片后面的目光在暗红的火光中凝视她。那高大的影子轻轻向她走来,鹰似的张开有力的臂膀。她犹豫了一下,对自己说:"逃!"但她的心终究不能抗拒那魔力,奋不顾身地扑过去。这时,她又感到那气息一点点地渗入她的肌肤。他在喃喃地说:"啊,美人骨!……"

她晕眩了,听到自己在说:"啊,真好!抱紧我!紧紧的……"

这时,从火车站远远传来的尖利的汽笛声将她惊醒。她吓得坐了起来,呆望窗外混沌的夜空。在她看来,这划破夜幕的汽笛声悲壮而动听,很有种生离死别的意味。她喜欢悲剧。似乎还在念中学的时候,她便读到过毛主席他老人家写给自己女人的那个著名诗句:"汽笛一声痛断肠。"是啊,痛断肠,如果不是深爱着,怎会有如此感受?

那么,她对那个人又是一种什么感情?她一面感到莫名的荒唐极大的糊涂，在反思在愧疚在怨恨在强迫自己忘掉一切，一面却又在回味在担忧在牵挂在不由自主地痛苦！

这样一个飘着雪花的宁静的早晨，是很容易令人伤感和怀旧的。她突然变得心烦意乱，坐卧不宁，突然那么渴望寻找一个人倾诉，或者什么也不说，面对面坐坐也好。语言有时是多余的。但这个人是谁呢？她在脑海中过电影似的搜寻了一遍。没有，没有一个合适的。这未免使她感到有点悲哀。在过去的岁月中，她竟然没有一个可以信赖、彼此倾心的朋友吗？在少女时曾经有过，但他们早离她远去了，各奔东西；而后来再结识的所谓新朋友，其实并不是真正意义上的朋友，他们是因为她丈夫而始终和她保持着近距离。这种人是可怕的。

除了丈夫——一个同她最亲近也最疏远的人，她真的一无所有，甚至没有一处可以保存情感与隐私的地方。在爱情贫乏的今天，女人是多么需要有一个储存情感的"银行"！

一周的病休又完了，她放下不能解开的心事，不得不重新回到妇产科专家的位置上。

一切都恢复了原状，雪白的大褂，雪白的病房，雪白的无影灯，加上她那张因缺乏睡眠而变得日益苍白的面容。生活就是这样，像一条大河，虽然时不时要激起千层浪，但那深邃的河道早已为它规定了方向。人生有着太多的无奈。

这天早上，她又像从前那样，在办公室换上平底布鞋和白大褂，准备查房。这时院长突然来了电话，说有两位公安局的同志找你。她在电话里愣了一下，想公安局找她会有什么事？莫非是想通过她找丈夫帮什么忙？之前，公安上的人就到家里去过。她想推掉，但院长说，你还是过来吧，他们挺急的。于是她直奔楼上。

医院小会议室，一高一矮两名警察在等她。见了她，年轻的高个警察赶忙站起，客气地与她打招呼，拿出证件作自我介绍。那络腮胡子的矮个警察指指沙发，请她坐。她发现他目光如电，沉着机敏。

"你们有什么事吗？"她淡淡地问，没有坐。

高个说："孟大夫，你最近到过敦煌，是吗？"

"是……"她脸上有了不自然，心想他问这个干什么？

矮个从公文包里拿出一张照片复印件递过去，说："这照片上的人你见过吗？"

她的心像被一只手猛捏了一把，天哪，正是他啊！

高个说："这个人叫刘小亮，最近在敦煌行窃，被他老乡告发。刘小亮还向当地公安机关主动坦白了他的过去，原来他是咱们新疆的一名在逃犯……"

"在逃犯？！"她紧张得气都喘不过来了。

这时矮个警察突然从背后拿出一只浅灰色旅行箱，放到她面前，严肃地问："你认识这只箱子吗？"

"这、这……哪儿弄来的？！"她惊呆了。

高个说："这箱子是刘小亮从他开旅社的老乡家里偷出来的，据他提供的线索，我们才找到了你……"

天哪！怎么会是这样呢？怎么会是这样呢？！当初她真不该把自己的工作单位和姓名告诉他！

矮个用犀利的目光注视她片刻，说："孟大夫，别紧张，认识就说认识，没关系。我们只是向你了解一下，证实犯罪嫌疑人说的是真话还是假话。这家伙当年是有前科的……据他交代，他出于对失主的同情，起先是让自己的老乡把箱子交还给失主，但他老乡不干，还打了他。后来，他听失主说箱子里有一尊珍贵的玉飞天，不得已这才去偷……"

两个人这时一同看她。在那短短的几秒钟内，她几乎接受了一生中最严酷的煎熬。这些天她一直念念不忘的男人竟是一名在逃犯？她怎么一点没看出来？眼下她该怎么办？去认他并认自己的箱子？如果是这样，那就意味着是为刘小亮作证，同时也意味着许多许多——她同她的丈夫将会从此与一个叫刘小亮的罪犯连在一起，她与刘小亮那段故事谁敢保证不会被刘小亮交代出来……不！她决不能这么做！

她的确是个高智商的女人，几秒钟的工夫她就想好了对策。她像一名老奸巨滑的犯罪嫌疑人，镇定地抬起眼，平静地说："我前些日子是回过老家，但根本不曾丢过任何东西，什么玉飞天不玉飞天的。就因为一只玉飞天，就找到我了？这个男人我也从没见过。你们二位也不想想，我怎么能跟这种人来往?!"

高个点点头，赔着笑脸说："对，对，我想也是！天底下同名同姓的人多了，这小子一准儿在胡编！这次押回新疆恐怕没命了……"

矮个站起身，微笑着说："对不起，打扰你了，孟大夫！听说你还病着哩，市长不在家，你得自己照顾好自己哟！"说完意味深长地送给她一张警民联系卡，说："有事可以联系。"

她矜持地伸出细白的手，同矮个握握手，笑着说："辛苦了。"遂望着二人带着她熟悉的灰色旅行箱下楼。

别了！玉飞天！原谅我吧，父亲！她在心里绝望地喊。

这天她回到家时，已近黄昏。屋子暖暖的，空气中有一种异样的气息。看到地上放着的旅行箱，她知道丈夫回来了。她心里慌了一下，走进卫生间，在大镜子前理理衣服和头发，稍作停顿，才进书房。

她那穿着浴衣有些发福的丈夫正站在窗前给花浇水。见她进来，抬抬手，淡淡地说："回来了？医院最近忙吧？"像见到一个昨天才见过的老同事那样。她的一颗提起的心放下了。

她的市长丈夫除了喜欢蔬菜庄稼，更偏爱花草。他看它们的目光极特别，皱着眉，眯着眼，眸子亮亮的，有欣赏，更含着深深的疼爱。每天早晨和傍晚，只要他在家，他是一定要抽出片刻去同他的那些花儿待一待的。他拎着一只蓝色塑料壶，喷洒着清水，一边喃喃地唤着各种花儿的名字，一边用手轻轻地摸着它们的叶片，一种抚摸情人的亲切和温柔。他的爱花在这座城市是有名的，于是一些取悦他的人就找到了最文明最高雅的传递情感的纽带——花。这座城市的名花异草几乎都集中到他的家，有人甚至从南方空运过来一些名贵花草送给他。一位农业专家出身的领导热爱植物热爱绿色是重视生态环境的表现。除了观赏，他是要用来作研究的，他向人这么解释。

现在看到这一盆盆花草长高长大，他真高兴，竟夸了她两句，说让她费心了。其实，她不在的日子是请一位爱花的邻居帮忙浇水的。她倒是感激他，关心地说："饿了吧？我这就给你做晚饭。"

他说："不忙，飞机上吃过的。你去洗澡好了。"他向她做了个手势。她的心顿时又被提了起来，难道他在暗示她什么？

她满腹狐疑进了卫生间，反锁上门，气都喘不过来了。

直到听到客厅里响起"临行喝妈一碗酒，浑身是胆雄赳赳"时，她才长舒口气，明白过来他为何让她洗澡。

在卫生间，她脱下内衣，禁不住地发抖。她用沐浴露反反复复洗她的脖子、胸脯以及那个隐秘部位，一个地方起码洗了六七遍，但仍觉得没洗干净。她知道丈夫一定在等她，不能再洗下去了。

当她战战兢兢走进卧室时，丈夫果然说："太久了。"

她说："对不起。"

他朝床头柜努努嘴，说："给你买了件睡衣，试试吧。"

她说了声"谢谢"，打开包装袋。天哪，粉红色，一模一样的绣花！那个人顿时闪电般划过她的脑海，"哗啦"撕开她多日来用心密封的记忆，她听到一股急流在她体内涌荡，忘掉过去！忘掉过去！！她命令自己。

"不喜欢？"他不解地望着发愣的她问。

她不自然地笑笑说："哪能呢。"

于是，她穿上了。"叭"，他把壁灯关了，带着"两面针"的气息伸过一只手。他极勇猛，她在他的辗压下要窒息的感觉。她哭了，起先是悄悄流泪，接着哭出声来。

他诧异地问："怎么啦？"

她说："没怎么。"

他以为她是太激动了，于是受了感染，更加无畏。

她惊叫起来，嚎啕起来。那是一种近乎绝望的哭——为无力拯救的自己，也为那个可悲的男人。

丈夫第一次温柔地拍拍她的脸，说："真好！"

她捂着隐痛的胸口。

不消五分钟，她的市长丈夫就睡去了，鼾声如雷，阵阵声动。在这个雷鸣的无雨之夜，她又失眠了。

悄悄地爬起来，到客厅放琵琶曲。于是，眼前又浮现飞天飘舞的巨大洞窟。冉冉烈焰的背光下，飞天们晶莹素洁，高举纤纤玉手，向她挥洒如雨的花瓣……

琵琶声变成急促的雨声，花瓣化作颗颗血滴。飞天在哭泣。飞天哪，你到底是什么？中国的维纳斯？抑或是欢乐的自由女神？不，在这个日益狭窄倍受压抑的世界里，或许她只是人类描绘在世俗之上的一个梦想，一份飘飞在梦中的自由，一份美丽的孤独。

黑暗真是一样奇妙的东西，它能使人心静如水，彻底放松，勇气十足。在这个模糊得有些虚幻的黑夜里，她在心里突然作出一个真实的决定。她从包里找出那张警民联系卡，拨通了电话，话筒里传来一个男人的声音："我是刑警队。"

她不说话了，心儿直抖。

"您是谁？需要我帮助吗？"语气温和诚恳，带着浓浓的鼻音，是那个矮个老警察！

顿时两行热泪从她眼里淌下。她哽咽道："我、我姓孟，那只浅灰色旅行箱是我的……"

几个月后，又一个无眠的夜晚，她在本地电视台《案与法》节目中看到了那个男人，刘小亮。他已剃了光头，不戴眼镜，戴了手铐。

漂亮的女记者问："刘小亮，听说八年前你是你们村唯一在县城念书的高中生，也是你们县唯一考到北京的孩子。马上就要上大学了，你竟然置大好前途于不顾，杀死了你的老师，这是为什么？"

被称作刘小亮的男人低声说:"家里实在太穷,供不起我上学。我挖了一个暑假的甘草,才卖了二百块钱。后来我就想到我的一位小学老师,他姓孟,过去他很喜欢我。他有一尊玉飞天,特值钱……"

"于是你就谋财害命?"女记者问。

男人摇摇头,说:"不,起先我并不想伤害他。不料那天夜里,我偷玉飞天被他发现了,他操起扁担打了我。我求他放过我,可老师说,他要告发我!我怕他一告发,我上不成学了,这才下了手……"

"可你的老师到死都没说出你是凶手!"女记者说。

男人点点头。镜头推近,一张羞愧难当、潸然泪下的脸的特写。

男人拍打着脑袋,说:"我、我不是人啊!这八年来我没有一天安生的,我对不起孟老师!……"

"听说你以'飞天'这个名字,每年都捐助你的母校蒲公英小学那些特困生?"女记者问。

男人目光中含着复杂的感情,镜头在他瘦削的脸上停留了一秒钟,就切换到一张汇款单上。汇款人一栏是放大的"飞天"二字。

女记者的画外音:"这是案发前刘小亮没来得及寄出的一张汇款单。八年来他把自己所有的悔恨和痛楚都融入了这张小小的汇款单里;八年来,他将他最后的希望和未实现的大学梦遥寄给了母校……"

又一组镜头。

监狱青灰色的高墙威严耸立,两名监狱警察押着刘小亮徐行。一串鸽哨悠悠地摇过没有一丝云彩的天空,太阳亮得晃眼。

在一扇铁门前，刘小亮扭过头去，深深地回望他走过的路。

弯曲的小路尽头，一枝金黄的蒲公英忧伤地开着。

刘小亮的嘴角弯起一抹苦笑。

定格。

漂亮的女记者做了一个结束的手势，说："刘小亮一案的跟踪报道到此全部结束。观众朋友们，再会！"

坐在沙发上的她，猛醒过来。

（原载《西部》2001年第4期）

忘记白驼

1

我一向以绅士自居，自然最鄙视男人打老婆。不料有一天我也拉开了这悲壮的一幕。尽管事后我一再认为我并不是真正要打人，可是闪耀在小娇颊上的鲜红，却清晰地显出男人粗大的指纹。是我的指纹么？我格外惊讶。我的惊讶与小娇那时的惊讶几乎相同——我们都在怀疑路天青也就是我，是不是疯了。

回想起来，那天晚上我背着摄影包从白驼镇回家，的确不大正常，首先我不想见到人，不想说话。实质上在外的那些天我已经习惯沉默了。

正在电视机前织着一件小孩毛衣的我的妻子柴小娇，显然不知道我这个新近养成的嗜好，见我进门，她高兴地扑上来问："孩子接来了吗？"我撂下摄影包，走向阳台，点烟。小娇跟了过来，一把夺过去。这女人近来变得越来越不理智，整个儿一大白萝卜，特蠢特烦。我转身进了卫生间。刚掏出家伙，她又逼在身后了："喂，说话呀，怎么你一去白驼镇就不对劲儿！我问你孩子呢？"

矮胖的小娇用她短粗的手指掐着我的胳膊一阵乱摇，这时我那家伙便有些难为情了。虽说是夫妻，我的东西总归是我的东西，不是说你啥时候都能看的。我背过身去，岂料小娇偏又绕到前面，继续追问孩子的事。借着暗黄的灯光，我看到她脸上的肌肉在抖。她激动的时候就是这样，而这副面孔此时最令我不能忍受，在那些凹陷的阴影处，我仿佛看到了她的过去……

我强忍着尿流不畅的胀痛，瞪视了她大约五秒钟。当她丰腴的身子凑过来，想表示她那小娇式的亲热时，我就禁不住操起右手，猛贴上去——啪！小娇一愣，歪在了门框上！有那么几秒钟，她一动不动；继而，"哇"的一声，捂着脸冲进卧室……

我站在阳台上望天。此时天空是一片灰蓝，没有星星，星星们早已被城市人贪欲的眼睛吞没了。数星星要到白驼草原。数年前有个姑娘对我说过这句话。而如今白驼连同它的星空，竟被撕成碎片，埋葬在了我心底。

我走进我那小小书房，打开灯，从包里取出一幅图画凑近眼前。橘黄色的灯光洒在画上，于是画上那些鲜艳的颜色全都透着奇异的光亮。一个头发卷曲、戴副眼镜、胸前挂着照相机的男人在向我笑。嘴很大，牙很长，腿儿细细的，胳膊粗短。这个比例失调、五官滑稽的男人背后是繁花点点的草地、雪山、毡房和蓝莹莹的小河。小河上空飘摇着一串金色星星，它们一直延伸到毡房那个小姑娘的手中。这是个怪模怪样的小姑娘，梳着许多小辫儿，穿着火红的裙子，正与一条打着红领带的哈巴狗对舞……画旁边歪歪扭扭写着："爸爸、安琪儿和我"。

我原来一直以为，星儿唯一的好朋友安琪儿是个和她同龄的小姑娘，没想到竟是一条哈巴狗！而在她的故事中，邻居罗叔叔却被星儿始终称作是"安琪儿的爸爸"。一个单身男人与一条狗的亲近竟令星儿认为是父女关系，多么荒唐！这是五岁孩童的无知？还是我们成年人无法理喻的一种深刻？这幅稚嫩的图画就像一个古老的童话故事，充满了甜蜜的情调和宁静的忧伤。

这是星儿留下的一幅画，这是星儿怀着美好的向往，与这个残酷世界进行的最后一次对话。

我的耳边不禁回响起初次见面时她怯生生的令人奇怪的问话——

"你姓星吗？你是不是我爸爸？你是来接我的吗？……"

2

那是去年八月一个周末的晚上，我洗完澡上床，正准备做正事，电话铃响了。对于这种不合时宜的电话，我老婆柴小娇深恶痛绝，她认为这不仅会破坏我的情绪，还打乱了我们的作战计划。平素这个时候她会把电话挂起，但这天她忘了。

于是，我接受了一个今生也许不该接受的邀请。

"我是白驼镇，您是路先生吗？"电话那边一个女人问。

我的心忽地提到了嗓子眼儿。我问你是谁？声音很不自然。对方说，她姓毛，毛主席的毛。红枣节到了，他们白驼旅游公司准备组织一批名人名家旅游，费用他们承担。女人说："您这位大名人可一定要来哦！"说完，很有气势地把电话挂了。

白驼旅游公司真够精明的了，他们无非是想通过所谓的名人效应来宣传白驼。我长吁一口气，把满肚子惊惶化作一个响屁甩了出去。

淡粉色的壁灯下，小娇努着嘴坐在床上等我。她刚换上一条新内裤，那漏洞百出比鱼网还透明的麻纱内裤，看了让人心酸，以为又到了食不果腹的旧社会。可小娇说，性感。

"你又要去白驼？"小娇一脸不高兴。

我装作无可奈何的样子说："谁叫咱是名人呢！"

"哼，鬼知道！"小娇说。

我上前揪下她屁股上的鱼网裤，于是小娇很快就顺从地不吱声了。许久，我听到她的叹息，她说："我这不是正治疗吗？医生说你要配合，否则啥时候才能有孩子……"

又是孩子！我本想说"如果当初你和别人没那一次，兴许早怀上了"，但看到小娇那副精疲力尽的可怜相，于是打住吧。为了孩子，小娇一段时间以来几乎天天逼着我吃中华鳖精，吃延生护宝；为了孩子，小娇像肩负一项神圣使命似的，每天晚上都准备着战斗。有时候我想，我们做爱已不再是为了爱，甚至连纯生物的自娱自乐也谈不上，只是为了制造一样东西——这就像把胶片投进显影液里，目的是要搞出影像来。

真他妈可悲。

当然我也不是不理解小娇的难处。在我们陕北老家，我这长子，又是唯一的儿子，若不能给父母弄出一个带把儿的，他们觉得在众乡亲面前抬不起头来。现在不要说孙子，我连孙女也给他们造不出来。为了此事，他们特意从千里之外赶到新疆，大有问罪之势。起先我们说，我们不想要孩子，后来经不住老母的眼泪，我只好说是我有问题，无论如何我是不能说实话的。但即便如此，我的父母和两个妹妹仍坚定不移地怀疑小娇，说肯定是小娇丧门。而小娇家听说小娇有病，对她则充满同情。我的老八路出身觉悟很高的岳父岳母一人拉着我的一只手，安慰我说："千万别着急啊，天青，你俩还年轻嘛，趁此机会多为国家出点力也好。现在科学这么发达，那点病算个啥。退一步说，就是治不好，也没啥。战争年代因为各种原因没有孩子的人多了，咱总理当年不是也没孩子嘛……"我笑着说："不急，不急。"但私下里我知道，那两个老八路和小娇的四个姐姐——大娇二娇三娇四娇，都在怀疑着小娇是为了保护我而说了谎，问题出在我身上。

没办法，我的家和小娇的家偏偏都是那种极注重传宗接代的传统家庭。也许在很多方面他们是截然不同的，比如说我的父母是乡下农民，而小娇的父母是城里的离休老干部，但在孩子方面，他们的思维方式绝对一致。我的父母走亲串友费劲巴力给我弄来了祖传秘方，她的父母凭一些关系，也请来了大医院最有声望的专家。生育问题在我家和她家已作为重大科研攻关项目被探讨得热火朝天，与生育有关的性爱、性交等隐私也被赤裸裸地端到桌面上。小娇的大姐、一个完全能做我姨妈的雀斑女人就郑重其事地问我和小娇："你们每次得多长时间？姿势上是不是有些问题？体位很重要哪。"我听了几乎喷出饭来。小娇瞪了我一眼，我就连忙说："大姐说得对，体位很重要，相当重要。"雀斑女人接着又对小娇说："以后完事了，最好躺着别动。"

现在我们每次做爱，都会一边做，一边想着生孩子，当然我更不会忘记小娇为了她的第一位男友曾经做过人流的事儿。有时候我觉得这简直就是报应，我后悔娶了这么个"二手货"。六年前我是一个快乐的单身汉，有一个班的女孩儿对我进行围追堵截，啥样儿的金枝玉叶找不着啊。看我蠢的。

与家庭这个小社会相比，我们身处的大社会也宽松不到哪里。从我们结婚那天起，就有同事给我们不断鼓劲："祝你们生个大胖小子！"我俩点头微笑，表示感谢。一年后当我们确认自己有了麻烦后，再听到有人询问何时要孩子时，小娇就矜持地笑着说："我们暂时还不想要，年轻时不玩儿几年，那不是傻子嘛。"而三五年后，小娇收发室的那几个做了母亲的姐妹重又问起，小娇便拿出一副现代派的大气，不屑地说："都啥年头儿了，还那么想不通啊！要孩子除了给自己找别扭，一点没用！你看我爸我妈养了一大群多操心啊，到头儿还不得靠自己的工资养活自己嘛！我和老公想通了，不要孩子！"

这话从一向传统的小娇嘴里蹦出，我断想她那几个女同事一定惊讶坏了。果然接着就有人偷偷议论，柴小娇和她男人肯定有一个不行。于是，一个同小娇有点摩擦的女人就故意经常把女儿带到杂志社收发室，打扮得漂漂亮亮，让小娇看。那个女人捧着一本杂志当众念道："女人如果没有生过孩子，她就不是一个完美的女性；女人如果没有向这个世界奉献过母爱，她就枉活一生。"这段话对小娇刺激很大，回到家，整整落了一晚上泪。后来这位在单位主管计生工作的女士给每个女职工发了一张表，调查了解她们的各种避孕措施，小娇在"上环"一栏里狠狠地画了一个对勾，并让每个女同胞观阅一遍，这才算出了一口气。

我分析这是三十好几的小娇母性萌生的一个开端，之后随着一轮又一轮交织着希望和失望的治疗，小娇那光辉的母性疾病似的也发展到了顶峰。小娇只要去超市，她必会购得一大堆儿童用品，从"郁美净"儿童霜、小背心小裤衩，到玩具飞机、火车，什么都买。小娇喜爱编织，她买来各色毛线，精心地编着一些男孩女孩都适合穿的花样。但这些毛衣没有一件能织完，每月当例假洪水猛兽般到来时，小娇就闷着头把那些倒霉的药片、药丸统统扔掉，然后将那未织完的东西一点点拆去。唯有日积月累的一些育儿知识比较牢固地藏在了她心里。她四姐家的孩子凡是有个头疼脑热的小病，她随口就能开出药方。我笑小娇是自学成才的儿科专家，她认为我这是成心伤害她。

有一天，小娇有个怀孕的女友路经我家楼下，我客气地请人家上来坐了一会儿，事后小娇便流着泪问我是不是嫌弃她没用。我很奇怪小娇怎么会有这种想法。说真的，我对有没有孩子是无所谓的（我在乎的是她为前男友做的那次"牺牲"）。后来我才明白，对于小娇这样一个平庸女人，上帝没有赐给她孩子，剥夺了她一种绝大多数女人都具有的能力，实在是个错误。

这天晚上，我和小娇的战斗以失败告终。这有些出乎意料，过去还不曾有过。满身大汗的小娇望着疲软的我，目光里充满怨忿。她说："你这是怎么啦？注意力一点不集中！"我说："我注意力没不集中。""注意力集中，怎么会这样？"她说。我说："累了，不听指挥了。"

第二天，我在小娇忧心忡忡的目光下，登上发往白驼镇的长途客车。我没有随采风团走，我想早去两天，这样可以先拍照。对于我的提早行动，小娇满腹狐疑，无论如何要送我，还硬往我腕上系了一根红丝带。"让它陪伴你，一路消灾免祸。"小娇说。这话含义深刻。

3

白驼镇坐落在东天山下，距离我居住的城市有数百公里，道路坎坷。这漫长寂寞的旅途，对我这个长年奔波在外的摄影记者不算啥，甚至是一次短暂的休息和放松。可当汽车在松林幽绿的山道上奔驰，离白驼镇愈来愈近时，我心口却"咚咚"地跳起来。久违了！白驼！

坦白地说，六年中，在我和小娇单调又繁琐的生活中，我不止一次地梦回白驼草原。我站在草原上，看那座象征爱情的白驼，看天上走来走去的云，听牧人们悠长的歌声，回忆一些零星往事。

我这个人最大的特点是健忘，这与我的职业很不相称。过去有些和我很亲密的女人，刚刚走出我的屋子，我便记不清她们的长相了，以至有一两位突然返回，取她们遗忘在我那里的卡子、内衣或假发时，我竟以为又来了一位新的。我一直觉得，对于我这种人，这可能是个难得的优点。但后来我发现，我的健忘只是一种假象，在我生命的长河中，到底还是有一个女人留下了印迹。当然她不是作为一个女人、一种形象存在，而是化作一个地方或一个年代，化作草原上的景物，比如一座石雕，一朵云彩，一颗小星，一片落叶，它们成为她永久性的标记，站立在我人生的路途中间。稍不留神，我就要面对它。你说可怕不可怕。有几次我都痛下决心，远离白驼！忘记白驼！

可我还是来了。

傍晚，汽车到达白驼镇。六年不见，小镇竖起不少建筑，且统统刷得粉白、嫩绿和彤红，就像时下街上走过的随便哪个姑娘。城市也染上了化妆病，表示自己是时髦文明不甘落伍的。记得六年前这座小镇是极其古朴的，没有一座房屋敢把自己弄得比草还绿，比花还红。一律的矮屋矮门，纯粹的泥土色。屋檐下晾着玉米和红枣，黄是黄，红是红，炊烟是透明的淡蓝。家家门前屋后都有一片歪脖子枣树。每到夕阳西下，那些暗红的大枣就会镀上一层金色，惹得初来乍到的人走着走着，就不免生出念头。你若对着谁家的枣树多瞅两眼，那院里的老头儿老太太一准看出名堂，他们会说："喂哟，同志！看你那模样儿，就像咱白驼的客人，进来尝个枣吧！"看看，不用偷，就吃了枣，多美。

但眼下，那些枣树不知哪儿去了。街上多了另一种树，飘摇的树，游荡的树，彩色的树。在晕黄的路灯下，她们花枝招展，她们风光无限。她们那或长或短或深或浅的枝叶，一开一合，上下翻飞，呼啦啦地，能制造铺天盖地的蝙蝠气势。所以她们其实是城市的蝙蝠。这些蝙蝠很抒情地将每一个夜晚推向极乐。而肚里装满黄金和权力的男人们，不过是城市午夜那些硕大无比的傻乎乎的地球灯，摇摇欲坠地喷洒着腥膻之气。

蝙蝠和地球灯，构成了今日白驼的繁荣和现代。

我一路被这些树木追随着，被这些蝙蝠围攻着。我想，那个姑娘此时身在何处？那个叫金枣的姑娘？

突然，背后响起汽车喇叭声。我一扭头，一辆银灰色越野车"嘎"地擦着身边停下，从驾驶室里钻出个姑娘。姑娘向我挥挥手，"嗨"了一声。她说您是路哥吧？我说对呀。姑娘"咯咯"地笑了，说："虽然没见过您，可满街的人里我一眼就能把您瞅准!"

神了。我心想我就那么与众不同吗?这位高高壮壮、飘着一头黄发的东北姑娘,正是给我打电话的毛小姐。毛小姐年纪不大,但一双被油彩弄得睡意蒙眬的眼睛却有种沧桑感,肉乎乎的腥红大嘴和一堆颤悠悠的乳房,令人望而生畏。她身穿浅绿色亚麻质地的低开领套裙,脚蹬白色镂花时装鞋,脖子上的一圈珍珠像绳子似的,束得她有些透不过气来。她同我握手时,用力很大,戒指似乎要嵌进我的手心。我告诉她,我不准备在镇上等候采风团那帮姗姗来迟的文人老爷了,我想先下去拍些照片。她爽快地说:"成!这就送路哥!"

我说:"麻烦你啦。"她说:"您路哥是名人嘛,我们老总说啦,这次一定要给你们服好务。"我问她:"你们老总是谁?"她说了一个名字,我并不认识。我问:"你们公司有个叫金枣的姑娘吗?"毛小姐摇摇头,说公司没这么个人。我又问:"你们镇有个叫亚米的歌手吗?"毛小姐还是摇头,说他们镇最有名的歌手叫米拉。

我心中升起一种人事皆非的陌生感。

4

伴着凯丽金忧伤的萨克斯,汽车箭一般冲出小镇。爬过一个坡,风驰电掣驶进山。黑缎子般闪亮的柏油路两旁,是覆盖着一丛丛绿色松柏的矮山,山坳间不时闪出一小块玉米地、葵花地;几间浅红色的砖房很别致地点缀其间,房前挂着火红的山椒、明黄的吊葫芦,流水潺潺,鸟儿啁啾,竟把贫寒农家生活描摹出田园诗般的梦境。

174

景色依旧，而那位叫金枣的姑娘此时在哪儿呢？

六年前我带着两个任务来到白驼草原：一是新成立的白驼旅游公司想请我们杂志社作宣传；二是听说有一名在全国歌坛崭露头角的声乐高材生不留京城，执意要回故乡做贡献，我想会会他。前一个采访任务，抵旅游消费，我个人没什么好处，有些没劲；后一件事，我倒有些兴趣。这年头儿人人都想把日子过得好些再好些，能考到京城就如跳进了金门坎，谁会放弃繁华的北京城，倒退回这穷困的小白驼？我想，那个叫亚米的家伙，不是太聪明了，就是个傻逼。说不准能挖出一条可获奖的好新闻来。

但见了面，我就败下阵来。嗬，好一个漂亮的混血儿，他身材魁梧，高鼻大眼，皮肤白皙，还有一头浓密的褐色卷发。一说话，标准的京腔，还美声的。他略偏脑袋看着我，笑得很有分寸；同我握手，也是轻轻地，很像大地方搞艺术的那种人。站在他面前，我这被众女性称为"美男"的汉子，顿时矮了一截，丑了三分。尤其当他婉言谢绝我的采访时，我想，得，老子没工夫跟你缠了。

一扭头，我就走向白驼旅游公司的吉普车。当时旅游公司的经理是个半老徐娘，热情得很，为了答谢我的无私宣传，她私下里对我说："小路，我知道你们搞宣传的都喜欢漂亮姑娘，我给你安排一个陪游？"我佯装不安地说："不可以吧？"半老徐娘瞪了我一眼，说："别装！"

上车时，那个女孩来了。一眼看过去，女孩实在貌不出众，个儿不高，眼也不大，脸是素色，嘴唇倒是娇嫩，粉粉的。无论是脸，还是身材，简直没法同我喜欢的那类女人相比。但我想，对小地方的人不应苛求。嘴唇娇嫩，至少证明了她的纯洁。于是我首肯似的朝她点点头，我想这么个一般般的女孩，能有幸陪我这等风流倜傥的年轻记者，她定会像时下一些显示个性的女孩那样，招招手，来一声"嗨"。但，女孩只是一个小小的笑。这副矜持与勉强，让我很不舒服。要知道，男人更需要女人宠爱。

女孩倒懂规矩，打开车门，先让我上车，而后坐到了我身旁。她侧脸望着窗外，挥动小手。我看清离车几米远的地方，站着那个拒绝我采访的混血儿歌手。英俊的亚米似乎并未看见有人在向他挥手，他在和一个导游小姐没完没了地说着话。于是女孩就摇下车窗，可亚米还是看不见。这时车子拐到另一条路上，女孩仍然扭着脖子吃力地向后望着……

这副可怜巴巴的傻样儿令人费解，路上趁着解手，我到底忍不住问了司机。司机说："呀，你不知道哇？亚米是金枣的未婚夫，他们马上要结婚啦！"说完一笑，满脸的幸灾乐祸。

这么年轻就结婚？我心里有种说不出的酸。

一路上，我都心灰意冷，不知是生那半老徐娘的气，还是生这个小毛丫头的气。总之是气。我的导游也显得沉郁淡漠。我们没说一句话。

傍晚，车把我们送到白驼草原后，打道回府。剩下我和女孩。我们彼此看了一眼，这时我的导游说话了，她说："跟我走。"我就跟在她后面。她走得很快，挺着胸，两条长腿一甩一甩，小屁股翘得高高的，使整个后腰部形成一个柔美的弧形。我突然有种大悟，看来女人不一定非得丰乳肥臀，有一副好胸腰，外加个翘翘的小屁股，就挺有样子。事实证明，我的这个发现，已成为今天所崇尚的美女体形。

走到一条小溪前，女孩站住了。八月的草原一片浓绿，露珠儿挑在草尖，亮晶晶，暖融融的。几个包着鲜艳头巾的哈萨克族妇女正在哗啦啦的溪水中洗衣服。草滩已晾了一片五颜六色，宛如一块印着鲜花的大地毯。放眼远望，密密的苍绿的矮松，沿地平线围着一圈，牧人的毡房似点点白蘑菇散落在草原上。夕阳深处，那一座高高的形似一对骆驼的白色石头，就是这块草原的标志了。

我的导游说："你不想拍几张照片吗？"

嗯，还有点眼力。我于是取出相机。之后，我全身心投入工作，女孩背着我沉重的旅行包和摄影器材，跑前跑后，当了我的助手。望着她满头的汗花子，我说："歇歇吧。"她跑到小溪旁给我取来一瓶清水，在我旁边坐下。

喝着清凉的水，顿时周身舒畅，全然忘了先前的不快。女孩也有了兴致，开始讲起关于白驼草原的传说。

"很久很久以前——"她把声音压得挺低，显得神神秘秘。

"白驼草原森林茂密，水草丰美，有一个哈萨克族游牧部落在此安居乐业。部落里，一位姑娘与一位英俊的小伙儿热恋了……"她说。原来是个爱情故事！

"这对年轻人的相爱使上苍嫉恨不已，他派出遮天盖地的蝗虫飞到这里进行报复。顿时树枯了，草黄了，人们惶恐万分，背井离乡。那位善良的小伙儿不忍看到美丽的家乡变成沙海，他抱住一棵死去的古松，呼天喊地，请求护佑。他摇啊摇，拼命地摇，没想到摇着摇着，那棵古松忽然变绿了。小伙子喜出望外，又去摇另一棵树，摇着摇着，又绿了。于是，小伙子一棵接一棵地摇下去，直到山山岭岭的松柏重新变绿。可是，他却因劳累过度倒下了……姑娘得知后悲痛欲绝，泪如泉涌。泪水落到地上，汇成了小溪，使草地一片片返青。姑娘流干了泪，最后流出了血……

"为了纪念这对热爱家乡的恋人，人们把他俩合葬在草原上。不久一次电闪雷鸣之后，墓地上生出一座白石头，它形似两匹相依相偎的骆驼。人们从此把这里叫做白驼草原……"

在我的导游投入地讲述这个故事时，戴着墨镜的我，有了一个细细端详她的机会。我发现讲故事能增加女性的魅力和神秘感。当时正值晚霞西落，草原被染上一层深沉的古铜色。衬着这幅背景，我身边这个相貌平平的女孩发生了神奇的变化，她变成一尊活生生的金像。你看，她的额头是多么光洁饱满，智慧女神的那种；她的鼻子是多么挺俏，活泼少女的样子；还有她的嘴、她的下巴，都带着天使般的纯洁。连她脸上那些细小的汗毛，都显得十分可爱。密密的长睫毛下，一双不大的眼睛亮若星斗，光芒四射。一头黑发在清风中飘起飘落，乱中有静，静而有声。这是一幅多么生动的特写！

我没料到这个正面看来并不咋样的女孩，在光的作用下，竟能制造出如此庄严圣洁的侧影。光真是个奇妙的东西，难怪干我们这一行的，连最笨的家伙都能总结出精辟的道理：摄影艺术是光的艺术。搞了多年摄影，拍过各种美女的我，一般认为，真正适合拍侧影的女人并不多。因为拍侧影全靠你自身的"模子"，化妆是无济于事的。

我端起相机，调整焦距，准备给我的导游来一张。不料女孩举起手挡住了脸，说："别！"说完，脸就红成一片。小地方的女人就是小地方的女人。

现在想来，我对这个叫金枣的女孩的动心起始于光。光使她清瘦苍白的脸变得饱满而红润，光使她那被水磨石蓝牛仔裤绷得恰到好处的身材曲线分明，青春十足。光传递着她身上的奶香，光唤起我的原始欲望。回去的路上，我们走在一起，挨得很近。随着光在她脸上头发上不断变幻着色彩，我肌肉紧绷，惶惑不安。伸出手，烫烫的，听得见血液在一根根暴起的皮下管道里疯流、沸腾；它们不知所措，一阵阵胀痛，它们渴望能像那恣意飘舞的光那样，去抚摸她温润的小脸、细软的汗毛，以及她身上那些高低起伏……

见鬼！我怎么傻乎乎地就陷入一种无可名状的骚动？有人总结，伟大艺术家的生命历程里，须有一个鲜活如兔的小情人来激发他的灵感和创造力，这话挺在理。我真感谢此君对我们这拨人的理解和爱护。实话实说，我从前的几个获奖作品都得益于红颜丽人。人类一造爱，思想便产生。绝对的真理。

金枣大约觉察到我那不怀好意的目光，低下头，走在了我后面。我心想，今晚你逃不出我的手掌了。

"嘀——嘀！"汽车喇叭声将六年前那个骚动不安的路先生拯救出来。睁开眼，身边高大的毛小姐正熟练地转动方向盘，和一辆面包车错车。汽车拐上一条狭窄的小道，眼前出现一片绿荫。

8月的草原正是旅游旺季，到处飘荡着琴声歌声和笑声。毛小姐把车停到一片松林前，说："路哥，天不早了，我建议你在松林坡住一宿，明天一早咱们再去白驼。"

松林坡？我一怔。环顾四周，没错，是这里。六年前，我和那个叫金枣的女孩在这里住过。如今那片矮松长高了，密实得像一堵墙。毡房的陈设也有了变化，从前简陋的土炕变成了豪华席梦思，墙上古旧的挂毯换作一幅裸体女人的油画。我打开小窗，晚风带着哗哗啦啦的轻响吹进来，有一片深黄色树叶落到我脚下。我弯腰捡起那叶片，鼻子突然有些酸。

看起来毛小姐早有准备，她从车上提下一只大旅行包，取出冷冻的羊肉片和茴香、辣子面等，还有几瓶啤酒和一些面包，然后就拉开架势，在门前一排铁架子上烤起肉串来。鲜红的火舌"咝咝"地舔着肉片，顿时缕缕青烟挟着一股诱人的香味徐徐升腾，又飘散开去。

我说："你们导游是不是都培训过？"

她说："算你走运，碰上了白驼最优秀的女导游。"

看起来这位东北女子不同寻常。首先豪饮，不用劝，一杯接一杯。喝得眼睛红了，话就多起来。她说她在东北学过两年英语，听说西部大开发，就赶来了，新疆好挣钱呗。她还说，她家在农村，上大学的弟妹全靠她资助。我说你行啊，供俩大学生。她说不行咋成。说完，又干。干完，说要去卫生间冲澡。

我那发热的脑子顿时冷下来。我说："天不早了。"她说："是，那咱就睡吧。"我说："咱？"她说："对，咱俩！"我说："你搞错了，我不要人陪。"她愣了一下，火了，说："哪有你这等游客，不识好歹！不冲你是个名人，我们公司何必派专车专人陪！"我周身的汗毛竖起来，老天爷！这不是逼着早已从良的我重复六年前的故事吗？"不成！我睡外面去。"我说，转身要走，那女人突然像一头猎豹从后面扑上来，将我挟住，力大无比。说起来，从前我也有过风花雪月的实践，可这类女人还从未见过。我说："你要怎么样？"毛小姐干脆地说："咋整都成，随你！"我说："那就放我走！"不料她一把扯开自己的衬衣，掉出一堆粉嘟嘟的东西。她说："你他妈的是不是觉得我不够漂亮？你们男人咋那么色哩……"

那堆温软的东西热乎乎地堆在我胸前。恍惚间，我听见自己的胸口没出息地跳了两跳，眼睛一下花了……我睁开眼，睁得大大的！以期支撑我并不坚定的信心，我说："放开我！求你……"

她笑了，说："不放！别装了，谁不知道你路哥啊，名声在外，真虚伪！不就多花几个钱嘛，干吗想不通？你没啥毛病吧……"

"咚！"我一把将她推到墙上，逃也似的奔出门去。

背后传来女人的骂声："你他妈啥名人，名人有你这熊样儿的吗？冒牌货！"

外面风很大，带着些许寒意。空气是那么清新甘洌，我深深呼了口气，像似要把刚才满肚子的污秽吐出来。天空深邃而幽蓝，一河星斗，闪闪烁烁，与地上的篝火遥遥相对，传递着天上人间之玄机。不知什么地方响起笛声，断断续续，袅袅余音似一声叹息随风飘逝；黑压压的松林深沉地合唱着，草原是那样的静谧！六年前的那个夜晚也是这么静，我和那个叫金枣的姑娘在松林坡闹翻了。

现在回忆起来，一切都近在眼前。那天拍完照回去的路上，我就一路盯着金枣翘翘的小屁股在打算盘。我承认我是个风流男人，但绝不下流。我喜欢一个女人，想得到她，但如果她不情愿，我是不会碰她的。为了营造一个温情氛围，那天回到松林坡，我从牧民家里搞了一堆劈柴，燃起熊熊炉火，还烧了奶茶。草原的夜是有些寒意的，而有了炉火，则添了诗意。知识女性都喜欢玩儿诗意。果然，这一举动令我的导游满心欢喜，小鼻子上的雀斑跳了三跳。

但她不爱说话。这样就由我来引导谈话的内容。要讨女人喜欢，我的经验是：一要装得像绅士（真正的绅士不多）；二要幽默风趣（最好预备几个不荤不素的段子）；三要主动（胆大、心细、脸皮厚）。只要你牢记以上法则，活学活用，瞧吧，没有攻不下的堡垒。那天我喝完奶茶，先是夸奖了一番我的导游，说她如何有气质，如何与众不同。

我的导游听完，并不激动。

接下来，我讲了一个段子。女孩木木的，不笑。

我懊丧地说："现今哪有你这种清纯女孩。"

女孩说："是吗？谢谢夸奖了。"

真不可救药。我的启蒙如此不奏效，还真少见。一着急，就急中生智。我说："把你的手给我，我会看手相的。"

女孩犹豫一下，遂把手伸过来。于是，我一只手抓住她的小手，另一只手试探性地搭在了她肩上。我原以为这时的金枣会心有灵犀一点通，会略带含羞状垂下头去。但金枣毫无感应，一双清澈的眸子望着我说："快帮我看看爱情线吧。"

她还知道个爱情线？想起她那个傲慢的混血儿，我醋劲大发。我装作平淡的样子说："你有未婚夫了。"她点点头。我说："你们从小一起长大。"她点点头。我说："是个搞艺术的。"她点点头。

"但是他并不爱你，他爱上别的女人了！"我大声说。其实这也是那天见面后我的直感。我相信直感。

女孩一下慌了手脚，瞪着我说："你瞎说！过几天我们就要举行婚礼了。"

我说："婚礼不等于爱情，这一点你该懂得。看得出你是个痴情姑娘，痴情不见得是好事，只会给自己带来更多折磨。

我没说错吧？"

女孩愣在那儿。片刻，两只大眼睛里溢满泪水，慢慢流了下来。

哈哈，我的话到底起作用了。我快成功了，我想。我掏出一片纸巾过去帮她擦眼泪，试着去搂她的肩，没想到女孩一个反掌，说："滚！"

那一宿，我躺在土炕上翻来覆去睡不着，抽了半缸烟。突然而至的挫败感所带来的沮丧失意，令我不知是羞是悔还是恨。在我过去的生活中，可以说"爱"从来都不是缺物。我是摄影记者，我的高尚而神秘的职业使我很容易"摄取"各类美女，比如歌星、舞蹈演员、模特，还有一些文静秀气、善于幻想的女大学生。此外我外表不俗，甚至还有几分英俊，加之长期以来我在男性魅力方面所作的有意识的训练，漂亮女人是愿意和我交往的。没有谁让我不快过。没有谁让我失败过。但眼下，我却败在一个小地方的女人手中。我真他妈愚蠢。

天麻麻亮，我就爬起来，决定打发我那不通情理的导游滚蛋，滚得远远的，我再不想看到她！走出木屋，发现门口坐着个裹着皮大衣的人，嘿，竟是那女孩！她双臂抱拢膝头，缩成一团，头上身上湿乎乎的。昨晚下小雨了。她干吗不去找个住处，而偏要傻乎乎地守在我门前？让别人看了以为我怎么她了，没吃到羊肉，反惹一身臊，我一肚子气！

我故意咳嗽一声，女孩醒了。她揉揉眼，起身冲我说："你好！"

好个蛋！我心想。我的绅士风度完全瓦解了。我绷着脸，从屋里拎出她的旅行包，撂给她，说："你走吧。"

她说："按计划，今天还得游一天。"

我说："不需要啦。"

她提起旅行包，捋捋头发，说："那好。祝你平安！"头也不回走了。

"呱！"一只黑色大鸟长叫一声，从头顶掠过，打断了我的回忆。下雨了，丝丝寒意袭来。我疲惫地仰望夜空，星星们变得遥远了。天不早了，想必那个东北女人已经离开我的屋子，我该回去睡觉了。我沿着来时的路返回。岂料推开门，就听到"呼呼呼"的声音，挟着一股酒气直冲脑门。借着暗下去的炉火，我看见有人四仰八叉躺在床上。得，看来只好我走人了。

当晚，我借宿在一户牧人家里。

第二天天刚放亮，我就爬起，匆匆去客房拿我的东西。毛小姐和她的车已不见踪影，桌子上留了一页纸，是收据。上面写着车费多少，食宿费多少，等等，共计三百五十六元。我看着这张收据，感觉不妙。果然，我的包被人动过。打开钱夹，带的四百元钱只剩下找回的四十四元整。

这个混账女人！她讹走了我的钱，竟然还半路甩了我！

5

我走在寂静的草原上，走向蓝天与绿林划分而成的弧圆的地平线。

穿一身磨得发白的牛仔衣，披一头乱糟糟的长发，怀揣笔记本，肩挎照相机，在晨雾中穿行，在星光下疾走，我有一种流浪天涯的感觉。实质上数年前从走出黄土高原那天起，我就开始了流浪。上大学似乎是为了更有风度地流浪。流浪，是对故乡的一种抛弃和背叛，不管你是否承认；还是一种解不开的忧愁和相思，一种疲惫受伤的羊羔似的孤独。因此孤旅天涯的人最易误入歧途，就像我与小娇的婚姻，和后来我与金枣的相遇……

六年前的那个清晨，我的导游金枣走后，我一个人背着摄影包继续上路。我去的那个地方是个沙漠环绕的村子，很远，步行起码得两个钟头。想借一匹马，又不认识人。这时我有点后悔，不该急着打发那女孩走。

太阳升到头顶，总算走了一半的路。可这时我突然发现我的变焦镜头不在了，是不是放在了金枣的包里？记不清了。这可怎么好？眼下那女孩肯定早已登上去镇上的汽车。这叫什么事儿呀，路天青哪路天青，你他妈闹风流闹得昏了头，那只镜头可是价值不菲！即使你现在回去追那女孩，人家不承认，你又奈何？

我急得满头大汗，向一位哈萨克族老人打听车。老头听不懂我说什么，真是急死人了！我想给白驼旅游公司打电话，可跑了一圈，白跑。这前不着村后不靠店的地方，哪有程控电话。不瞒你说，我一屁股坐在地上，汗珠子"吧嗒吧嗒"往地上砸！突然远处传来两声"咴咴"的马叫，我抬头一看，一匹白马向我驰来，骑手竟是金枣！

金枣"腾"地跃下马，把一个东西捧到我面前，正是那变焦镜头！她红着脸说："对不起了，我上了汽车才发现在包里……"说完，用袖子抹了一把脸上的汗，就准备离去。我忽然快跑两步叫住了她。我说："请等等！"

她站住了。

我感动得不知该说什么。停了一会儿，我听到有个虚虚的声音："别走，好吗?"

女孩看了我一眼，没说话，牵着马转过身来。

我们又同行了。

我们来到那个小村子。那几乎是个与世隔绝的村落，村子里零散地住着十来户人家。村子周围环绕着起伏的沙山，而里面则是一片草场。奇妙的是，有一眼泉，叫沙泉。传说沙泉有数百年历史，她的水早中晚各是一种颜色，是她滋养着这里的牧场，哺育着世代哈萨克族人。听说有一年天旱，附近几个县的河流、水库相继干涸，而沙泉却依然水流不断。究竟是什么使这个含在沙漠口中的泉眼永不枯竭，充满生机?是草场周围那些茂密的天然沙棘林吗? 刺拉拉的沙棘树挂满亮丽的小红果，哈萨克人热爱沙棘树，他们说，那是上天赐给他们的神树神果，保护他们的家园不遭沙漠侵害。

早就听说这里的村民家家不用上锁，但谁家都不会丢失什么;放羊的牧民早上出去在路上掉了帽子，傍晚归来那帽子准在路边躺着。人们过着清贫的日子，却快乐无边。老人们整日围着炕头，乐呵呵地抽着莫合烟，喝着茶水;孩子们赤着脚丫在草地上跟羊儿似的，没黑没白撒欢;年轻人戴一顶破毡帽，只要跨上马，便会自豪地拨动琴弦，对着雪白的云头歌唱爱情。我弄不懂哈萨克人缘何这么宁静这么安详这么骄傲这么幸福地生活在这片高原上的一个小小的角落。后来当我要离开那里时，我明白了，每个人都有一个心灵的家园，背离心灵家园是痛苦的。

在沙泉前，我请我的导游给我拍了一张照。我说我也给你拍一张吧，她谢绝了。虽然她留了下来，但先前我们那种还算和谐的关系已不复存在。我们一同出去总是拉开几米的距离，大半天不说一句话，即使非说不可时，也尽量不让目光碰到一起。这是个认真又脆弱的姑娘，不同于城里的女孩，玩儿起爱情游戏能上能下，轻松自如。这种女孩玩儿不得。我隐隐觉得她受伤了，是我伤害了她？还是亚米？我想向她表示歉意，但又觉得难以张口。

村里这天正好有一位姑娘要出嫁，新郎的兄弟来到女方家迎亲，听说外面来了客人，就把我们请了去。新郎是个粗壮汉子，鹰钩鼻，红脸膛，很能喝酒。新娘看起来年龄很小，瘦弱苍白。当她被自己的兄弟扶上马背，告别娘家时，她用孩子般尖细的声音哀哀地唱着，小脸上淌着泪水。我问唱些啥，金枣眼睛看着一边，将大意翻译给我：

我的新房将要安置在什么地方？
那里像不像这里水丰草旺？
我就要离开生我养我的村庄，
去那人生地疏的异地他乡。
愿未来的生活称心如意，
可公婆怎能像亲生父母一样……

这首歌不知怎么，一下子就抓住了我的心。看到小新娘落泪，我心里直叹息，似乎我就是那远嫁的姑娘。因为过不了多久，我也要结婚了——在远离故土的新疆结婚。新郎家在不远的一个村子。婚礼上，我满怀心事喝着大碗酒，以期淡忘一些事。这才发现，我的导游也有活泼的时候，她能歌

187

善舞，一口哈语说得挺地道，很快就跟老人孩子打成一片。他们同她开着玩笑，她的脸笑成了鸡冠花，像在解释什么。我猜想，人们一定误认为我是金枣的什么人，要不怎么专门腾出一间毡房呢？

晚上，我醉倒在琴声里。天不知不觉黑透了，满天星斗亮晶晶。远方的白驼山衬着星空，透着淡蓝浅紫的光晕。草原深处，篝火依然通红，哀婉悠长的《婚礼歌》似乎还在唱着。我望着疲惫不堪的金枣，对她说："你进去睡吧，我住别处去。"她脸上带着犹豫。我加重语气说："你就放心去睡，如果此行我令你感到不愉快的话，我向你表示歉意。你已圆满完成公司交给你的任务了，明天一早就回吧。我祝你幸福。"说完，我就准备走了。

突然，她叫住了我，问："你呢？"

我想没必要把自己准备去白驼雪山的事告诉她，于是我说："我直接回城了。"黑暗中我快速看了她一眼，离去。我能感觉她还站在那里，没走。

第二天，一阵鸟鸣将我唤醒，我整装待发。此时碧绿的草原已在灿烂的天光之下，满坡满谷的野花迎风摇曳。天空湛蓝，一团团洁白的云彩在"咝咝"游走，带着草原上升腾的奶茶的清香。远处的白驼山白雪皑皑，晶莹剔透，仿佛大海上行进的小岛。你好！草原！你好！白驼山！我踏着露水，采了一大把野花，把它们插到了金枣住的毡房门上。

也许，这是最好的告别，我想……

我背着相机在草原上孤独地走着，走一程，停下来看看景；停一会儿，再走一程。我身边有一头黄牛也是这样，它游游荡荡、毫无目标、满腹心事的样子很像我。我不知道在它那个长满青草的世界里，是不是也有一些一辈子都在寻找着被自己丢失的记忆的家伙。总在寻找什么的人，是愚蠢的，衰老的。从前我可不爱这样。

在一个愚蠢的人和一头衰老的牛（或者说一个衰老的人和一头愚蠢的牛）同病相怜、前呼后应时，日头由低到高，再由高到低。天暗下来，风扬起来。晚霞像一匹撕碎的锦缎，飘飞在远天。云儿被染得金红，松林被染得血红，小草被染得绛红，连"扑扑啦啦"飞逝的鸟儿的羽翼也抖动着丝丝红光。草原啊！都以为绿色才是你的生命，其实你同人一样，也有着各种颜色。你美丽过，肯定也丑陋过，年轻过，肯定也会衰老。面对你，我还有什么心事不能袒露呢！

我走得累了，渴了，便找了一个草坡，坐下来吸烟。闭上眼睛，心跳一点点加快，六年前那个晴朗的早晨又历历在目了……

记得我把那束野花插到了金枣的门上后，就背着旅行包上了路。戈壁的太阳火力十足，烤得我两眼发花，汗流不止。我眺望不远处银光闪闪的白驼山，暗想，我终于来了！白驼山在摄影家眼里一直是座神奇的艺术殿堂，从前同行们多次提到要来这里，但路途太远。现在我捷足先登，是多么高兴！我的背囊里放着五个馍，一壶水，我计划两天打个来回。

谁知上路不久，后面就有一匹马追来，又是那个女孩！我有些惊讶，我想这回我又没丢什么，你来干什么。女孩拦到我前面，冲我大叫："路天青！你不能去白驼山，不安全！"我说："有什么不安全，我一大老爷们儿不怕。"她说："万一出个事谁负责？"我笑了，说："公司只派你陪我两天，你的任务已经完成了，后面的事和你无关!"她红着脸说："你要是不听劝，出了问题，当然和我无关。不过我还是觉得你不去的好，等我们公司把白驼山冰川开发好了以后，你再去也不迟。"我说："我来一趟不容易，一定得去!"

我就继续前行。这时她又追上来，真够烦的了。她伸出一只手说："把旅行包给我。"

我不明白她想干什么。

她说："给我。"

这时我注意到马背上那堆东西：军大衣、干粮、水等，还有一大把野花，我采的那束花儿……我心里有点热，把旅行包递给她。我说："你不是急着要回去结婚吗？"

她说："离星期六还有三天呢。"

我抑制不住兴奋说："你那位歌唱家生气了，可别怪我哟!"

她白了我一眼，说："谁怪罪你了。"

于是，我们又开始第三次同行……

一根烟吸完了，接着第二根、第三根……在我混乱无序地捡拾着六年前的记忆时，半包烟消灭了。脊背上凉飕飕的，夕阳收尽之时的光景，就如时下的美女，胭脂谢尽，荒凉无边。天下没有不散的筵席，这世界总是离多聚少，有什么想不通呢？

脊背后面的冷风忽然强烈起来，有"哗哗"的声音传来。我站起身，嚯，坡下有一小片金黄的野菊花!虽然这里到处都是野花，但像这么茂密这么集中的一片同色花儿实在少见。我取出相机走过去，这时猛然发现一双眼睛，吓我一跳!我以为出现了幻觉，以为是那个叫金枣的女孩出现了。但，不是。是一个小女孩儿！她躲在花丛中，探着小脑袋，一只手遮在额前，目光闪闪烁烁，新奇又紧张。她眉头皱着，好像在思索我是谁。她又是谁呢？牧民的孩子？我准备给这个小人儿拍张照，可刚举起镜头，那孩子倏地缩了回去。我放下相机，装作对她不再注意的样子，哼起歌来。

不一会儿，她又小心翼翼地探出脑袋。我再次举起相机，"咔嚓"一声，揿动快门。这声音显然把她吓坏了，她小小的身子抖了一下，细细的脖子摇摇晃晃，好像难以支撑那颗圆鼓鼓的脑袋。这孩子约莫四五岁的样子，眼睛又黑又大，鼻梁根隐隐有个青蓝的"W"字。小鼻子长得狭长挺拔，鼻翼略圆，像是用面捏的一样；圆嘟嘟的嘴巴唇角翘起，耳朵长得极怪，犹如两朵开放的小花儿。这是一个长相奇特的美人坯子——我断言。小女孩儿反穿着一件黑毛衣，毛衣又长又大，针线粗糙，不像是她的。蓝色灯芯绒裤子又瘦又短，露着半截小腿，脚上穿着一双家制的黑布鞋。

"你是谁家的孩子？"我问。

孩子充满警惕地瞪着我。她眼里有种与她年龄不相称的东西。不像乡下孩子，也不像城里孩子。

"你一个人在这里干什么？"我看到她腰间斜挎着一只塑料水壶，上前想拍拍她的头，突然小女孩儿"嗖"地从我胳膊下钻跑，跑得飞快，一溜烟，就没了影儿。

傍晚，我在投宿的高粱花老人家里看到了这孩子。孩子一见我，又"腾"地蹿出老远，好像我是个大老虎。高粱花老太太矮矮胖胖，一身黑衣，梳着溜光的发髻。她不多言语，但眯着细细的眼睛看你时，有股佛相。吃晚饭时，她拄着拐杖，"星儿、星儿"地叫了一圈，到处找那孩子，最后竟在床下发现了小女孩。老人掀着床单哄她："求求你，别跟我捉迷藏啦，出来吃饭吧！"

奇怪，还有这种孩子，她到底想干什么？我放下筷子走过去，突然床下发出一串尖利而愤怒的声音："你是谁?! 你滚！你们别想把我骗出来！我哪儿也不去！"

这孩子不欢迎我住她家？我看看老人，老人揉揉发红的眼睛说："同志，这孩子认生，她不懂事，你别介意啊……"

我笑笑说没事。草草扒完饭，就去睡觉。

6

早晨睁开眼，我发现我的鞋不见了，接着发现我的摄影包也不见了。我找了一遍没找着，急了，去问高粱花老人。老人很吃惊，她说"你等等"。不一会儿，屋后传来老人的叫声，我跑出去一看，倒抽一口冷气，我的鞋和摄影包竟然被摆在一条小路上！而那孩子就站在不远的地方冷漠地瞪着我！

老人抄起一把扫帚生气地追去，说："我让你再捣蛋！我让你再捣蛋！"她的扫帚在孩子身上象征性地拍着，小女孩挺着小胸脯，一动不动。老人摔下扫帚，就落下泪来，一把搂住了孩子。

我有点闹不清，现如今孩子们怎么被宠成这样，脾气古怪得跟老头儿似的。本来我兜里无钱，打算在老人这里借宿两天，现在看来成问题了。我收拾行装离去。

当我走进幽暗的松林时，背后突然飞来一串明亮的光环。我抬头去看，它流星般从眼前迅疾消逝。不一会儿，又出其不意地旋舞到我脸上，照得我两眼生疼。我明白了，是那孩子搞的鬼。四下里看，却不见人。怪了。我不得不捂着脸，一路小跑。这时，后面传来孩子得意洋洋的大笑："哈哈哈！……"她手里正举着一面小镜子。这个小东西！

借此机会，我准备再去那座当年我与金枣去过的小村庄看看。我听说这两年那里也开发起来了，村子里那眼沙泉已成为重要旅游景点。从草原上抄一条便道，下午两点我赶到了村子。村子已模样大变，从前四处是一片一片的沙棘树，一块一块的草场，一座一座的毡房，一群一群的牛羊，现在那里被许多不伦不类、装潢华丽的小木屋，如咖啡屋、发廊，还有录像室、卡拉OK厅等挤得热热闹闹，切得支离破碎。那座美丽、宁静的小村子已不复存在。沙泉旁围拢很多游客，有黑眼睛黄皮肤的，还有蓝眼睛白皮肤的。从前那不停涌动的旺盛泉眼，现在就像一只快流干泪水的眼睛。这永不枯竭的沙泉啊！我忧伤地拍下今日这貌似繁华的白驼。

中午，肚子有些饿了，我就随便走进一家有公用电话的饭馆。从来白驼那天起，我就一直在追寻着那段生命中的逝去。我几乎无时无刻不在想着那个叫金枣的姑娘。我想向白驼旅游公司老总打听金枣，可回回拿起电话又放下了。事过境迁，我干吗还要打扰人家？

我向服务员要了一个拌面。不一会儿，便有一个汉子吆喝着走向我。那声音有些沙哑，却带着力度和修饰过的圆润，似曾相识。我不禁眯起眼，想看看这个给我端面的师傅。在他歪着头放盘子时，我惊呆了，竟是亚米！

我不敢相信地瞪着他问："你是亚米吗?!"

对方脸上的表情变了。他扯下肩上油乎乎的毛巾，擦了一把粗皱流汗的红脸膛，说："你、你是……那个路记者？"

我说:"是啊,当年我准备采访你来着,你拒绝了。"

他哈哈一笑,拍着我的肩说:"对不起喽。哥儿们来了,咱们喝一杯,怎么样?"说罢,朝厨房喊,"叫老板娘拿酒来,再炒几个菜!"他的京腔明显地变了,揉进了烤羊肉和皮芽子味儿。

我朝那边看去,一颗心悬了起来,拧成乱麻。金枣就要出来了!六年后的相见会是个什么样子?我真担心她会像电影里那些女人一样,在相遇的瞬间,突然把酒杯或盘子摔碎在地上!

然而,从里面走出的是个又高又胖的女人,是那个姓毛的东北女人!倒是人家相当老道,像根本就不认识我。

亚米亲近地拍了一下毛小姐的肩,说:"来,介绍一下,这位是路记者,这位呢,是我女朋友,毛毛,毛小姐。"

"毛主席的毛!"东北女人伸过手来。我只好也装作初次见面的样子伸过手去。那女人笑着,一只胖手捏着我的手,狠狠地,痛得我几乎叫起来!但我强忍疼痛,我听见自己像个聋子似的,在大声问:"女朋友?!"

毛小姐斜了我一眼,说:"路先生,请吃菜!"

毛小姐走后,我和亚米你一杯,我一杯地喝起来。其实我和亚米这不过是第三次见面,但这次见面让我觉得开心又难过。开心的是,那个英俊傲慢、才气十足的亚米终于成了这样——一个围着一条油腻围裙的男人。当他多毛的大手麻利地从瓷盒里捞出一缕缕细溜的拉面,吆喝着送到客人面前时,我被他高亢的变调的美声弄得想笑。

我忍不住要刺他一下,我说:"亚米,你过去歌唱得真好,你还唱歌吗?"亚米把喝了一半的酒重重地放下,说:"歌是早不唱了，白驼这里人人都是歌手，不需要什么歌唱家。"

他说几年前大学毕业的他到镇上报到，镇长就是这么对他说的。镇长让他每天早晚两次放放广播，念念通知什么的，一个月拿百十来块钱，后来他不想干了，就开起了饭馆。"眼下旅游热嘛，开饭馆挺能挣。"他说。

"可是，"我本不想再刺他，但因为喝了酒控制力变得极差，我说："你是个声乐系的高材生啊，不唱歌不就完了吗？"

"你是说我不再能唱歌了？哥儿们，你听着……"亚米"呼"地站起，端起剩下的半碗酒"咕嘟"一口咽下，两眼发红了。

亚米又唱起了那首《故乡》，据说这是他从前的成名作。他声音依然高亢，但明显底气不足，嘶哑中带着浓重的鼻音。唱到最后，他就像在拼命地拔一根石柱，心力殆尽。

一个音乐高材生，为了偿还一笔情债，竟然就这么荒废在了小小的白驼，我替亚米感到痛心。我说："亚米，我敬你一杯。"

亚米一饮而尽。

我连忙给他倒了一杯茶。他喘息着，望着我说："你一定想知道金枣吧？"

我的心像被他刺了一下，我说："她在哪儿？"

亚米吐了一口酒气，笑了一下，说："你是真不知道？"

我说："是。"

亚米气愤地说："这女人骗了我！她根本不是黄花闺女，她被人玩儿过！我亚米怎么能要这种货？"

我说："亚米，金枣可是个好姑娘，不许你侮辱她！"

亚米瞪着我说："好姑娘？她是个婊子！"

我一把将亚米揪了起来！亚米红着脸，直直地盯着我，一只手抖抖地指着我，恶狠狠地说："告诉我，照相的，那个畜生是不是你?！你他妈玩儿过她! ……"

我一拳砸过去！天哪，没想到我会这样！

亚米顿时像一堵破墙倒了下去。他喘息着，眼睛红红的，突然"呜呜"地哭起来，含混不清地说："……我、我这是自作自受啊，金枣！我为什么要赶走你！我对不住你……"

那姓毛的东北女人跑出来，愤怒地看了一眼地上的男朋友，一脸疑惑问我："他和那个……金枣啥关系?"

我很奇怪她竟然一概不知。我带着一种阴谋说："金枣和亚米曾是一对最最相爱的人，还记得我曾向你打听过一个叫亚米的歌手吗？就是他。"她惊讶地说："他不是叫别克吗？我和他认识有半年了，怎么从没听说过他过去的事儿?"我说："你不了解他，他也不了解你呀。"我的话深刻得连自己都快听不懂了。是啊，在如此复杂的男女关系中，有多少我们看不见的陷阱啊，那其实就是一个个婚姻的黑洞。我们谁敢说，你有那么了解与你看似最亲近的那个人呢？

我逃也似的出了餐厅。外面下着蒙蒙细雨，游人们早已散尽，只有我独自穿行在鸟儿晚归的啼鸣里，穿行在无边的孤独中。

7

三十岁的男人活得粗心、潇洒、快活，而四十岁的男人却注定要为生命中的逝去而活，为回忆而活。这是一种心理衰老，但衰老使人懂得珍惜，衰老使人怀有慈悲，衰老相对来说削弱了人肉体的欲望。六年前的我年轻而浮躁，就像一只北方孤狼一直追踪着艳影。金枣哪里知道她的善良和单纯，正使她一步步走向陷阱？

白驼雪山海拔两千多米，距离草原三十多公里。我跟在金枣的马后走了一程，就落到了后面。金枣停下来，在前面等我。这样有过两次后，女孩就说："要不你骑马，我下去走。"我笑着说："这不是剥夺我当绅士的权利吗？"我发现，金枣是个很懂事很能体谅人的姑娘，你越是表现出一种谦让，她越是不安。

又走了一程，金枣脸红红地说："要不咱们一块儿骑马。"这当然是个再好不过的主意了！我跃上马，让她在后面抓紧我。起先她不好意思，只是象征性地抓着我的衣服，后来随着马儿的起伏颠簸，她的身体渐渐开始接近我。不知什么候，她抱住了我的后腰。天高云淡，风吹草低，我们骑着马儿，跑啊跑啊，我不时扭过头扶她一把，说："抓好！"她就更紧地抱住我。我感到一阵快慰。

经过漫长的跋涉，下午我们终于来到白驼山下。美丽的白驼山此时正笼罩在暖暖的日光下，薄雾缭绕，温情脉脉，仿佛披着婚纱的新娘，娇态可掬。由于它四季飞雪，千百年来受积雪的压力和时冻时融的热力作用，周围形成数条冰川。冰川随山势推移流动，到雪线以下，化为流水，汇成冰湖。站在冰湖前，眼前呈现一片生机盎然的银白世界：冰崖上一道道溪流如瀑飞泻，潇潇洒洒；一眼眼冰泉如花怒放，千姿百态。

对着那一湖沉静的蔚蓝，凝望片刻，心间便悄然滑过丝一般的柔情。自古以来诗人们爱把湖泊形容成一颗蓝宝石，其实是一种俗化。湖泊是大地的眼睛，一只穿透岁月的年轻而又苍老的眼睛。这只眼睛此刻正尖锐地望着我，问："你是谁？"我无言以对。这本来是个再简单不过的问题，但，我却常常回答不出。我究竟是黄土高坡上那个本分厚道的老农民的儿子，还是一位怀才不遇到处流浪的艺术家呢？抑或我是一匹永不疲倦的北方色狼？

在我对着湖水思忖时，金枣正逗引一群黄嘴白肚花翅膀的鸭子。鸭子们并不理会面前是位漂亮小姐，好像受到了无故的骚扰似的，在水中连飞带跳以示抗议。我对金枣说那准是一群母鸭，嫉妒你啦！金枣便开心地大笑，仰天呐喊："噢——噢——噢——"

冰谷里也回荡着"噢——噢——噢——"

这声音又将成群结队在冰面上觅食的灰褐色红嘴巴山鸟惊得扑棱棱乱飞。

接下来，金枣背着摄影包，跟我穿过一座座如房屋大小的冰碛石，协助我拍照。我奇怪那些冻结在冰面上的冰碛石是哪来的，金枣说它们是冰川运动时从山上推下来的。我说不会把咱俩也推下去吧，若干年后我们成了两座人体冰柱，白驼公司不定赚多少钱呢。金枣说，要能赚钱，她倒情愿先变成冰柱。等挣够了钱，她再变过来，买一栋房，种一块地，嫁人生子，过安稳日子。我酸酸地说："不就是嫁给那个亚米吗？他一个搞艺术的肯跟你种地吗？"金枣笑着说："他唱歌，我种地嘛！我种一片枣树，再种一片苹果树，亚米最爱吃大枣和苹果。"我说："你真傻！"金枣说："是亚米傻，本来他可以留在北京，却回来了……"

我这才知道亚米是个孤儿，金枣的爷爷把他当自己的孙子待。亚米和金枣是同学，那年两人一道考上了大学，金枣的爷爷是个"枣农"，收入微薄，老人思前想后，决定供亚米上大学，让亲孙女金枣放弃。

于是，亚米为了报恩，在老人去世前重回白驼。因为小镇有个等待他的姑娘。这个结论是我下的。倘若真是如此，那便有些惨啦。听完这段有关亚米的经历，我忽然明白貌似高傲的亚米为何拒绝我的采访了。

拍完冰湖，我们牵着马沿一条冰道继续前行。金枣说前面有个冰洞，很奇特，他们旅游公司将来准备搞冰雪旅游，开发这一最富白驼特色的项目。这实在是个不错的主意。

也许是今夏气温偏高的缘故，冰洞前一人多高的冰柱略有融化，滴滴嗒嗒的冰水敲打着地面，发出诗意的轻响。我们把马拴在一块冰石上，开始欣赏一股股牛乳般的冰水冲刷着的如浴女胴体的冰柱。当时我们完全沉浸在这诗化的浪漫中，压根儿就没想到这"浴女"美妙的背后，正在酝酿着一场灾难，没有想到这个被气象专家预报为全球性异常气候的干热夏季正在瓦解着千年的冰峰……

我们就那样热情澎湃、无忧无虑地钻进了冰洞。说是冰洞，其实是冰河在向冰川外流动时，河水将山体不断消融，形成的一些巨大洞穴。而冰洞内部的冰体年复一年慢慢融化，流水不断，于是洞内便出现了各种奇观。洞里光线很暗，我正遗憾事先怎么没想到带一把手电筒时，背后陡地亮起一道光。金枣带了手电筒。这座冰洞很大，穹顶是一簇簇形状各异的冰挂，下面则冰树林立。它的气势之庞大，造型之奇伟，色彩之高贵，仿佛一座十八世纪的英式城堡。我和金枣在冰林中穿行，那一朵朵冰蘑菇，一团团冰花，古典中透着鬼魅。

稍不小心碰了它们，就落得个浑身珠光宝气，耳畔却是"大珠小珠落玉盘"的美妙脆响。

最令人叫绝的还是那些大自然造化的酷似人物的冰雕，上帝在这片小小的角落，没有忘记让他们成为情侣或仇敌——他们或相依相伴，夫唱妇随，舞之蹈之，合而为一；或冷目相对，厮杀不绝，纠缠不休。这幅场景很有点像今天的人类家庭。我把其中最温馨和睦的一对选为"五好家庭"。金枣说："那最佳情侣是谁呢？"我半开玩笑地说："这还用问，咱俩呗！"金枣说："你又胡说，我要生气了！"我说："好好好，咱俩是最佳游客和导游，总行吧？"她又说："要说导游，我可没义务带你上这儿来冒险！"我说："那你让我怎么说呢？"她偏着头，笑了，说："什么也别说，不好吗？"

第一次发现，她望着我的目光很温柔。我们离得那样近，听得见她的呼吸，闻得到她身上的气味，是那股清凉的露水味儿……我顿时耳热心跳起来，久违了！这初恋般的感觉。从前，我和女人接触，顶多有快感，但没有脸红耳热的感觉。

我伸出一只手，想摸摸她，哪怕她的手……可就在这时，身后发出尖锐的断裂声。我回头去看，"轰"的一声巨响，犹如天塌地陷，一股冰冷渗骨的气浪将我们抛出老远……

六年后的今天，回忆起那声撕裂般的巨响，我仍然不寒而栗，下意识中迈开两腿作出逃跑状。不知跑了多长时间，我气喘吁吁，大汗淋漓，瘫倒在地。一抬头，却见通往草原的小路上，伫立着一个小小的背影。

"星儿！"我叫了一声。那孩子见是我，撒腿就跑。我追上前，像抓一棵救命稻草，抓住了她！

她挣扎着，喊道："放开我！"

我把她抱得更紧了。慢慢地，她不再挣扎，倚在我怀里。她身体微微发抖，头发和衣裳淋湿了。

"我以为你再不会回来了。"她说。说罢，从裤兜里掏出一只煮鸡蛋塞给我。

"你跟他们不一样，奶奶说你长得像个好人，我也觉得。"她认真地说。

不知怎么，我忽然想哭。

8

把那孩子送回小木屋时天已落黑。

高粱花老人正在外面劈柴，见到星儿，扔下斧头，迎上来，说："老天爷啊，一下午都不见你的影儿，你又跑哪去啦?"老人一双发红的眼睛被风吹得直流泪。老人患有眼疾。星儿扑到奶奶怀里，用小手给她擦眼睛。

我说我在路上刚好碰上这孩子，就送她回来。老人听了连连道谢，让星儿给我去倒水。我说别客气，就拾起斧子，坐在木墩上劈起柴来。我问老人："星儿的爸爸妈妈在镇上工作吧?"

老人说："是啊，是啊，他们很忙……"

这时星儿端着水从屋里出来。是不是她觉得我长得还像个好人，就突然对我友好起来?她弓着小小的身子帮我把劈好的柴一块块拾到筐里，然后一拐一拐提进屋去。她脏乎乎的脸上滚动着汗珠，灯芯绒裤子已拖到脚上。

晚饭，多了一盘炒鸡蛋，看得出老人在以这种方式向我表示感激。吃完饭，我叫星儿带我到林间去挑了一担水。星儿打着手电筒在我前后一路小跑，有两次差点摔倒，我真有些心疼这孩子。我在想星儿的父母究竟是干什么的，做生意的，还是下岗工人？他们真够自私的了，怎么不想想，让一个老人和一个小孩生活在这里是多么艰难。

晚上，我躺在床上发呆。有浓浓的檀香味儿从里屋飘出，伴着轻轻的低语。是老人在念经，老人信佛。檀香味儿熏得人昏昏欲睡，我像划着一叶小舟，摇摇晃晃，没深没浅地向前、向前，突然"咕咚"一声沉了下去……不知沉了多久，大脑重又有了信号，我一使劲，舟儿浮出水面。我睁开眼，看见对面墙上竟挂着一条黑影！我吓了一跳，揉眼细看，床头的月亮地里站着那个孩子！孩子穿得很少，她正一动不动看着我，眼里闪着古怪的光……

我说："是星儿吗？你怎么不去睡觉？"孩子低下头不说话。我说："你怎么啦？"孩子抬起头，表情严肃地看了我半天，突然说："我有个问题想问你，你要说实话。"

我笑了，心想这孩子有点意思。我说："什么问题？"

她又不说话了，转动了一下眼珠，眉心紧蹙。半晌，她用一种担忧的眼神望着我说："你知道白驼雪山吗？"

我说："知道啊，那里有蓝蓝的冰湖，红肚皮的水鸟，还有一座水晶宫一样美丽的冰洞呢，我在那里待过。"

她专注地听完，眼睛亮亮地问："你是从白驼雪山来的？"

我逗她说："是啊，怎么啦？"

孩子急切地扑向我，摇着我的手说："你姓星？你是不是我爸爸?! 你是来接我回家的吗？"

这叫啥问题，我笑着说："我姓路！叫我大路叔叔。"

我刚说完这话，星儿就像遭了鞭打似的，软软地垂下头去，长长的睫毛在她小脸上投下两抹重重的阴影。她缓缓地转过她小小的脊背，走了。

难道这孩子没有父亲?!

看起来我把她得罪了。早上吃饭时，她噘着小嘴，一直不理我。吃完饭，我要到一个牧民家里拍照，高粱花老人说，星儿熟悉路，让她带你去。但那孩子扭着脖子说："不!"我向老人说了昨晚的事，老人并不作解释，只说："就让她陪你。"

星儿只好听从奶奶的指示，但看得出她一点儿不高兴。她一路连走带跑，身子一摇一晃，仿佛风中的树叶。她把我远远地甩在后面，不一会儿，就不见了。我望着静静的四野，只有坐下来等她。等了好久，前面才出现一个黑脑袋，这小家伙还会整人哩!

我决定也报复一下她。回来的路上，我把她带到金沙山。面对满目金黄柔软的沙子，星儿像只活泼的小鹿撒起欢来。一会儿溜沙子，一会儿打滚儿，没完没了的。这时我藏起来。果然，当那孩子发现我不在时，一下慌了。只见她满脸泥汗，气喘吁吁，沿着沙山周围不停地跑着叫着。起先我看着暗自得意，后来我不忍心再看着她那么跑下去——她那副可怜的样子，让人想起一个即将丢失的孩子的无助和绝望，我觉得自己这么做实在是残忍了。我从沙包后跳出来，抱起跌倒的她。她"哇"的一声哭了，紧紧抱住我的腿，说："大路叔叔，我再不调皮了，你别扔下我，我害怕……"

我一阵歉疚，掏出手帕，替她擦去鼻涕，向她道歉。我从来没这样对待过哪个孩子。回来的路上，星儿一直耷拉着脑袋，甩动着两条小胳膊快步跟在我身后，生怕一不小心，我就会甩了她。

这天晚饭后，高粱花老人没有烧香拜佛，搬出一台旧彩电，让我帮着安装。她说这是别人送的，星儿爱往外跑，有了电视，就能安心在家待了。星儿看见彩电一下高兴起来，大路叔叔长大路叔叔短地，围着我团团转，下午的不快早抛到脑后。

　　电视信号很弱，模模糊糊，一个穿着红色露肩短裙的俄罗斯女演员正在表演冰上舞蹈。星儿搬来她家唯一的沙发，让我陪她看电视。平素我很少看电视，更别说是陪一个小孩子看电视了。但明天一早我就要返回城里去，说不清为什么，我对这孩子怀有一种疼爱。我在沙发上坐下，让星儿坐在我腿上。她起先有些拘谨，一动不动，后来就好了，搂着我的脖子，小屁股扭来扭去地。她用一种成年人的口吻问我："大路叔叔，你说那女人漂亮吗？"我说漂亮。星儿说："我妈妈就有这样的红裙子，她是跳舞的，长大了我也要跳舞……"星儿的小脸在黑暗中放着亮光，充满羡慕与渴望。

　　芭蕾舞没有了，换了个频道，荧屏上是一对外国新人在教堂里拥抱接吻。星儿忽然低下头，用一双小手捂起眼睛。一边捂着，一边从指缝里往外瞅。我说："你这是干什么？"星儿吃吃地笑着说："奶奶不让我看。他们在亲嘴，不文明不礼貌……"

　　我刮了一下她的鼻子，笑着说："他们是一对相爱的人嘛。"

　　"相爱的人就要结婚吗？"星儿很认真地问。

　　现在的小孩都早熟，我含混地说："是吧。"

　　"那安琪儿的爸爸总说爱我妈妈，可怎么不跟我妈妈结婚呢？"

　　我无言以对。想必这孩子的父母在她很小时就离异了。

"你结婚了吗?"星儿又问。

我说:"是的。"

"你有孩子吗?"星儿紧追不放。

"有。"不知为什么,我竟顺口向面前这个小女孩撒了谎。接着我把话题转移到她身上,我问:"你爸爸在哪里?"

星儿没有回答,出去了。隔了一会儿,还不见她进来,我便出去找她。找一圈,不见影子,一抬头,发现她竟站在房顶上,仰望星空,举着一只小手比划着,口中喃喃自语:

"……三颗、四颗、五颗……"

"星儿,你在干什么?这太危险了!"我爬上晒满玉米的屋顶,出了一身冷汗。

星儿望着我说:"白驼的星星又大又亮,数星星要到白驼来。妈妈说了,等我什么时候能数到九十九颗星星了,爸爸就会来接我啦……"

数星星要到白驼来?我不禁怦然心动。我问:"你爸爸到底是做什么的?"

"我爸爸是警察,要不是为了抓坏蛋,他早就回来接我了!爸爸头上有国徽,他会武功,可厉害啦!你看,就这样,"星儿攥紧拳头比划着说,"嘿!嘿!坏蛋一下就被爸爸打倒啦!"星儿笑起来。

我说:"星儿,以后不许再爬屋顶了,听到了吗?"

星儿点点头,小声说:"别让奶奶知道了,她会骂我呢。"说完顺着木梯往下爬。

我问:"你妈妈为什么不送你到城里上幼儿园呢?"

星儿皱着眉头说:"我妈妈说我是累赘!我讨厌城里!讨厌幼儿园!讨厌欧阳老师!这里多好呀,有草原,有野花、小鸟，还有马牛羊，它们都是我的好朋友。可在城里的时候，除了安琪儿，没有一个小朋友跟我好……"

"为什么？"我点燃一支烟，在屋前的木椅上坐下来，想跟她聊聊。星儿紧靠我坐下。

"因为他们说我撒谎……"

"你撒谎了吗？"

星儿不服气地说："我没有撒谎，有天中午我真的梦见我爸爸了。爸爸拿着一朵红花到幼儿园接我来了，他说：'星儿，星儿，你看我从山上给你采了一朵红雪莲！'我高兴坏了。可小朋友们偏说我没爸爸……那天我又尿床了，欧阳老师让我光着屁股站在床上，小朋友们对着我喊'羞！羞！羞！'，跑上来摸我的屁股，我把我们园长的儿子咬了一口……"

"咬得好！污辱人格嘛！"我心里很为星儿难过。

星儿惊诧地看着我，说："可是，欧阳老师让我向她认错。"

"你没有错，是你们老师错了。"我说。

"那欧阳老师为什么不让我参加六一儿童节的演出？我们班的女小朋友都穿着红裙子，就没给我发。妈妈让我退托了……"

多么可怜的孩子！在今天，当成人们的私欲开始无限膨胀时，被我们养育因而也被我们绝对统治的孩子们的生存自由便受到极大的限制。原以为做孩子是无忧无虑的，却不知道童年是最不幸的，是一只只硕大坚硬的手掌中的无知无助又无防的小生灵，成人们轻轻叹口气，便可能将他们吹到角落；成人们翻动一下掌心，他们或许会面临一次毁灭。

"星儿！"我一把将那孩子搂到怀里。星儿温顺地倚在我的臂弯里，望着我说："你会讲故事吗？"

我说会。讲什么呢？编吧。但无非是再诅咒一遍乌鸦狐狸大灰狼之类的动物们。诌着诌着，连自己都不安了。我们人类的教育真可谓强大，从孩子会说话起，就开始向他们灌输对某些动物的歧视和仇恨。让这种仇恨世世代代延续下去，似乎是做父辈的义不容辞的责任。想一想，还有哪一种动物能比人类更狡猾更残忍更狭隘呢？

但星儿津津有味地听着，我讲完一个，她拉着我的手，求我再讲一个。最后，我讲得口干舌燥了，就说："你也讲一个吧。"星儿说："我给你讲个安琪儿的故事吧。"一听这名字，我就想，准是个小女孩了。

星儿说，安琪儿是她家邻居，妈妈每天晚上出去，总把她送到安琪儿家里。安琪儿家里很富有，有大地毯，大彩电，但因为没有妈妈，也很孤独。晚上她和安琪儿一起看电视，玩耍，最后睡在沙发上。安琪儿从来不欺负她。安琪儿的爸爸很忙，但很心疼安琪儿，总给她买香肠吃，有时晚上还带她出去玩儿。有一天安琪儿的爸爸出差了，就把安琪儿送到她家。可第二天，安琪儿就突然失踪了。她爸爸回来急得哭了，在电视上做了一个星期的广告，但还是没把安琪儿找到。原来安琪儿是一条狗！……

"那怎么办呢？"我问。

星儿摇摇头，泪光闪闪。我为她擦干眼泪，不一会儿她便在我身边发出轻柔的鼾声。这声音是那样陌生，又是那样熟悉，它不由得将我带回到那遥远的冰洞……

9

六年前，那声天崩地裂的巨响后，置身于冰洞的我和金枣都意识到发生了什么。但我俩谁也不愿说出来。冰洞里突然变得异常宁静，静得让我产生幻觉，以为自己正穿行在一座古堡。听得见"冰城"的贵妇们长裙曳地的"嗦嗦"声，还有她们在夜间的菩提树下与情人幽会时的娇喘和忽快忽慢的心跳。这种宁静令人口干舌燥，提心吊胆，仿佛正走在死亡的刀刃上，浑身冰冷，毛骨悚然。

在严酷的自然界中，除了地震外，最具摧毁性的灾难还有雪崩。如果我们不抓紧时间逃出冰洞，即使不再发生冰雪断裂的事，我们也难免不会被冻死在其中。时间就是生命，我们必须找到洞口，设法出去！

金枣紧紧跟在我身后，我能感觉到她在发抖。我说："把手给我！"她听话地把手伸过来。我攥紧金枣的手，在黑暗中摸索着前进。我的后背直冒冷汗，牙齿在不住地打架，但我心里说：路天青啊路天青，你可千万要撑住！

不知走了多久，直到两腿发软再也走不动时，我们才知道我们的确无路可走了。洞口早已被庞大的冰块堵塞，所幸的是洞顶上方有一条一人多长的裂缝。它是那样高高在上地阴毒地笑着，口中衔着幽蓝色的天空。从几颗依稀可见的小星，我知道雪山之夜来临了……

我们冲着裂缝开始呼救。每喊一声，都伴随着一阵冰雪的断裂声，太可怕了！此时谁会突然降临于这人迹罕至的茫茫雪山，搭救我们？我们坐在一块冰石上，仰望星空，期盼着那一刻。进冰洞时，因为想着会很快出去，干粮未带，但好在我们都穿着皮大衣。这该感谢金枣的周到。一个小时过去了，除了黑暗中不时传来"咔嚓咔嚓"的断裂声外，再也听不到任何声响，这世界静得仿佛到了末日！

出事到现在，金枣一直保持沉默，我不知道她在想什么。或许她已经彻底后悔了，本来要做新娘的人了，却跟着一个混蛋男人跑到这里送死，多愚蠢啊！眼下这个混蛋男人已是黔驴技穷。为了掩饰慌乱，我点燃一支烟。捏着打火机的一瞬，我突然想到，从前听人说过，牧人们遇到暴风雪时，常躲进冰洞避寒。要避寒，没有火取暖怎么行？我让金枣坐着别动，哼着歌儿，故意装作轻松的样子，去找燃料。果然，我在一块冰石后找到了一堆松枝，还有一只挂着的冻野兔，这肯定是哪个牧民留在这里备用的。

这意外的收获并没有给金枣带来惊喜，她在黑暗中皱着眉，一副绝望的模样。我逗她说："瞧，嘴巴能挂油瓶了。"她不说话。我说："你不知道吧，我特会做饭，我要让你尝尝世上最香的烤野兔。"她还是不说话。我说："等我们吃完野兔，睡上一觉，就会有一位牧民唱着歌儿来救我们……"

黑暗中的金枣目光挑起两点亮光。

很快我就在堵塞的洞口燃起篝火，我企图让烈焰为我们杀出一条通道。但可惜柴草太少，火苗儿只在巨大的冰块上舔下一层薄水；而野兔被我烤得黑不溜秋，半生不熟。我撕下一条腿，送到金枣面前。金枣轻轻摇头。我说："吃点东西可以增加体能。"金枣说："你别管我。"态度坚决。我说："我是好心，你饿坏了可别怪我。"不料一句话把金枣惹了，她跳起来瞪着我说："对，不怪你！是我愚蠢，是我死乞白赖跟着你来冒险！我死了活该，与你无关！"我说："我知道你后悔了，本来你可以跟你那个亚米舒舒服服躺在床上睡觉的。"说这话时，我心里充满醋意。

"不要脸！"金枣狠狠骂道。黑暗中我都能感到她咬牙切齿的样子。

一个文弱女孩突然间变成泼妇，这挺让人兴奋。我砸吧着嘴，大嚼起带着草腥味的兔肉。金枣气得呼呼直喘，背过身子。我注意到她不时仰望头顶那条冰缝，脸色愈加苍白。

时间在一点点流逝，篝火暗了下去。冰洞在闪烁的火光中发出诡谲的暗蓝色，就像一张藏着阴谋的脸。也许因为过于疲劳，又刚吃了一肚子肉，困意袭来，我迷迷糊糊靠着冰石睡去。不知过了多久，猛感到头顶一阵发凉，我被冻醒。我的僵硬的身子已动弹不得。我使出浑身劲儿，"嘿"了一声，才坐起来。拍拍腿，有感觉了。看看身边，天哪，我的导游不见了！我打着打火机，挪着木木的腿，找了一圈，不见人影儿。我慌了。我真不是东西，人家为了陪你，身陷险境，你干吗还要伤她？

突然，肩头砸下一块冰来！我朝上一看，老天爷，金枣竟吊在冰崖间！

我说："金枣！你爬不出去！危险！"

金枣不理我。冰崖上滑得要死，要爬出去比登天还难，而一旦摔下来，可不是好玩儿的。看起来金枣是豁出去了，或者说她已经恨死我了，她要逃离死亡，逃离我！

果然，金枣爬上去，又滑下来。忽然，她脚下一滑，紧抱冰柱悬在了半空！金枣两腿乱蹬，尖叫起来。

眼看她的手抓不住了，情急中，我撂下身上的皮大衣，飞快地蹬上冰崖。小时候我是我们那个村子出了名的爬树高手，没想到多年后这个特殊技能又派上了用场。我敢说我营救金枣的情景，绝不亚于电影里常表现的那些英雄救美的惊险镜头。当我托着金枣连同断裂的冰柱一道从冰崖上连滚带摔落到地面时，我很久很久都沉浸在飘忽不定的晕眩中，眼前一会儿是黑，一会儿是白。后来依稀觉得麻麻的腿上贴着一团暖暖的东西时，才有了知觉。哦，是金枣，她像小孩儿一样抱着我在哭。

我扶着她想站起，可右膝盖钻心地痛，有"咯吱咯吱"的声音从体内挤出，带着寒气。我说："我的腿断了，你该满意了吧？老天爷现在已经替你惩罚了我，咱们谁也不欠谁的了！你要能逃出冰洞，你就走，用不着管我。也许我命该如此，死在这白驼山的冰洞里！"

金枣眼睛红红的，望了我半晌。她把我扶到冰石旁，解下脖子上的纱巾，细心地帮我在右膝盖处缠了几圈，又在燃尽的篝火上加了剩下的最后几根松枝。我以为我为她摔伤了腿，她正因此而感动，但做完这一切后，她拢拢长发，背对着我说："我不想这么等死！我还要回去结婚。"她向冰崖走去。

我心头一酸，浑身颤抖。从那不安的颤栗中，我发现此时我是那么需要这个女孩。我劝自己说，她连情人都谈不上，她不过是个令你感到新鲜的女人，她身上有种小地方女人的味道，就像初夏的青玉米散发着阳光的清新与滋润。吃惯了白面馒头，偶尔尝尝玉米窝头，会觉得爽口。就这么回事。可不知怎么，坐在篝火旁的我，凝望星空，心头还是流过一股浓浓的哀伤。我骂自己，她是别人的女人，不是你的，你路天青有什么理由让她放弃生的权利，继续陪着你这个毫无关系的伤残男人？她想走就走呗！

男人总是这么糊涂，直到在别的女人身上受了挫，才回过头来想自己的女人。是的，从前似乎总没机会整理那一团乱麻似的生活，现在到了生死关头，那些流水般琐碎平庸的日子，那个无所谓爱也无所谓不爱的女人，才成为心底最珍贵的记忆……

10

我结识我的妻子小娇是在一个夏天。

大学毕业后，我分到当地一所中学教书。教了大约两个月吧，学校就找我谈话了，说你太随便了，没有老师的样子。说白了，是学校对我身边整天围着一群半大不小的女生有意见。没办法，现在的女生情商普遍过高，年轻的男老师稍有魅力，就得遭袭击。那学期课没教完，我就自动下岗了。

都说新疆是个好地方，那就跑新疆去。像我这样的人到了那里，说不定还是个人才哩。我看中了一家杂志社，跑去应聘。就在那天我在过道里遇上小娇。小娇告诉我主编的门朝哪儿开、在几楼，还热情地帮我复印了若干证件。可不知什么原因，人家并没有马上录用我，过了好多天才通知我去试用。原来小娇托人给社里领导打了个电话，仅一面之交，小娇还真是个助人为乐的姑娘。

以后我常去收发室取信，大多是从前那些美眉寄来的。小娇是收发，她总是把我的信收藏在她的抽屉里，很精心。有时还取笑我说你的美眉真多。有一次在食堂没吃上饭，小娇就说到我家去吧，我家就住这机关院里。我说好吧。那天在大门口，她的警惕性很高的父亲审问了我一番后，才放我进屋；因为此时的小娇已经二十八九，刚刚经历过一场比离婚还悲壮的失恋（这是后来才知道的）。以后我常在快吃中饭时到收发室看信，她总让我到她家去吃饭。我这农民的儿子天生长了个爱吃肉的肚子，小娇家顿顿有肉吃。

一个星期天上午，我刚送走一个在我那里过夜的小模特，小娇提着包来了。"陪我去商场好吗？"她说。她站在那里，我只管吸自己的烟。那一会儿我肯定眼里布满血丝，头发和胡须乱蓬蓬的，脸上一副落寞、厌倦的表情。每当我的情人们带着满足，说一声"拜拜"，飘然离去的时候，我总是百般厌恶自己。模特和歌手都比我有钱，她们愿意和我这个穷光蛋、流浪汉好，不仅因为我陪她们进舞厅，逛夜市，并跟在她们背后拎着采购的大包小包，忠实得像个男仆，更因为我还是一个体格强健服务优秀的性伙伴。那位小模特就称赞我"一流的水平，一流的服务质量"，她甚至感动得在我的大腿上印了三个红嘴唇。这个小娘儿们！现在小娇也开始耍这套把戏了，好端端的一个女孩子怎么能这样？我想制止，我想说不去，但我对女人的温厚和礼貌已成为习惯。

出了门我就后悔了，初冬的天气很冷，我的薄薄的毛背心已不抵寒了，我筹划着下次小模特再来找我，我要不要让她给我买件厚毛衣。我一路盘算着如何敲诈，却已同小娇来到红红绿绿的羊毛衫专柜前。小娇指着一件枣红色带暗花的男式毛衣对售货员说："小姐，请拿来试一下。""帮个忙，好吗？"她又转向我。这下我明白了，小娇是给她男朋友买毛衣，唤我来当模特。妈的，这个女人貌似憨厚而已。小娇远远近近地打量了一番，就满意地付了钱。我说："我的任务完

213

成了吗?"这时小娇用一种诚挚的目光望着我说:"这是我送你的。"我吃惊极了,准备脱去,小娇眼里闪出泪花,说:"你不要,我会生气的。"

我只好接受了小娇的毛衣。之后不久我把小模特的一条乳白色围巾送给了小娇。那是小模特忘在我那儿的。后来小模特想起再问,我说不知放哪儿了。小模特找不着,只好作罢。眼看着小娇这样的良家妇女也要发展为我的情人,我有些不忍。我隐隐觉得小娇是带着明确的婚姻目的的,而我当时还不想结婚,可是我又不能抵御她家的腊肉青椒的诱惑。我还是照去不误,照吃不误。

又一个星期天晚上,我去小娇家,小娇的父母上老战友那儿去了,就剩小娇一人躺在黑乎乎的闺房里,说是病了。我侍候她吞下几粒药丸后,准备回去,小娇突然说:"别,别,我给你炒腊肉……"小娇连忙起身,她穿得很少,没戴胸罩,圆鼓鼓的奶绷得很紧,两条胳膊充满鲜嫩的肉感。于是当我扶她起来的时候,一不小心用力过猛,硬是把"扶"变成了"抱"。接着,一切本不该发生的事情在毫无准备的仓惶中全发生了。我第一次有了和胖女人做爱的体验——那感觉就犹如颠簸在大海中的橡皮船上一样,天旋地转,快乐无边,把以往与小模特等诸多美女做爱的好感觉都统统抵消了。尽管小模特们个个风情万种,床上技巧不差,但在我眼里她们不过是一些颜色不同、形状各异的性用品性包装。每每我在女性内衣专柜看到一些海绵绣花乳罩和窄窄的透明的粉红色裤衩时,我都会联想起她们忸怩作态的臀部,同时我又会欣慰地感到小娇的真实。我需要真实——这大概是残存在我这个农民儿子身上的唯一的良善和朴素。

但这并不是我要娶小娇的主要原因。

我娶小娇，第一是因为在城市姑娘中，她到底算得上本分和老实。有一次小娇围着那条白围巾到宿舍找我，恰巧小模特也来了。小模特一眼就盯住了小娇肩上的围巾，对我好笑道："青哥，你干吗把我不要的破围巾送人呢？这多不好！你忘了，我还用它擦过……"我看到小娇脸上一阵红一阵白，忙说："别胡闹，好不好！"这件事对小娇有一定刺激，小娇不再围那条白围巾了。但小娇没有指责我一句。这就是我未来妻子的形象——相貌一般，勤劳朴实，一心一意跟我过，支持我搞事业；当然，同时还容忍我结交女人。

我娶小娇的第二个原因是，小娇说她怀孕了。这可是件了不得的事。我同女人包括小娇做爱，一直是格外小心的。只有一次，小娇的父母出去买菜，我怕时间来不及，偷了回懒，没顾上安装人家美国进口产品，惹了大祸。对此，我痛悔不已。痛定思痛，就不得不决定娶小娇。小娇高高兴兴地给我一千元钱，让我给她父母买一份礼品，而后我们去领了结婚证。

此时可以说我已是小娇家的正式女婿了，我急着要同小娇住到一起。说白了，遮丑。但我的老八路岳父母依然对我看得很紧，吃过晚饭天一落黑就催："耐心等待吧，小路，是花早晚得开。"

我心想，这已经不是开花不开花的问题了。他们不知道，我早就把他们的宝贝女儿干了多少回了，且已酿出苦果。

"不办仪式怎成？"小娇说。我对举不举行仪式极其无所谓，再说，小娇也不是什么黄花闺女。但小娇的父母和她的四个姐姐大娇二娇三娇四娇认为一定要办，且要择个吉日，办得红红火火。

面对那遥远的黄道吉日，小娇一副不着急的样子。也好，我怕的正是结婚。我当然不会闲着，这不，就又跑到白驼找乐子来了……

在我靠着冰石漫无边际地回想着这些往事时，冰洞呈现出奇妙的暗蓝色。是月光的作用，还是天快亮了？我期盼着天亮。天亮后一定会有人经过这里，我想。

金枣再次攀上刚才到达的那个地方，距离洞顶的裂缝约有两米！只见她紧紧扒在一根冰柱上，上不去，下不来，像一只可怜的小熊。看得出她已经精疲力尽了，但依然不愿放弃。是啊，一个二十来岁的女孩，一个就要做新娘的女孩，她怎么能像你一样把生活看得黯淡无光呢？也许我该帮帮她，我突然想。

我一瘸一拐，拖着伤腿，把一些能活动的冰石滑到冰崖下。费了半天劲儿，总算垒起一座冰墙。我强忍疼痛，爬上冰墙，让金枣踩到我肩上。我不敢肯定这样就能让她爬出去，试试吧。金枣似乎不相信我会这么崇高，连连谢我。我说："我不是什么雷锋，只因为你要出去做新娘，所以我不忍毁你。"金枣说："我出去了，就找人来救你。"我说："可别一出去就忙着幸福了，把我忘在冰洞里了。"她说："不会的。"

脚下的冰墙并不牢固，滑滑的，随时都有可能倒塌。我咬紧牙关，让我那条不争气的伤腿站直。我能感觉到，她顺着我的肩头，正一点点向上……突然，有几滴热热的东西落在我脸上！是雪水？不对，雪水该是凉的。我的腿抖个不止，几乎撑不住了！我大吼一声："你他妈快点往上爬呀！"

头顶传来哭声："我……我爬不上去了!"

我恶狠狠地说："坚持住! 你一定要坚持住! 听到没?!"

"不——"金枣大叫一声,"呼啦"从上面掉下来。与此同时,脚下的冰墙坍塌,我们随着那些冰块弹出好远……

腿痛加剧了,我气急败坏地冲地上的女孩嚷:"你知道吗? 我费了多大的劲儿才把你撑起来! 你这不是折腾人吗? 告诉你,我的腿反正断了,出不去了,现在是要吃的没吃的,柴禾也烧没了,要是明天再没人来救咱,你也就只好陪着我死在这冰洞里吧!"

金枣"哇"的一声哭了,她跪在地上,一头长发散在我胸前,哽咽地说:"既然命该如此,就让我陪着你一起死好了! ……"

这话很有点像电视上那些为爱献身的傻女人说的,而几分钟前,我面前这个聪明女孩是死心塌地要离开冰洞的。我疑惑地看着她,哈哈大笑。我说:"姑娘,趁着我的腿还能动,你可想好,你要想再做一次试验,我可以帮你。过一会儿等我的腿彻底动不了了,你再想往外爬,我就无能为力了。要不要再来一次?"

她摇摇头。她的表情是深沉的,严肃的,含着忧伤。我不禁挥起大衣袖子为她擦眼泪,这一擦把我吓了一跳,她的脸烫手! 我说:"你怎么啦?"金枣哆嗦着说:"我觉得冷,真冷……"我说:"你不是冻病了吧?"她哭得更伤心。她在发烧,拖下去肯定不妙! 我心里恐慌起来,一种过去从未有过的责任和勇气火苗般"呼"地蹿上来,它使我在那一刻忘却饥饿、寒冷、危险,摒弃所有欲望杂念,不顾一切地想去保护这个柔弱的生命。我把大衣脱下来盖在她身上,又去找燃料。这回是在一堆灰烬旁找到一些麦草和干牛粪，凑合着慢慢燃吧。

我忽然想起小娇四姐的儿子发烧时，小娇提过的建议：用冰块降温。于是我弄来冰块，用衣袖包好，放在金枣的额上。没有器皿，烧水是不可能的，我只好取了些细小的冰疙瘩让金枣含着。金枣听话地接受着我的土法治疗。

我让她靠着我睡一会儿，说："这样暖和些，等醒了，一睁眼，说不定我们已被人救出去了。"这回她笑了，笑得惨淡而苍白。慢慢地，她均匀的鼾声代替了呻吟。她睡着了。

就着淡蓝色的冰光，凝视那张娇嫩、安静，仿佛婴儿般睡容的脸，我心里充满怜爱和感动。我还从未见过这么可爱的睡容，睫毛低垂，有一抹阴影在颤动；嘴角是弯起的，牵着朦胧的浅笑；两条茸茸眉毛似黛青色的远山舒朗柔静……

有几次我问自己，你怎么会和这个并不相熟的姑娘困在冰洞里？我甚至产生了错觉，觉得躺在我怀里的是个很小很小的病孩儿，我就是她的父亲，在这寒冷漫长的夜里，我在尽心地守护着我亲爱的孩子。尽管我冻得直咬牙齿，尽管我沉重酸涩的眼皮一次又一次要闭上，但我警告自己：路天青，你他妈的决不能睡着！此时我第一次领悟到父母逼着我赶快结婚时说的"你当了娃的爹才算个大人"等诸如此类的话的深刻含义。在父母看来，我结了婚就不会再流浪了，有了孩子等于成熟。我的没有文化的父母竟然无意中总结出了一条很有文化感的人生真谛……

篝火快熄灭了，我趴到地上拼命地吹，浓浓的烟雾呛得我连连咳嗽。不知不觉间，冰洞显出一丝光亮，而金枣还在睡着。我从冰洞上方那道裂缝望出去，天空已变成灰蓝色，仿佛一块柔软的金丝绒，缀着几颗亮晶晶的小星。裂缝不再像夜里那么狰狞，那么高不可攀了。若想想办法，凭着我的能力，不是绝对爬不出去。我突然想。天就快亮了，万一没人经过这里，我这么坐着不是等死吗？我有必要为这个女人继续等待吗？我对昨晚那个忘我无私的男人，产生了怀疑。

在陕北老家，我上有父母，下有妹妹。为了供我上大学，两个妹妹一个早早嫁了人，一个辍了学。我还记得上大学时，我揣的第一笔生活费就是妹妹用泪水挣来的彩礼。此后的四年间，我那当果农的父母为了多卖一分钱，连一只好苹果都舍不得吃。含辛茹苦的父母本指望我能留在家乡，出人头地，但我丢了铁饭碗，一拍屁股走了西口。如果我死了，二老将来靠谁养活？若我的妻子小娇得知我是和一个女人冻死在冰洞里，又会怎样？想着这些，我脊背上一阵阵地冒冷汗。为了我的父母和妹妹，我必须出去！

"来人哪！救救我们！……"我对着洞口上方大喊。我的声音犹如一只鸟儿的哀鸣，一瞬间就被庞大的冰雪吸没了，凝固了。

这时金枣醒了。她张了张干裂的嘴唇，虚弱地向我伸出细细的手臂。我走过去，她一把抓住我的手。"天快亮了，"她喘息着说，"如果你能爬出去，你就走，别管我！……"

我心虚地说："我怎么能这样？"她看了我一会儿，忽然将我冻僵的手抓到她胸前。火一样烫！我慌得要抽出手来，但金枣把它摁住了。那是一对沉甸甸的快要融化了的火球，它们在急促的心跳中起伏颤动。一股热流传遍全身，一时间，我头晕目眩，忘记了腿痛。

"其实，你是个好男人。"金枣说。我茫然地摇摇头，既感动又惭愧。在生活中我大约称得上是个好人，但算不得一个好男人，以往我的那些女人们都爱指着我的鼻子骂我是坏蛋，可今天有个姑娘却说我是"好男人"。我笑着说："还是你那位歌唱家好，才貌双全，为了爱情不惜从北京回到白驼。要是我，就做不到……"她一下不说话了，闭上眼睛，泪水"唰唰"流。

我说："你怎么啦？是不是想他了？"

她苦笑一下，半天才说："还记得你说过的话吗？你说他有别的女人……"

我说："我那纯属胡诌，造谣！对不起啊，对不起。"

她叹口气说："你说得没错！是真的，他在北京真的有个相好，是他的同学，亚米承认他爱那女人。"

我说："那他为什么要回来和你结婚？"

金枣说："因为他是我爷爷养大的，他欠我们家。"

我说："可这和爱情是两回事。"

金枣又不说话了，两眼发黑，死死瞪着冰洞上方那道裂缝。稍顷，才说："你说得对，我现在才明白，他其实并不爱我，只是出于无奈……"

我联想到自己的经历，叹道："每个人都有难言的苦衷。"

金枣看了我一眼说："你知道吗？他连碰都没碰过我，我让他吻我，他说他不习惯！这几年我一直在忍受、忍受！我知道我没有城里姑娘有气质，我文化不高，长得也不漂亮，可我也是个姑娘呀，我就这么讨人嫌吗……"她嘤嘤地哭起来，像个委屈的小孩子。

我轻轻地拍着她的背，安慰她说："你不必太难过，像你这么好的姑娘，将来会有一个爱你的男人走到你身边的。"我说我去给你弄块冰来，降降温。她突然叫住了我，说："不用降温，就让我变成火燃烧！"说着，脱下皮大衣撂到冰石上，又三下两下扯去身上的衣服。我说："你这是干吗？你疯了！"她说："我没疯！路先生你告诉我，我是不是天生讨人嫌？出生没几天，父母嫌我是丫头，算命的又说我克双亲，我被送到乡下；长大了，想嫁个有文化的男人，可人家嫌我是农村的，不想要我……也好，我守了那么多年，今天就把这不值钱的身子送给别人吧……"金枣扑上来揪住我。我一下慌了神，我说："千万别！金枣，你不能这么损自己，你听我说，你是天下最可爱的姑娘……"她两眼发黑，瞪着我说："你说的是真话？你们城里男人就会骗人。"我说："我说的是真话，我就挺喜欢你，真的。"她一下跪到地上，认真地说："我就要死了，我死也要做一回女人！来吧，路先生。"我扶她起来，说："我不能这样！金枣，我不是个好男人，但我绝不想乘人之危。你放心，只要我还有一口气，我就会想办法让你出去……""不！"金枣抱紧了我，一副歇斯底里的架势，哭着说："让我死吧，让我去死！……"她洁白的胴体发出淡蓝色幽光，仿佛雷电将冰洞照亮，将自己燃烧。我知道我说什么都不会有用了，也许爱是唯一能拯救她的东西……

她竟然真是处女，这是我平生遇到的第一个。我从不是一个古板守旧的男人，先前那几个同我有过体肤之亲被称作姑娘的女人，谁也没有以"血的事实"给我留下过"血的教训"，包括同我领了结婚证的小娇。关于处女膜的一点有限的知识，仅仅是从一些书本上获得。空洞无物。

望着那几点耀目的犹如盛开在冰雪中的红梅花，我傻了。如果金枣同从前那些女孩一样潇潇洒洒无痛无痒的话，也许我根本不会在意什么，但现在一种愧疚攫住了我的心，我觉得自己真他妈的不是人！我对金枣说："我不是人！我对不起你，姑娘。"金枣瘫在了我的臂弯里，摇着头流泪。

我抱着浑身颤抖的金枣坐在篝火旁。看到她目光散乱无神、奄奄一息的样子，一种不祥之感阴云般向我压来。我含着泪水轻轻唤着她的名字，不停地吻她，我多么希望用我的吻换回她的清醒，减轻她的病痛。我说："金枣，你不是说白驼的星星又大又亮吗？咱们数星星，好不好？一颗、两颗、三颗……"我擎着她的手认真数着。"金枣吃力地睁开眼，望向冰洞上方，那里一片昏黑，没有星星。

金枣大张着嘴气息微弱地说："我看不见……星星！你骗我！……"说完，昏了过去。

我再也抑制不住心中的悲痛，发出哀嚎："星星！救救我们！救救我们哪！"

冰洞上方那片狭小的天空一下白了，头顶传来飘忽的歌声。

我们被那歌声拯救了。

11

天亮了，草原上的早晨似乎比别处来得早，来得凝重。

高粱花老人正在灶前为我忙碌送行的早餐；那个叫星儿的小女孩知道我今晨要回城里，也早早起了床，不知跑到哪里去了。

我站在艳阳高照的小路上，看看天，看看地，又到了告别白驼的时候！

六年前我和金枣被三位萨哈克族牧民救出冰洞，重见天日时，太阳也是这样温暖明亮，我们是多么庆幸自己还活着啊！我们被牧民们送到小镇医院，在那座医院里，我昏睡了几天几夜，骨折的右腿开始接受手术治疗。我躺在床上，一动不能动。白驼旅游公司领导带着礼品来看我，嘘寒问暖，但却无人提及冰洞的事和金枣。我在想金枣怎么样了？她在这座医院里吗？为什么听不到她的声息了呢？

有一天，我托护士去打听，护士说，她在医院只待了两天，就被一个男人接走了。也许她已经痊愈了，我想，她为什么不来看看我？每天太阳一照进窗棂，我便开始等待。但，一周过去了，她还是没有出现。我忍不住拜托那位小护士帮我打听一下金枣的情况。而这时，我的妻子小娇从城里赶来，要接我回城治疗，还说为我请了一位骨科专家。我说待在白驼不一样治病嘛。小娇不乐意了，说我古怪，不知在想什么！我一怒之下让她滚，她含着眼泪收拾东西。那天早晨，天上落着雨，潮湿而阴郁，我捶打着自己的腿，哭了！那是一种无奈又无望的牵挂呀！

我和小娇离开白驼时，我托的那位小护士跑来把我叫到一边。她悄悄告诉我说，她帮我打听了，说金枣向旅游公司请了婚假结婚去了……

那个深秋，一个女人要在白驼做一个男人的新娘，而另一个男人也将回城去做另一个女人的新郎。好合好分，适可而止。也许，这就是生活唯一可行的法则？

自此，我与金枣再也没有见过面，连一封信也不曾通过。静下来每每想起，便会产生疑惑，这是我的经历吗？随着时光的推移，我越来越怀疑它的真实感。冰洞之行已成为我心底一个巨大的窟窿，令我恐惧。世界上有许多情感捉摸不定，最令人痛心和恐惧的不是遗忘，而是那冲刷不去的记忆。从白驼回来后，我对娱乐和聚会兴趣大减，并不再与小模特们来往。在与小娇举行婚礼的前一周，小娇每晚都让我跟她干那事，我相当反感，我甚至为此向她提了离婚。小娇吃惊地问："你怎么了？从白驼回来就怪怪的？"我说我们不合适。小娇的眼圈一下红了，说："天青，我全能理解，像你这样的男人有一个半个女人爱是正常的……"

小娇的话，让我感激又愧疚。我们终于举行了仪式。新婚之夜，我们在烛光下，一边听音乐，一边喝葡萄酒，第一次像老朋友那样谈了很多。小娇向我谈了她的前男友。她说他们是大学同学，她非常爱他，十九岁那年她就为他献了身，以后还为他做过一次人流。她原以为他们早晚会结婚，不料那男人跑到南方后就和她"拜拜了"。她还说，她说她怀孕了，是为了逼我跟她结婚……

听了这番自白，我一阵心惊肉跳，我简直不敢相信这就是我的妻子。这个看似温顺朴实又厚道的女人并不像我过去所想象的那么简单。真的，有时候，夫妻两个平静地生活了半辈子，原以为没有比自己更熟悉他或她了，谁知在一个偶然的机会，一方猛地发现另一方完全不是自己所认识所熟悉的那个样子，因而一种强烈的受骗感便顿然产生。现在我就有这样的受骗感。

那一晚，我喝了不少酒，把她弄到床上、地下和卫生间，连连干了三次。每次她发出尖叫时，我就想，碾碎你！碾碎那些难以遗忘的往事！

……

高粱花老人把小米粥和馒头端上了桌，星儿背着塑料水壶从外面回来了。"我去给菊花浇水了，"她说，"外面的灰好大啊！"星儿跺着脚，拍打着她宽大的黑毛衣。

我握住她冰凉的小手，看到远处正在膨胀的乳白色雾气，禁不住笑起来。我说："小傻瓜，那白茫茫的东西是雾呀！"

星儿见我笑，也傻呵呵地笑了，吸着鼻涕说："我看见奶奶老是揉眼睛，以为是灰吹进她眼里了呢。这么多雾是从哪儿跑出来的？"

我说："白驼雪山后面呀。"

星儿皱着眉看远处的雪山，忽然说："大路叔叔，你抱我看雪山，行吗？"

我说没问题。哦，这个小瘦猫儿，柔软轻巧，与平素我在城里见到的那些肥头大耳满脸不屑之气的孩子，与小娇从商场买回的那些华丽笨拙、故作稚气的布娃娃，全然不同。现在靠在我肩头上的才是孩子，不，又不全像孩子。当她用黑漆漆的眸子凝注于远山时，我忽然觉得这目光是那样熟悉，它像一个洞察力很强的成熟女人的目光！

"告诉你一个秘密吧，"星儿伏到我耳边说，"我爸爸就在白驼雪山上站岗。他是解放军，腰上挂着手枪，特威风！"

我惊讶极了，这孩子怎么像编故事似的，昨天还告诉我他爸爸是警察，今天怎么又变成了解放军了呢？我笑着说："星儿，你到底有几个爸爸呀？"

星儿的脸一下红了，"倏"地从我身上溜下，跑进屋去。"我、我没骗你，撒谎的孩子大灰狼会吃掉他！……"她大声说。

我临上路前，星儿都没再露头。我到处找她，没找到，难道我又伤了她？高粱花老人劝我说，别找了，她一定又跑到哪儿玩去了。老人还红着眼圈说，星儿其实不是她亲孙女，星儿的父亲几年前失踪，母亲没有工作，现在得了绝症，住在医院。老人感叹说，星儿的母亲因为自己活不久了，前一阵在白驼找了两家想领养孩子的人家，星儿在第一家待了两个月，不料那家女人突然怀孕，把星儿退了回来。第二家是个有钱人家，可星儿到了那家后，三番五次地跑，被那家人抓回后狠打。星儿的母亲伤透了心，可她已没有能力养这孩子。无儿无女的高粱花老人去年老伴去世了，一个人寂寞，就答应暂时帮着照看星儿。

"可我一个七十多岁的孤老婆子能活几年？这孩子和她妈一样命苦哇！"老人感叹。老人说看我是记者，又是个爱孩子的人，托我回城后帮着物色一个好人家。我把老人留下的电话郑重地抄在了笔记本上，并约定了时间，跟星儿的母亲联系⋯⋯

说真的，听了星儿的身世，我心里很不平静。我差点儿就要告诉老人我无儿无女的情况了，但毕竟人到中年，关于领养孩子的事非同寻常，怎么也得回去跟小娇商量一下。

谁知，回到城里，一切都变得飘忽不定、错综复杂起来。

围绕着是否领养星儿的问题，柴家人传看着星儿的照片，掀起了一场讨论的热潮。柴家"五娇"除了小娇，个个伶牙俐齿，有理有据，演讲生动。当售货员的大娇先是觉得孩子的鼻子、额头像我，白皮肤黑头发像小娇，天生和我俩有缘；接着又认为领养一个不知根底的孩子，算哪门子事？这孩子没准儿是个私生子，要么父亲怎会失踪？

任心理学教授的二娇认为，私生子漂亮，智商高，但这类孩子普遍存在着心理问题，就怕将来跟柴家有隔阂，亲不起来，白养。

财大气粗做股票生意的三娇向我举例说明，她有个朋友抱了个弃婴，养到十岁孩子竟然得了白血病，两口子将辛辛苦苦挣来的几十万全搭上了，也没救活。你说亏不亏？遗传基因不容忽略。

当法官的四娇对这件事根本就持怀疑态度，劝我千万别上当受骗，那高老婆子没准儿是个人贩子呢，靠拐卖孩子为生。

最后轮到小娇表态了。小娇瞪着血红的眼睛"霍"地站起，哑着嗓子说："路天青，告诉你，我不会要一个不清不白的孩子！要说别的我不行我认，我还就不信我生不出个娃来！"

两位一开始还支持我的老八路听了以上奇闻，又看到小女儿态度如此坚决，也站到众女儿的立场上。

这场大讨论整整在柴家延续了一冬天。这个严寒的冬天，柴家的屋檐下无处不弥漫着浓浓的火药味儿。小娇同我的关系变得空前地紧张。到了该与白驼联系的日子，我几次拿起电话，又放下了。之后很长一段时间，柴家人都不再提这事。中间小娇请假说到外地看一位在妇科方面很权威的老中医，回来后每天一早一晚地煎煮中药。望着她围着灶台忙碌的背影，我常常觉得她实在太可怜了。一个冬天过去了，看不出她的肚子有什么动静。

对我来说，白驼的一切也许只能是印在心底的故事了。

不料有一天，小娇突然对我说："你去把星儿接来吧。"

我有些诧异，说："你家人之前不是说要了解一下孩子的情况吗？"

小娇垂着眼睛说："不用了。"

12

于是，我第三次到白驼。

这正是来年5月，草原迟到的春天刚刚来临。我乘班车连夜赶到松林坡，又顶着星光从松林坡步行往高粱花老人的小木屋赶。到达老人家时，已是深夜。老人披着一件黑毛衣开门迎我。我认出这是星儿穿过的毛衣。半年多不见，老人的头发花白了，她颤颤巍巍让座、倒水，我打量着灯光幽暗的小屋和空荡荡的床，问："星儿呢？"

老人没有回答我。她垂着灰暗的头颅，用袖口不断抹着发红的眼睛。我预感到了什么，难道那孩子又送给了什么人家？

老人说："要送给人家倒好喽！"她说之前有个女子来过，想领养星儿，她没同意，因为她和星儿的母亲一直在等我回话呢。

"现在星儿去了哪里？"我追问。

"死啦！"老人闷闷地说。

"咯噔！"心里那根藤蔓被生生折断。我半天说不出话来。

只听老人在絮叨："……可怜啊！你说那孩子怪不怪？大半夜的，她爬到屋顶上做什么呀？平时我不让她爬高下低，她愣不听呢！那天晚上，我听到动静，就跑出去瞧，她趴在梯子下……我以为她淘气，睡着了！除了嘴角流了点血，哪儿都好好的，好好的哇！可咋就没气儿了呢？我可怜的孩子，奶奶对不住你，没替你妈看好你哟……"高粱花老人伛偻的肩背笼罩在一团浓重的阴影中。

一个稚嫩的的生命，怎么会死？她一定是又躲到了哪里。

死这个课题之庄严之沉重之艰涩之遥远，无论如何也是不适合一个孩子的，老天爷没有任何理由不让她长大！

我小心翼翼地靠近小院里那把木梯，扶着木梯，轻轻的晃动中，似乎看见有一双小腿在向上攀援。星儿站在屋顶，伸出一根指头说："数星星要到白驼来！一颗、两颗、三颗……数到九十九颗，我爸爸就来接我啦！"

星儿啊星儿！那天夜里，我踏着冰冷的星光，找到了那座象征着爱情的白石头，找到了枯萎的菊花地，找到了星儿曾经数过的那些星斗，却没有找到星儿。星儿真的消失了！

我带着星儿留下的那幅《爸爸、安琪儿和我》的画，第二天返回城里。我该向我的妻子小娇作何交代？关于白驼，关于星儿？

我不知道。

于是我打了她。打老婆，其实是男人的软弱和无奈。

那是个漫长的春夜，夜色如寒江之水悄悄淌过我混沌的梦境，将窗外的黎明梳洗得新鲜而干净。新的一天到来了。清晨总使我们这些庸人产生错觉：以为这个世界和生活在这个世界的人越来越年轻了。其实，我们的地球和我们都活得太老了——老得喜怒无常，毫不耐烦。自然界表现为地震、冰雹、雪崩，等等，而人类则表现为时不时地犯些低级错误，比如诈骗、抢劫、谋杀，还有数不清的背叛。人类走过来走过去，总也走不出自己，左拼右拼最后肯定败在自己手里。这就叫作茧自缚，或者说是自食其果。

那个早晨，我一直在胡思乱想。

屋子里空荡荡的，小娇被我打跑了。我穿衣漱洗，看见圆桌上的早餐，一杯牛奶，两片果酱面包，一只煎蛋，它们在温暖的阳光下缓缓地升腾着小小的白色气流。那透明的玻璃杯，那可爱的小面包，那金灿灿的煎蛋，连同镶着银边的兰花碟子，似乎根本就是艺术品，毫无白驼草原的大碗奶茶、大盘煮肉和大块馕饼的真实感。有相当一段时间，我对这种精致的生活方式很抵触，我甚至告诉小娇，这么吃饭我吃不饱。后来随着时间的推移，我渐渐适应了城里人的生活。

这要感谢小娇的耐心。六年来，她几乎每天清晨都穿着宽大的睡袍坐在桌前，守着热气腾腾的牛奶，等着我懒洋洋地从被窝里爬出。六年来每次吵架，无论我怎样含沙射影地捎带她婚前那段隐私，小娇从来不还嘴。想想，我有什么权利谴责她呢？

一时间，我痛恨起自己。尤其是当我看了她压在杯子下的留言后，我突然发现这所有的悲剧竟是我一手制造的！而小娇是这悲剧的见证人。小娇写道：

天青：

我原以为你会把星儿带回家来，向我说出一切，但我得到的却是一记耳光。这一耳光把我打醒了，我看到了你的冷酷、虚伪和怯懦。你不是一个敢作敢当的男子汉。

有一件事我不得不说了。相信你不会忘记六年前那个与你同游白驼的女人。你被从冰洞救出后在住院期间，她曾到白驼医院看过你，被我挡了回去！我们进行了一番艰难的谈判。她说她爱你，她要嫁给你。我就问她，你能忍受路天青同时爱着两三个女人吗？她说不能。我说我就能。做一个名人的妻子需要有忍耐和奉献的品性，我远比你了解路天青，比你更爱路天青！她哭着走了……

几个月后，她打电话找你。你出差了，我们又有一次交锋。她说她怀孕了，是你的孩子。我说怎么认定是路天青的孩子？她说她敢对天发誓，她丈夫做过检查，根本不能生育。当时我很生气，为了我的家庭，也为了你路天青的声誉，我劝她把孩子做掉，她说不可能，她喜欢孩子。说真的，我当时非常憎恶这个女人，我觉得她不过是想诈一笔钱而已，我干脆给她一笔钱，果然她跟着我去医院了。那天，外面下着雨，我一直在走廊里等她。过了很长时间，她出来了，把一封信交给我，走了。里面竟是我给她的那笔钱，还有一封短信。信中说，她再也不会打扰我的生活，她祝我幸福。当时望着她走出医院的背影，我心里有点难过，竟联想到自己当年去医院的情景。

这件事在我心里整整埋藏了六年。如果不是发生后面的事，我以为自己已经忘了白驼，忘了那个女人。实质上我从未忘记过。

所以上次你从白驼回来，提出要领养孩子时，我顿时有种不祥之感。谁知道那女人骗了我，根本就没做掉那个孩子，谁知道星儿偏偏就是这个孩子——是你和她的孩子，你也一直在欺骗着我呢？

还记得上个月我请假外出的事吗？我并没有去

看什么中医，我是调查这件事去了！我一直等待着你能向我敞开心怀，说出这一切，尤其是昨晚，但你却一次次地让我失望了。或许你觉得那是一种愚蠢，其实你错了。人这一辈子，难免不犯错，想想我们曾经有过的固执和愚蠢，对于有过失的人，也许我们应当持一颗宽容、友善之心。这绝不是在为自己开脱。

作为一个普通女人，我渴望家庭和美，我憎恨"第三者"，但当一切都不可避免地发生时，也许唯一的选择是平静地面对。今天，面对一个无辜的孩子，面对一个身患绝症失去健康的女人，我还有什么理由去延续仇恨呢？

我想通了，什么都想通了。我将去医院跟星儿的母亲——那个女人进行第三次谈判，我要亲口告诉她，我将把星儿当作亲生女儿抚养成人。在此，也请你相信我。

小娇

即日

这一切怎么像电视剧里编织的故事？星儿怎么会是金枣的女儿？怎么会是我的女儿？就如一台报废的机器，我的思维在一瞬间停止，发出锈迹斑斑的噪音："不可能！不可能！"

这时客厅里电话铃声大响，异常刺耳。我心慌气短，跑过去抓起电话，以为是单位打来的，不料一个气势汹汹的声音撞了进来："路天青！你个王八蛋！你到底咋惹了我妹妹小娇？她现在跑到医院去了，要做人流！"

232

小娇怀孕了？老天爷！容不得多想，我撂下电话，直奔医院。如今的妇产科跟美容院似的，排满了摩登女郎。我满头大汗在人群中穿梭，却不见小娇。我请一位护士帮助查找，她冷冷撂了一句："早干啥去了？"

　　这时，白门帘一撩，有个人歪歪斜斜出来，是小娇！

　　我瞪着她。

　　她惨白的脸上泛出微笑，说："天青，我的谈判成功了，金枣就住这家医院，她答应把星儿送给我们养……"

　　一时间，恼怒、心酸和愧疚一股脑儿涌上心头。我一把抱住小娇，小娇倚在我怀里，轻轻地说："你这就上白驼接星儿过来吧，放心！我柴小娇只有这一个孩子，这辈子一定拿星儿当亲闺女养……"

　　她做人流竟是为了星儿！可我上哪儿再能找回星儿呢，星儿已不在这个世界了！我该怎么跟我的妻子说？又该如何面对星儿的母亲金枣？……

（原载《绿洲》2002年第2期）

短篇小说

海边的阿狄丽雅

　　紫竹感到自己确需休息还是在上周。那天她在排练时突然眼前一黑，晕倒了。小月光拿了块毛巾跑上来，说："怎么了紫竹姐，是不是洗澡洗感冒了？"紫竹无力地看了一眼对方，心想怎么你同夏子安一个调儿？我昨晚根本没洗什么澡，你想当A角儿就当呗，不必硬塞给我一顶病秧子的帽子！

　　大约在半月前的一个雪夜，紫竹忽然觉得眼睛一阵刺痛，睁开眼来，见自己裸着身子躺在丈夫的屋里。她顿时来火，倏地坐起，说："干什么，要强迫我是不？"紫竹与在旅游局当副局长的丈夫已分居多日，她对丈夫这番突如其来的举动，甚为惊讶更含有鄙视。

　　却是丈夫冷冷一笑，说他哪有这份闲情逸致，他从外面回来，看见她伏在浴盆边上睡着了，于是就把她抱到了自己的床上，他的卧室离卫生间近。紫竹一脸困惑，说："我没洗澡呀，还说我睡着了，在浴盆里，怎么可能？"丈夫说："怎么不可能，这个世界最让你舒心的也只有浴盆了，不是吗？""咔嚓"一声，小屋的门被合上。他们被一堵乳白色墙壁分隔到了两个宁静的世界。

紫竹笑了一下，丈夫说得挺在理，除了舞台，浴室大概是紫竹最为迷恋的地方。舞蹈演员嘛，出汗多，洗澡也多，香薰是一种不错的放松。问题是，她怎么就不记得她洗过澡呢？

　　第二天一早，紫竹觉得头晕眼花，浑身乏力。夏子安夹着公文包出门前再次维护自己的清白，说："洗澡洗感冒了。"

　　紫竹一肚子不快，说："我昨天根本没洗澡！"话是这么说，紫竹清醒下来又确信，丈夫大概还沦落不到强迫她的地步，自己这脑子是越来越糊涂了，只能记住过去发生的事儿，老年痴呆症的征兆。

　　紫竹在近十年的婚姻生活中，早已习惯于在一个清静的角落面对一片景物同自己孤寂的灵魂对话。她原本少言寡语，少女时平添两分娇羞，而此时却多了淡漠和冷僻。她的丈夫夏子安倒是个性格爽快、善于交际的年轻人，这个农民的儿子一张脸淳朴得像土豆，但紫竹知道这不过是上帝有意制造的一种假象而已，否则这世界便太单调无趣了。

　　夏子安原是一名俄语翻译，提升副局长是一年前的事。不过紫竹早在六七年前就感觉到了丈夫的不寻常——首先他做任何事都很有计划性和目的性，比如说读书，他专读名人传记，从曾国藩、左宗棠，读到毛泽东、林彪……比如交友，也多半是有头有脸的人。夏子安一直在为自己的前程作着理论上和实践上的铺垫。后来紫竹也成了他的一个铺垫。

　　不过这是紫竹并不情愿的。从舞蹈学院毕业的紫竹十年前是歌舞团最棒的舞蹈演员，她担任主角的《天鹅之死》《梁祝》等剧目在全国都有些名气。观众从她典雅凄丽的舞姿中感受到一种悲壮的美，媒体称她是舞坛上的"女神"。而这派辉煌后来随着她婚姻的开始过早地结束了，现在她是团里资历最深却最没有观众缘的演员。眼下各文艺团体以文补文搞创收，团里那些少男少女凭一张青春脸，抽筋霹雳翻跟头，作痛不欲生状，便可从外面挣回大把大把的钱。只要观众买账，团里就喜欢、鼓励、重用。每到月底发奖金，小月光和她的伙伴们总要摆出一副趾高气扬来，目光里又是得意又是蔑视，说："要不是我们给团里赚钱，哪有你们的好日子过？"紫竹十分明了这层意思，好不是滋味。曾经团里派紫竹去一个幼儿园办舞蹈培训班，紫竹去了一回就不肯去。团长嘟哝："清高个啥，也不看看啥时光，吃老本儿只有喝凉水了。"团长自然想象不到紫竹最怕的是那些孩子，看见那一双双纯真无邪的眼睛，往事便像噩梦般地回来了。

紫竹拒绝到幼儿园搞培训，等于不愿帮团里创收，她的处境便愈加难堪。在肚皮舞、街舞充斥舞台的今天，她的纯粹古典笼罩着悲剧色彩的舞蹈已没有什么位置。况且舞蹈这门残酷的艺术对于快奔四的女人来说，本身就意味着一种结束。

那么，像婉玉那样改行，去做生意赚钱？不成，她紫竹这辈子最看不上的就是生意人。夏子安被提拔后，通过关系曾给她介绍过两个不错的单位，她也不肯去。夏子安后来就火儿了，说："跑你的龙套去吧，爱调不调。"那阵子紫竹一直在小月光的背后跳群舞；编导们忙不过来的时候，她也帮着编个小舞蹈。她想忍忍吧，不久就要赴日本演出，她要力争让自己编创的《女人与海》选上。为此，紫竹一直在秘密中进行排练。然而，赴日本演出的名单上却没有她。

那是一个落雪的傍晚，丈夫没有回来，紫竹像往常那样靠在沙发上，倾听着楼道里匆匆晚归的脚步声。渐渐地，楼道里安静下来。夜深人静，只有大片大片的雪花轻轻拍打着窗棂，像一声一声的叹息。穿着睡袍的紫竹终于睡去，眼角挂着两颗清泪……

就在这一夜，她梦见了海，水天相连，浩渺无际。她站在岸边，浪花从远处一排排涌来，淹没了她的双脚，渐渐高涨，洗去她浑身燥热，她感到自己变得轻盈、洁净，随着那云彩要飞起来了。她兴奋得大喊，试图想抓住什么，永远地抓住，不再掉下来！这时，她看到一条黑影推赶着浪花以及浪花上的淡紫色月光迎面而来。"阿狄丽雅！阿狄丽雅！"一个苍老的声音在回荡。是什么人在呼唤，像是在叫她呢。

紫竹对这个奇异的梦产生了浓厚兴趣。虽说生活在一个远离海洋的地方，但她对大海始终怀着一种神秘的向往。后来有一天，紫竹逛书画市场，猛然看到一幅以海为主题的油画，她毫不犹豫就掏出一千块钱。卖主称，此画是一个俄罗斯画家所作，俄罗斯油画很有名。

油画挂进了紫竹的卧室，海在紫竹的梦境中于是一下子复活，每天一早一晚在日出日落中呼吸；它是那样沉静温情，一派绅士风度，当紫竹沿着沙滩独行时，觉得它亲近又陌生，仿佛一个遥远的初恋。

很少光顾妻子卧室的夏子安终于看见了这幅画，他拍着精干的小平头一阵朗笑后，说："看来你对大海情有独钟，可是当年你为什么要拒绝陪我一同去看海呢？"

"那时候我在病中。"

"你在病中？是的，病得不轻呢，严重的相思病！因为那个人带了另一个姑娘去看海了，而不是带着你，对不对？"

夏子安冲动地抓住妻子紫色的衣袖，脸上泛着紫红的光。

"是的，我爱过他，我承认！可你为什么至今不敢说你爱那个洋妞儿？"紫竹瞪着丈夫。

四目相视，夏子安惊异地发现妻子幽深的双眸闪过一道暗紫色，令他不寒而栗。他倒抽一口冷气，从她紫色的衣袖上缩回手。这一刻他生出一种不祥的预感。

紫竹晕倒的第二天，开始病休。《女人和海》在她看来就仿佛是另一个新生命，还未出世就被扼杀在了血泊中，因而令她再次感受到当年躺到手术台的疼痛，之后是无可奈何，自暴自弃。

连日来，她给自己顿顿安排了丰盛的饭菜，食量大得出奇，好似要将过去二十多年节减的食物都补回来。对于一个长期处于紧张状态、情感上又欠缺的人来说，食物是最直接的一种补偿。紫竹十几岁开始学舞，在她尚未发育成熟的时候就深深懂得"形体就是舞蹈的生命"这一硬道理，必须严格节食。后来她练就了一副穿上任何舞裙都亭亭玉立的好身段。但脱去舞裙，对镜照来，她抚摸着颈上突起的青筋和胸部的肋条，却分明看到了一种深刻的饥饿。只是紫竹那时从不觉得饥饿。那时的紫竹一心想出人头地，后来她果然出了名，她的专场演出在这座城市甚至到了一票难求的地步……

可这些如今已成为一份遥远的记忆，梦境似的朦胧。眼下的紫竹表情淡漠，面容憔悴，披一条紫色披肩慵懒地从这间屋晃荡到那间屋，等待着黄昏的来临。紫竹家里装修得古朴典雅，但统统浮着一层灰尘。这套豪宅自搬进来后就再不曾认真打扫过。因为在紫竹看来这里既然是一片感情的荒漠，还有什么必要去耕耘去浇灌呢，况且她生来就是个不善打理家务的女人，懒散惯了。最洁净之处，莫过于浴室。

紫竹与夏子安是迁来之后才开始真正意义上的分居的。此前即使有再多的不愉快，他们也不会有这种陌路人般的生疏。谁说肌肤之亲不是连接家庭的坚韧纽带呢？

正如多愁善感的女人最迷恋黄昏一样，不能赴日演出的紫竹，因为失意突然间缠绵起黄昏。当窗外血红的残阳斜斜照进卧室时，披着紫色披肩的紫竹就端坐在猩红的地毯上，面对墙壁上那幅油画出神。那是一片浩瀚的海，蔚蓝中透着怀旧似的青黑暗紫。它不像电影里的海白浪翻滚，涌荡着年轻人般的快乐和激情；它深邃沉缓，但却蕴藏着一股神秘莫测的力量，似有覆没一切的可能。它老了，而它的魅力正在于它的苍劲老迈。在它的前面，有一弯明净细泽的沙滩，一把精致的乳白色镶花藤椅上斜放着花束……

这幅油画说不上要表达一个怎样的主题，像是静物写实，却分明营造出一种氛围。作者一定是在海边创作的，紫竹想，而她从来就没有见过真正的大海。十多年前在舞蹈学院读书时，寒暑假总有男女生结伴去看海，紫竹却专心致志、争分夺秒练功跳舞。其实她心里充满了渴盼，只是在她看来大海实在太神圣了，因为它同爱情相关，带着永恒的坚贞和不朽的色彩，有道是"海枯石烂不变心"。紫竹小心翼翼地设想着，有一天她要和他同去，带上凝结他们心愿和祝福的红玫瑰……

那个"他"不是夏子安，那个"他"后来和另一个姑娘去看海了。

关于海的梦想自此被埋葬在了紫竹的心底。当成为她未婚夫的夏子安毕业前夕约她去看大海时，她决绝地说："不去！"

夏子安就捋捋他的小平头，转动一双从黄土高原带来的土灰色小眼睛，低声说："人家婉玉和吴彩都去看海了。"

紫竹唰地流下泪来，心如刀剜似的疼痛。紫竹第一次领教了貌似憨厚的夏子安的小心计。她早已知道女友婉玉和吴彩的事，而他为什么还要说给她听?！成心伤害啊。

紫竹匆匆地嫁给夏子安多半出于青春期女孩的幼稚和赌气。夏子安在外语学院是一名年轻的老党员、学生会主席，许多同学都尊敬地称他"老夏"、"夏大哥"。紫竹同他交往理所当然地格外受保护。女人最初是容易依恋那种疼爱她、娇惯她，甚至明知她有错也宽容她迁就她的男人的，纵使这个男人本身问题不少。

紫竹嫁给夏子安后才感到她与他之间有一段不小的距离。紫竹从一开始就不喜欢丈夫为人处世超乎寻常的机敏和老到，也不喜欢他对走仕途的那种迫不及待的热衷。在她的家里，常有一些花白了头发或谢了顶的上层人物带着女秘书之类的聚会。酒桌上，每回必有人谈起如何做生意赚钱，如何晋升提拔，如何对付政敌，又如何搞女人……海吹冒聊，最后喝醉的吵闹的哭的笑的，屡见不鲜。

紫竹对此极反感，常常在客人面前吊脸子，让夏子安好没面子，夏子安自然不快了。他认为紫竹那艺术家的清高在严酷的现实生活中简直有种白痴般的可笑可怜。再者，他觉得她既为人妻，就是再伟大，也应接纳丈夫的各种社会关系。

后来夏子安郑重安排妻子去完成一项艰巨任务。那是夏子安正盯着副局长的空位跃跃欲试的当儿，也是紫竹流产后在家病休的日子。

某位上级的千斤酷爱舞蹈，想请紫竹去做舞蹈老师。紫竹倒是去了，回来后夏子安兴致勃勃地问情况怎么样，紫竹说："我劝那位母亲还是培养孩子别的兴趣，她女儿四肢粗短，不适合搞舞蹈。"

夏子安懵了，说："人家请一个三流演员是看得起你，既然你不肯帮忙，我可以去请你们团一流的舞蹈演员小月光！"他穿上西装，打上领带出门了。那是一个周末的黄昏。

小月光果然给夏子安帮了忙，据说夏子安本人付给了她一笔颇丰厚的报酬。不久夏子安顺利提拔，之后搬进这套厅局级干部公寓。

但夏子安不在家的日子居多，出差开会、学习调研……起先是要解释一番的，后来就不再说什么，紫竹也绝不多问。这一次夏子安倒是郑重其事地告诉她，他要到日本考察，这几天很忙，不回来了。

独处的日子对于紫竹来说倒成为一种放松，用不着涂脂抹粉担忧别人是否喜欢自己。偶尔，紫竹会在晴朗的下午沿一条僻静的小巷去买些甜品，这时她便突然间感受到一种从未有过的轻松和幸福——做一个平凡女人的快乐。

这天，紫竹刚走出甜品店，迎面碰上婉玉。这一对十多年前的好姐妹愣怔片刻，同时伸出手来。一双手冰冷纤细，另一双手绵软丰厚。

"你竟然没有变，年轻漂亮优雅。"婉玉说。

"你倒是变了，成了众人羡慕的富婆。"十多年来她俩同在一座城市从不往来，但紫竹还是关注婉玉的生活的。她曾在报上看到婉玉慷慨捐助市舞蹈学校学生的消息。

两个女人坐进了咖啡厅，一人一杯，慢慢呷着。

紫竹打量珠光宝气的婉玉，发现她眼角添了好多皱纹。

婉玉笑着说："你从我脸上看到了什么？孤独和寂寞？跟你说，我过得自在着呢。"

"我当然相信，你永远是赢家嘛。"紫竹一语双关。

婉玉又笑了，说："这你就错了！当初在学校时要不是你的舞跳得更出色，我不会过早地丧失信心，去恋爱去嫁人；后来分到了一个团，要不是你再一次众星捧月，独领风骚，我也不会离团而去……我是多么不情愿放弃舞蹈，可我知道我永远无法超越你……"

婉玉说到这里，眼中闪出泪光。紫竹再一次凝视对方，顿然生出不曾有过的陌生感。是的，她并不真正了解婉玉，她一向认为婉玉大智慧不足，小聪明有余。令她耿耿于怀的还有，婉玉明知道她早就喜欢吴彩，为何夺人所爱，乘她参加专场演出时悄悄把吴彩约出去看海？如今这些似乎都不再重要，在人生和事业的选择上，自己有失落有痛苦，别人何尝没有呢？人人都在寻求心理上的平衡。

紫竹的沉默和傍晚的独自外出当然也瞒不过婉玉锐利的眼睛。紫竹目前的状况她是大致清楚的，因此绝不多问一句。只是到后来她们出了咖啡厅站到一处风口上时，婉玉扶着紫竹的肩膀，才发现她是那么孱弱无依，嘴唇紫青，脸上带着凄楚之色，她已不像见面时看着那么年轻。

"你该要个孩子了。"婉玉说。

紫竹一怔。

"无论如何他都属于你。"

这时她们到了分手的路口，红灯亮了，婉玉伸出手来，说："有一天若想离开单位，来找我，请相信我是真诚的。对了，告诉你，我现在带着女儿独过，我和他分手了……"

"分手？和吴彩?！"紫竹恍若梦中。

"是，人到中年才忽然明白，爱情是一种超现实，就是说爱一个你想象中的人，越遥远感觉越美好。如果说一对男女正在相爱，他们大概并不真正相知……真正相知的人是很难相爱的，因为他和她几乎都无法超越现实——他们在彼此眼中都满带着不可容忍的瑕疵，你明白吧?"

绿灯亮了，两个女人穿过马路，挥手告别。

紫竹回到家，夜幕已降临。夏子安仍无踪影，紫竹洗了澡，决定等一会儿丈夫。她想同他谈谈，婉玉或者吴彩。十多年前，他们在一次大学生郊游中结识，后来四个人就常聚在一起玩儿。吴彩那时像许多年轻画家一样，留一头加工过的卷曲的长发和一部乱蓬蓬的胡须，牛仔服上有意涂抹着各色颜料，很浪漫很潇洒，令紫竹着迷。可是生活偏偏开了个玩笑，让她的女友嫁给了他。

紫竹在等待丈夫的过程中，黑夜便像泛着淡紫色月光的大海向她袭来。触摸那油画，她又听见了由远至近的涛声——

"阿狄丽雅！阿狄丽雅！"

紫竹的心被揪了起来。多年前，她躺在手术台上恍若在大海中飘摇。伴随着一阵钝器声，她看到生命的精灵挣扎于浪尖，将被淹没。她哭了，大颗大颗的泪滑落。

为了她的舞蹈，她不愿要孩子。虽然夏子安再三劝说，但紫竹还是偷偷去了医院。然而没想到这次人工流产竟给她带来无以挽回的损失，面临重大演出，血流不止的紫竹难以支撑，终于无法登台。这时刚分到团里的小月光脱颖而出，一举成名……

从此，小月光就取代了她。这就是竞争，也是自然规律。当紫竹在苦涩的徘徊、观望中等待着下一轮搏击时，短暂的艺术青春似乎已离她远去。

紫竹后来又瞒着丈夫做过两次人流。不久，医生诊断她无法再怀孕生育。这对于一个还算年轻的女人来说无论如何都是一种打击，尤其是每每回忆起那三个被她无情扼杀的小生命，她生出深深的罪恶感。

夏子安最终不能原谅她便在于此。农民的儿子夏子安很重视传宗接代这一严肃的人生课题。当他像一名草原骑士那样亮出结实的肌肉，挥鞭纵横时，他向他那小老弟下的唯一一道指令就是："方向！高度！"

紫竹终于说了实话，不是方向和高度的问题，是土壤；她那里早是荒漠，种不出草，更开不了花了。

但即便如此，这也仍然不是他们分居的理由。紫竹和夏子安心里都明白，他俩也许从来就没有那种生死相依的爱情，但性爱作为生命本能的需求，他们又像许多夫妻一样也总是例行公事般地如期进行，从不拖欠。在这件事上紫竹也放下了清高，你不提要求，我主动也未尝不可。那一晚，紫竹在内衣上喷了香水后，去拉丈夫的被角。

夏子安下意识地朝里挪了挪身子，说："好香！"

紫竹说："这茉莉的味儿远不如紫罗兰的好。"

夏子安不说话了。夏子安从前并不喜欢香水，当了旅游局局长接触外国女人多了，每回出国考察便学着给紫竹买香水了。"紫罗兰"不仅仅是一种品牌香水，还是一个女人的代号，夏子安的俄罗斯女翻译叫"紫罗兰"。

接下来，当两个人要进一步实施下面的计划时，意外地发现已无力完成。最后，夏子安紧张地抽出身子，说："睡觉吧。"

第二天早饭，夏子安告诉紫竹，他准备出差，他觉得他们还是分开一阵儿好。

紫竹忽然清醒，一些个传闻是真的。她问：

"你是不是爱上了她，那个俄罗斯女孩儿？"

"别胡思乱想，怎么会呢，人家是个小姑娘。"

丈夫走了，紫竹如坠云海，但没有多少痛苦。她在想那个俄罗斯女翻译她是见过的，在舞会上。紫罗兰很胖，胸部像一堆发面团鼓胀着；一笑，满口玉牙。夏子安不大会跳舞，却被这个俄罗斯胖姑娘带得满场飞，飞出花来，令人叫绝！紫竹不能不承认，他们配合得很默契，从相握的手到搭在夏子安肩上的手，那姑娘都显出惬意和女人的娇态。紫罗兰的确美艳撩人，除了雪白细腻的肌肤、清澈碧蓝的眼睛、卷曲柔软的金发和花瓣似的红唇，她的迷人之处更在于她的肥胖。她的胖给身体所带来的柔和曲线，和青春的饱胀感成熟度，无时无刻不在散发着令人难以抗拒的气息。

这一切将预示着什么呢？紫竹有直觉。事实证明，女人的直觉往往是较可靠的判断。后来有一天，夏子安酒后向紫竹坦言，他和紫罗兰已分不开了，怎么办？

"离吧。"紫竹在心里作出决定。今夜她等他回来，就是想跟他说出这个决定。这些年自己也不是个称职的妻子，事到如今再论谁对谁错有意思吗？

正想着，外面传来钥匙转动门锁的声音。夏子安回来了！紫竹禁不住心跳，不是激动，更不是兴奋，而是一种惶恐不安，是不甘于绝望后萌生的一丝期望——期望他能来叩动她的门。她毕竟还是他的妻子，一个同样不幸的女人，他们为

248

什么不能敞开心扉谈谈呢，即使分手？然而紫竹像往常一样很快就听到轻轻的脚步声，轻轻的一声"咔嚓"——丈夫进了自己的卧室。她睡眠不好，怕惊扰她，晚归的丈夫总是这么轻轻的，甚至免去了应有的洗漱。就算你动作再轻，我又怎么能不知道你何时回来呢，紫竹闭着眼睛，都能想象出丈夫小心翼翼的样子。这小心里藏着一些秘密，她懂的。她在黑暗中窥视着对面小屋门下的一抹微光，久久地，久久地……有时候，她真的盼他能来轻轻地敲她的门。这样，她会舒服些，她会感激他，将过去的不快一笔勾销。但，没有。他们是一对陌生的邻居。

一个没有了爱的女人，就像一只寒鸦孤零零地呆立枝头，无奈地仰望不公平的苍天；一个没有了爱的女人，或许已失去了做女人的意义，因为女人天生就充当着爱与被爱的角色。

第二天黎明之时，夏子安起来洗漱，之后很和气地告诉紫竹这就要出发去日本了，她需要带点啥？满面倦容的紫竹强打精神说："不用了。回来我就和你去办。"

"不着急，"夏子安犹豫一下，挺为难地说，"老局长退了，上面准备对我进行考察，缓上一阵子好吧？算我求你了。"

紫竹明白了，丈夫的又一个重要时刻到来了。她笑了一下，说："成。"

"谢谢了。"夏子安感激地说，站在门口向紫竹挥手，表情里含着告别的味道，很礼貌，很温和。

又是一声轻轻的"咔嚓"，门被带上。夏子安轻轻地走了。

夏子安这次出门，在紫竹看来有些异常。后来当她挽着紫色披肩来到阳台上时，方明白今天也是小月光他们出发的日子。于是她几乎忘了寒冷，期待着一个声音划过耳畔。往日，她到阳台上晾衣服，一抬头就会看到一架银鹰倏地钻进云朵，在天际留下一缕白烟；今天她相信她还会看到，那上面或许就坐着丈夫和小月光他们。在紫竹想着这些的时候，前面一座古老的俄式建筑进入了她的视野。土黄色的墙带着沧桑感，拱形的木窗似乎封存了千年岁月。雪后，屋前的槐树上亮出新鲜的洁白，有一串红辣椒闪眼地摇着，于寒冷的清晨生机勃勃地托举起簇簇火苗。在紫竹看来，这就是现实中的古典，而黄昏之时落日定会将这古典推向极致。

古典舞专业毕业的紫竹一直崇尚古典之美，这使她在很年轻的时候就不再拥有少女的美艳热烈。她的白皙透着冷峻的冰色，她幽深的眸子沉静着黑夜般的迷幻之光。她纤弱无比，但却没有通常女人凡俗的温柔。她永远属于一座坚硬的冰雕，只有超脱于人类干燥的阳光，才得以完整和优美。

这一整天，紫竹没有看到飞机飞过的任何痕迹，真是奇怪。接着，黄昏来临，夜幕降落。紫竹在心中默数着，似乎听得见时光如水般在指间流过的潺潺声。这一刻她重又恢复宁静安详，脸上带着幸福感。而她幽深的眼却因陶醉而变得狂热，因狂热又变得湿漉漉的晶亮。

她依旧黑着灯。淡淡的月色透过紫色金丝绒窗帘，将一缕光影投在那幅油画上。于是紫竹又看到了沙滩上的乳白藤椅和藤椅上的花束——那两朵凝固的红好似少妇的血，虽盛开着却也是满脸的红颜薄命。紫竹忽然想，那花儿是不是玫瑰？她愿意把它当作玫瑰，玫瑰是情感世界必不可少的主角。如此说来，这片海、这片沙滩以及藤椅、玫瑰花都与爱情有关，难道它们在编织着一个爱情悲剧？是啊，否则这片海为何如此苍黑？这片沙滩为何柔若少女肌肤？这束玫瑰为何淌着血滴着泪？对，还有那远天铅灰的云，一只低飞的海鸥……紫竹望着望着，突然间觉得那一切都变成了活物，放大十倍、百倍，向她包围而来。当她惊异于玫瑰花的花瓣何以如此快地凋谢于海中之时，片片紫色已化作缕缕暗红的血，随着黑色的波浪向她袭来。"啊——"她惨叫一声，瘫倒在地。

似乎过了很久很久，大海在晚风的轻拂下变得沉静而温柔，淡紫色的月光幻化出一片瑰丽。一个披着轻纱的黑发女人，挥洒着鲜艳的玫瑰花，在银色的沙滩上舞蹈，由远至近。

"阿狄丽雅！阿狄丽雅！"一道光影推赶着浪花迎面而来。

"你是谁?"她捧着玫瑰花向着那个苍老的声音走去。

"我是大海呀，我美丽的阿狄丽雅。"

"我不叫阿狄丽雅。"

"不，你叫阿狄丽雅。美人儿，我已在这儿等候你多年了。我现在老了，但我还有力量！来吧，你不是要跳舞吗？请站到我的肩上来，我就是舞台，我是全世界最大的舞台，只属于你！……"

"啊，真的吗？是真的吗?"她兴奋地大声问。

这时黑色的漩涡将她环绕，像一双柔韧的胳膊，挺举起她。她闻到了咸腥的气息，暖烘烘的，她两脚触到了那宽厚的肩膀，像大地一样结实。

"站好喽，我的美人儿，你就是女神，至高无上的女神！快张开你梦想的翅膀，飞吧！……"

她有些虚弱，有些气喘，稳稳神，一咬牙，踮起脚尖，立腰抬头，视线平移，啊，远处是多么辽阔的世界，那里空山寂静，涛声不绝；那里，玫瑰盛开，等她到来。她下巴仰起，双臂展开，纵身一跳，呀，飞起来了！她像一朵鼓满风的云，乘着月光飞去……

玫瑰，距离她越来越近了，她看见她们像一群训练有素的舞者在浪尖上热情舞蹈，片片花瓣随风洒落，飘浮远去；海鸥唱起挽歌，大海呈现辉煌的血色。理查德·克莱德曼的钢琴曲《海边的阿狄丽雅》在铿锵的涛声中戛然而止。

……

翌日晨，紫竹的两位同事带着歌舞团团长一脸焦灼之色来找紫竹。原来赴日演出日程因小月光的不辞而别不得不推迟，小月光跟一个演艺公司老板到香港"走穴"去了。团长气愤地说："离了狗屎还不种辣子了？换人！"

团长深信紫竹会救场。毕竟是个资深演员，不用可惜，用她高兴。只是打电话一直无人接。有知情者说，不如联系她丈夫夏子安。这样，引出了那个叫紫罗兰的俄罗斯女翻译。紫罗兰疑疑惑惑地说："老夏去日本了，没听说带老婆呀。"也许是为了证实老夏是否带了老婆走，紫罗兰从夏子安的办公室抽屉里取出他家钥匙，带着团长径直杀向夏家。于是，内急的团长在卫生间里看见了紫竹。他吓了一跳，人家在洗澡哩。

是的，紫竹正半倚半浮在浴盆里，身体氤氲着乳白的雾气，一袭黑发在水中飘摇出无数暗影，似鱼儿穿行；她两眼微闭，纤纤玉臂挽着那条人们熟悉的紫色披肩……她仿佛熟睡，一脸安详。

紫竹"自杀"的消息传出后，婉玉立即约了刚与她办完离婚手续的前夫吴彩赶到夏家。作为紫竹昔日的朋友，在夏子安远在异国的情况下，婉玉和吴彩觉得他们有必要弄清紫竹的死因。

"是因为夏子安爱上了紫罗兰，紫竹受不了？"吴彩捋着他肮脏的长发自言自语。

婉玉接过话头，说："扯淡！你都找了一个班的情人了，我连一滴泪都不掉，何况一向坚强的紫竹？再说她根本就不爱夏子安。"

他们说着来到紫竹生前的卧室。看到墙上的油画，不禁都怔住了。

"这不是你那幅画吗？"婉玉对前夫说。

"嘿，可不是嘛！我托一个哥儿们替我卖，硬是挣了一千呢。"吴彩显出得意的样子。

"她一定不知道是你画的，否则她是不会买的。"婉玉表情复杂地说。

"为什么？"吴彩不解。

"请回忆一下吧，"婉玉用一种悲凉的声调说，"那个夏日的黄昏，暴风雨就要来临，一个姑娘带着一束玫瑰把一个小伙子约到海边。那时，另一个姑娘在舞台上迎接着鲜花和笑脸，她哪里知道她心爱的男人和她的女友正在沙滩上做爱……"

"闭嘴吧你！"吴彩一脸恼怒。

婉玉却笑起来，说："怎么，不愿意听？我还偏要讲给你听。你知道不，她那时一直爱着你，只是她跟我跟所有迷上你吴大才子的女人不一样，她是悄悄地在心里头关注你。假如她当年嫁给了你，也许今日便不会死；而你娶了她，或许会懂得自尊自强，而不是吃喝玩乐毁自个儿，谁知道呢……"

婉玉说罢，挥泪而去。

无业游民吴彩呆呆地在画前站了一阵儿，突然两眼一亮，伸手取画。"老同学，"他慢悠悠地说："对不起喽，爱情不能当饭吃，对不对？还是把画还我吧，拿到市场没准儿又能卖个千儿八百……没办法哟，吴大才子眼下混得连肉都吃不起了……"

吴彩同所有人一样，他们永远也想不到紫竹的死与这幅画有关，并且紫竹不是自杀而死。

（原载《中国西部文学》1995年第6期）

爱情说不清

　　孟原上完最后一节声乐理论课，已是下午七点。他回到兼琴室的办公室，坐下来准备喝口水，这时门被一股小风推开，一个穿着白色短裙的姑娘飘到面前。他放下杯子，和气地问："有事吗？兔子？"

　　"孟老师，听了您的课我特受启发。"叫兔子的女孩嗓音甜润，有一双黑亮的眼睛。

　　孟原点点头，说："哦，谢谢。"

　　女孩站着不动，看起来真的有事要谈。

　　孟原说："有事请讲。"

　　女孩咬了下嘴唇，羞赧地低下头，小声说："孟老师，我想、想听您唱《草原之夜》……"

　　《草原之夜》是孟原走上舞台的开端，这首歌他在演唱时作了些技巧上的处理，跟别人的唱法不大一样，比较受年轻人喜欢。

　　孟原的心动了一下，沉默。沉默中他以师长特有的严肃打量女孩。当他看到她红润的嘴唇和光洁的额头透着晶莹的质感时，他马上想到，这是一个纯洁的姑娘，应该不曾被男人碰过呢。他当然也不该怂恿自己的任何念头。于是，孟原重又端起茶杯，说："抱歉！今天家里有点事要处理，得回去了。改日好不好？"

女孩点点头，礼貌地告退。

孟原忽然有些惆怅。他为什么要拒绝她呢？兔子是县上派来的学员，在群艺馆办的这个声乐培训班上已学习一周，声音条件不错，形象也不错，这是她留给他的印象，除此，他对她无更多了解。但不管怎么说，人家学生找上了门，作为老师你不该拒绝，可笑的是，你还说家里有事。

实质上家里并无什么事情要处理，他只是一个不想回家的男人，怕见老婆而已。老婆蓝雪是诗人，八十年代在诗坛上名声很响，专写爱情诗，字字见血，尖锐得要死。当初他们的爱情轰轰烈烈，相当感人，后来不知道发生了什么，变得彼此不容；以至每天早晨和晚上，短短的相处时间，也会为电视音量开大了，手纸用完了等鸡毛蒜皮的小事，认认真真、结结实实干一仗，最后以摔碟子砸碗作结束。在这火药味弥漫的小小屋檐下，孟原许多次都燃起一种要毁灭整个世界的冲动。这未免有点可怕！因为怕，孟原便想能不回家最好。

可是，孟原又总是像中国大多数本分男人一样按时回家。在这条回家的路上，在他踌躇的脚步、绵长的视线里，一些东西接二连三涌来，不断刺痛着他。结婚一年来，孟原这位青年歌唱家从来不会忘记随身带一只蓝布袋。女诗人是个美食家，却不擅家务；而孟原是家中老大，从小跟着母亲学烧饭，买菜做饭这些活儿自然就被他慷慨揽下。只是在菜市场这样一个地方，天天目睹一对对夫妻提着大包小包，喜气洋洋从身边擦过，孟原多少有点孤单。傍晚的城市，到处充盈着回家的幸福和安逸，这种气氛使孟原对他和女诗人的婚姻有了一个参照，他在一番思考之下，得出一个结论，他们看似般配，其实并不合拍，他活得一点不轻松，不幸福。他甚至还不如小巷里那些蓬头垢面捡破烂的夫妻。有一个围花头巾的小媳妇每天下午收工都是坐在板车上被丈夫推回来，回到孟原家前面一排低矮破败的拆迁房。孟原听到夫妻俩操着家乡话开着一些不荤不素的玩笑，真有点羡慕，羡慕他们的亲近、单纯和满足。他们难道比歌唱家和诗人还懂得爱吗？……

孟原提着菜刚刚想到这个问题，一串"得得得"的高跟鞋声迎面而来。孟原觉得有着这样脚步声的女人很张扬，于是偏过脸，不准备看她。然而在他与她擦肩而过的一瞬，他愣住了，是他的初恋！

这个话题放在后面再说。

先说孟原回家后的情况。这天傍晚孟原提着菜兜进门时，女诗人蓝雪脸上平铺着一层疲惫的温和（看起来她今日的创作还顺利）。她接过菜兜看了看，没有问孟原怎么没买鱼；晚饭时也没挑剔孟原怎么把汤烧得咸了，一切都显得宁顺平和。难得清静，孟原觉得他们有必要抓住这机遇，做做夫妻该做的功课。他们有好一阵儿不在一起了。孟原过去的室友曾经跟他说过，有些夫妻，吃不到一块儿，说不到一块儿，三天两头吵架打架，可完了就完了，日子照过。他有些搞不懂，室友笑着说，不怕吃喝不到一起，就怕睡不到一块儿！看起来"睡"是关键，那些思想品格皆不相同的夫妻，若能在性生活上达到高度统一和谐，他们往往也是不愿离婚的。孟原联想到他与女诗人目前的状况，愈发地感到自己那位室友人生经验丰富。只是，仅靠性，究竟能带给人多少幸福？

孟原后来在床上忧心忡忡搂着女诗人时，抑郁和失落便如潮水般涌来，这使他的身体感到动荡不安的飘移和摆脱不去的麻木。女诗人却似一只准备生蛋的母鸡，急不可耐，要为接下来的隆重酝酿喜庆。但她很快就嗅到了什么，推开他说："又在瞎想！"孟原不愿承认，说："没瞎想。"女诗人说："思想只会使人软弱。"孟原想，自己是不是真的很软弱？"啪！"一巴掌拍到了孟原的屁股上："没趣！"什么叫有趣？没了爱还要做爱，难道是件有趣的事儿吗？孟原又在想。

显然再无法进行。女诗人是个有性格的人，怒气冲冲进了书房，"咚"的一声合上了门。

孟原关了灯，从未有过的沮丧。他裸着下体，把窗帘拉开半边，想看看远处的灯火。那是一些正在拆迁的灰色建筑，大吊车下影影绰绰晃动着人影。他想，人活着真累，一点点用血汗和希望砌起的东西不久又要被自己推倒，干吗非这样不可？且明知这是最后的结局，为何当初还要苦心营造呢？

孟原从前是边境牧场的一名中学音乐教师，这个牧民的儿子身材高大，相貌不俗，有一副动人的歌喉；乱蓬蓬的卷发和一部浓密的络腮胡，令他的不修边幅平添了独有的魅力。这个看似粗犷的汉子，嗓音却少有的特别，介于男中音与女中音中间的那种，柔媚而华丽。女诗人蓝雪有一年到牧区体验生活，一场联欢会让她迷上了这个比自己小八岁的稚嫩小伙儿。尽管那时她芳龄三十六，和一位工程师订了婚，但最后愣是以对方"只懂机器，不懂爱情"为由，与工程师分手。孟原这个乡下小伙儿对当时女诗人花样翻新的爱情有受宠若惊之感——加上女诗人很快把他推荐到城里一座艺术学院深造，使他后来步入艺术圈子，他自然是感激不尽的。

他们的结识一开始就带着太多的崇拜和夸张的激情，带着某种功利目的，以至于后来孟原发现女诗人不谙任何家务却有吃喝玩乐的嗜好后，他只好承担了家中的一切。孟原不怕出力干活，怕的是女诗人的喜怒无常，变幻莫测。每每创作，她废寝忘食，总是陷入一种或悲伤或狂喜或愤怒的状态。如果恰在愤怒中，孟原就在劫难逃了，一不小心碰翻了扫帚，她会上来揪住你，要你滚；看到刊发的诗被编辑删了两句，她又是火冒三丈，一宿不眠。孟原看着她那张因缺乏睡眠变得憔悴不堪的脸，劝她说做人要洒脱，没想到她蹦得更高，嘴里是一连串诅咒，简直成了巫婆。有道是"愤怒出诗人"，他不禁哀叹，诗人的愤怒如此之多，他如何抵挡，不如被她那熊熊烈火一把烧尽！实质上，孟原在心里已开始了他无声的抵抗和叛逆。

孟原仰望夜空想着这些的时候，有一颗星斜斜划过。那星儿辉煌的一瞬灼痛了他，让他想起一些旧事。这时女诗人的叫声响起："少武！买烟去！"孟原转过头，看见书房升腾着一股淡蓝的烟雾，老婆写作时要抽烟，他知道。他没有动。他不是少武，他是孟原，他想，少武是谁？八成是她的哪个弟子。管他谁呢，眼下孟原最想知道的是他的初恋草儿近况如何，许多年过去了，今天他怎么会那么巧在街上遇见她？……

草儿是孟原从前在牧场中学教书时结识的一名挤奶员，生得小巧玲珑。那时，牧场每年都要举行盛大的叼羊赛马活动，牧民们从四面八方赶来，孟原带着学生也去观看。于是，有一次就在后排发现了她。她的头发黄得耀眼，皮肤很白，笑起来轻柔无声，天真无邪。看完比赛，孟原忍不住上去问她是谁，她说她是他的学生的姐姐，她早就知道他，知道他爱唱《草原之夜》。她说话的时候眼睛闪闪烁烁，孟原当时就觉得很像天上的小星星。

真是奇怪。孟原在草原上长大，随着他生理上发生的一系列变化，他似乎早在十五六岁便懂得鉴赏女人了。他认为草原上的女子多粗糙野气，他不大喜欢她们那肥摆摆的臀，晃颠颠的胸。草儿就不像她们，她娇小玲珑，白皙柔弱，有一种与生俱来的高贵气质。

孟原抑制不住激动，当晚就约了草儿。他们坐在月下，草儿说："唱个《草原之夜》。"他便放开歌喉唱给她听。那时，夜空幽蓝澄澈，一轮皓月朗照中天，风儿沙沙，听得见小草与花的呢喃，整个草原都在他的歌声中浸漫出透明的色彩。孟原唱完，发现草儿泪光闪闪，他禁不住颤颤地拥住了她。他这还是头一次拥抱女孩，小心翼翼。

他们就那样一直待到月华西沉。

清晨，草儿要回遥远的分场去了，孟原送了一程又一程，问："还来吗？啥时候再来？"她俏皮地笑笑，说："不知道。"

以后在每一个思念草儿的夜晚，孟原都会怀抱马头琴，坐在他和草儿待过的地方，仰望星空，轻轻地唱：

> 美丽的夜色多么沉静，
> 草原上只留下我的琴声。
> 想给远方的姑娘写封信吧，
> 可惜没有邮递员来传情……

孟原唱着这首歌，便觉得有个东西把他的心切成了丝丝缕缕，扯远了去。他那时还判断不出这是什么情绪，是不是该称做爱，因为这个过程太短暂太匆促了，简直就无过程。稚嫩的草儿似乎还没学会如何撒娇、接吻，他们甚至还没有来得及谈将来他们该是个什么样子。但是孟原却不失时机地得到了一次实习，并且迅速结束了他童男子的历史。

孟原离开与自己有过体肤之亲的草儿不是没有痛苦，但权衡之下他觉得只有跟着女诗人进城深造日后才能出息。决定命运成败的往往只在那一步。草儿当时好像也不大在意，草儿说："你走吧，一切顺其自然的好。"这句话让孟原吃惊，觉得草儿真是个善解人意的好姑娘，于是抱住草儿便哭，他明白是自己负草儿！

进了城，孟原和草儿不再有任何联系。他曾经想或许这辈子自己也不会见到草儿了，这样好。可是，今天怎么偏偏就遇上了，并且草儿还说了她的住址，热情地邀请他去玩儿，难道她就一点不怨恨他？

"喂，叫你去买烟哪。"女诗人从书房跑过来，推了孟原一把。

孟原不悦。这个女人真有毛病，她怎么还是刚才床上的那身打扮，三角裤衩和一只乳罩？孟原不愿细瞧那毫无美感的部位，老实说，她这副模样进一步激起了他的厌恶，于是他轻而果决地说："不去！"

"什么？你敢说不去？反了你！"女诗人鼓鼓的眼球停止了转动。

若在平时，孟原绝对会去为老婆买烟。尽管他不吸烟，但他不反对她吸烟，人家是诗人嘛。那么，是因为妻子痴迷于创作刚才喊了别的男人的名字，或者是因为他孟原回家路上邂逅了过去的恋人，他的心情坏了？兼而有之吧，孟原今天有一种豁出去的念头。

"去不去？我数一二三，一、二、三……"

"不去！"

"牛啊！成，姑奶奶休夫，休掉你这个小男人！"

"啪！"孟原抬起乐感十足的手，挥过去。

女诗人反应敏捷，一声嘶叫，扑向孟原。孟原个儿高，脸一仰，诗人的手从脖颈划过。这一反击显然是猛烈的，诗人自知恋战不得，扯了条裙子套上，离家而去。

台灯被打翻在地，孟原彻底沉入黑暗。黑暗使他突然有一种解脱的快意，黑暗使他鼓足勇气，袒露悲伤，大颗大颗的泪珠砸到地上！

天光放明之时，黑夜留下的噩梦再一次在孟原的脖子上闪过，他挂彩了。这是女诗人昨夜的新作，重彩浓墨的一笔。孟原忽然想起今天老婆所在的诗刊要举办联谊会，邀请他们群艺馆的乐队去伴奏，有他的独唱。两处抓伤还在渗血，这叫他如何是好？不去显然不合适，去吧。在这个炎炎之夏，孟原不得不换上高领T恤，像似挺怕冷的样子。

待他赶到群艺馆，已迟到半个多小时。圆形的舞厅此时华灯高照，孟原一眼就瞅见了他家那位女诗人。老婆还真是个场面上的人，在外面该讲究的时候绝不含糊，她身着乳白色真丝绣花套裙，绾着高高的发髻，一副粉红色的小眼镜将整个人衬得高雅又温柔。她正在给诗歌获奖作者颁发证书，点头，微笑，握手，身份感十足。只是孟原觉得她的微笑其实同她的假发一样假。

接下来，是穿插的节目。该孟原登场了。本来孟原准备了一首新歌，但他突然改变计划，他今天特别想唱《草原之夜》。

"美丽的草原多么沉静，草原上只留下我的琴声……"孟原唱这首歌总是把它处理得非常舒缓、沉郁，尾音里含着一种孤寂和伤感。在这段歌声中，他每每都能看见那片月夜下闪着露珠、吐着清香的暗绿的草原，能听到远方风儿吹来的忧伤的马头琴声。于是他心里便有一种被掏空的感觉，空得彻底，空得他几乎难以支撑。

唱完，他虚弱得有些站不住了。有一个白色的影子扶住了他。

"老师，您坐下喝点水。"

他看了一下面前的女学生，想她怎么来了，这个兔子。

"老师，听您唱《草原之夜》，我流泪了。"兔子说。

他望着她，女孩黑黑的眼睛闪烁晶莹的光。

"歌里那位痴情的小伙子对姑娘爱得那么真诚执著，好让人感动。可是，那个姑娘为什么要嫌可克达拉草原穷，不愿去陪伴他的琴声呢？"女孩眉头蹙起，一脸惋惜。

孟原无心回答这个问题，因为女诗人和一个男人的背影刚刚从视线闪过。他在心里长长地唤了声"草儿"，起身出去。身后的女孩喊了他一声。

孟原像没听见，径直上楼，回自己的办公室。他从抽屉里找出草儿写给他的那个地址，呆坐；他在犹豫，要不要去找草儿。最后，决定还是不去的好。从前的室友跟他说过，人生全靠一个"忍"——心里插把刀，流着血还得咬牙活下去。是这个理儿，没有哪对夫妻不吵架，吵过闹过，日子还得过下去，对不对。

女诗人不再提"休夫"一事。这叫孟原更加觉得生活是现实的，婚姻也是一种合作，要学会配合。因而，没两天他便恢复到从前的样子，该买菜买菜，该做饭做饭。他还主动为老婆买了她喜欢的香烟。女诗人捋了捋他的胡子，说"好小子"，笑了。

孟原想，生活能回到旧有的轨道，也成，不必奢望更多，尤其是爱情。可是有一天他们突然又闹了起来。为什么呢？原来孟原发现自己不行了。女诗人不大相信这位比自己小了八岁的"好小子"会有问题，她张开两臂大笑，仿佛拥抱一个胜利果实。接下来，她发现她的"好小子"是真不好了。这次她严肃地说："我帮你治疗恢复。一个丧失性功能的男人怎么能称为健康完整的人呢？"孟原听了，当下心里便恼了。他不明白夸夸其谈的女诗人和街上那些随地吐痰的男男女女比他健康完整到哪里，或许他们有人的床上功夫比他强。难道现代人赋予"健康"一词的内涵仅仅是性爱的完美吗？情感呢？性与情感在今天怎么愈来愈分离了？

唉，扯这些高深的理论有何用，不如关键时刻你那个男人的东西管用才对。想到这一点，孟原气短了半截。第二天，女诗人买回一些强肾壮阳的补药让他吃，他也只好吃，一点不敢怠慢。三日后，老婆说："试试？"一听"试试"，孟原相当紧张。女诗人笑着说："好小子，不怕。"他怕她什么，他是她丈夫，他不该怕她。但是，他其实真有点怕，怕自己不再是让她喜欢的"好小子"……孟原满脑子忧虑，满脊梁惶恐，这些情绪构成的强大力量足以把他压倒。果然又一败涂地。这一次女诗人不再原谅他，她说："你以为女人嫁给你，就是为了听你唱《草原之夜》？爱情顶多是小曲儿，不能当饭吃，懂不懂?"

女诗人带着嘲笑走了，这一次好多天不回家。也好，孟原用不着每天买了菜匆匆赶回去做晚饭。孟原开始学着吸烟，有时候一边吸烟，一边听自己以前录制的歌曲。每听一回《草原之夜》，心里就难受。

傍晚，叫兔子的女孩有时会来他办公室练琴。练完琴，女孩总是把他茶杯盖上的烟头倒在报纸上，兜出去。有一次，没兜好，撒到他锃亮的皮鞋上。他说："你不做家务吧?"他没想责备她，女孩却红了脸。他于是不忍，叫她一起出去走走，女孩一蹦三跳，像只欢快的兔子。无忧无虑的年龄啊，他实实地羡慕。

这天晚上，兔子没有来。孟原弹了一阵子琴，闲着无聊，便下定决心去见草儿。

草儿对孟原的到来一点不吃惊，笑着把他迎进豪华的客厅，仿佛他们之前约好了似的。她从冰箱里取出食物，说给他弄宵夜。他没吃晚饭，她都一清二楚。望着这个发福的女人，孟原有些陌生。但草儿的笑容是熟悉的，说话的声音是熟悉的，她说她开了一家服装店，生意不错;又说，她跟那个大夫离婚了，那人对她过去那一段耿耿于怀……他明白了，是指的同他的那一段。孟原愧疚地说："我、我害了你，对不起!你该恨我的……"草儿笑着说："恨你什么?有了就有了，完了就完了，干吗要恨。"草儿显得很豁达，很看得开。

孟原一时好感动，他想草儿真是好，草儿这时候还在为他开脱。

孟原忍不住拥住了草儿，像当年那样。草儿似乎抖了一下就不动了。孟原的眼前蓦地又出现了那片洒满月光的草原，

265

闻到了一股迷人的花香。久违了！草原之夜，你是我的歌声，你是我的思念，你是我最美的爱人！在你这里，我愿意饮酒欢歌，不醉不归！孟原仿佛一个醉汉，紧紧地抱着酒坛，要把它的香和烈一股脑儿注入自己的身体，与它一起变成火焰烧尽……

一场酣畅淋漓之后，草儿扭着雪白的身子，捏了一把孟原那里，说："真棒!"孟原突然猛醒，呀，自己好了？

临别，草儿吻了他，说："明天等你。"

他从草儿的表情里，看到了一个不似过去的草儿。

日子过得飞快。夏花烂漫点燃整个大地时，秋意从城的一角慢慢侵入。

女诗人蓝雪依旧没有和好的愿望，连一个电话都不曾给孟原打过。诗人不在家的日子，孟原的一切趋于正常，他不再心口发紧，像过去那样强迫自己去追逐她火焰般忽高忽低捉摸不定的情绪跳跃。在那间他和诗人的狭小的卧室里，现在他常常放开思绪任由自己去想一些无关的旧事，或者去想别的女人，比如草儿。

经过一段时间与草儿的相处，孟原觉得也还轻松。草儿比女诗人单纯得多，草儿很崇拜孟原，说他是搞艺术的，有层次；草儿在那件事上也很温柔，对孟原有着足够的诱惑力。草儿还比较有钱。孟原思忖着这些时，便很自然地去作进一步设想：他离了，也许可以娶草儿？

于是，孟原选了一个阳光灿烂的日子去了草儿家。他一进门就紧紧地拥抱她，吻她，营造出一种动人心魄的气氛来。草儿被拥得喘不上气，连连求饶，孟原便说："我爱你，草儿！"

草儿一愣。

"记得草原上的那些夜晚吗？我多么后悔我离开了你……"孟原有些哽咽。他惊异他什么时候变得这样善于表达。

草儿不语，眼里闪过一道泪光。孟原看得真切，那正是草儿从前的表情。可是只是一瞬，草儿忽地笑起来，说："你在说什么呢，孟原。"

"我是说我爱你，让我们……"

"让我们重新走到一起，是吗？"草儿讥笑着打断了孟原，"如果说一对男女出于功利而结合是一种庸俗的话，那么，一对男女若是为了爱情而结合，那便是一种愚蠢了。因为在这个世界上，没有什么东西是永恒，人类那点有限的爱情尤其脆弱易失。再说，爱与不爱在婚姻中或许都不重要，干吗谈爱情？"

孟原懵了。

告别时，草儿搂着他的脖子说："再来呀，人家需要你呢……只是别再谈爱情了，好不好？我们商场有句话，把握今天就是胜利！其实你很早就懂得的，凡事要现实。所以，我从不记恨你当初抛下我娶了那位诗人……"

天哪，这个貌似单纯的女人！孟原望着那扭动的肥臀，犹如沉入一口雾气腾腾的深井。他揣摩着草儿这番话，揣摩着她不同寻常的笑，惶惑地一路逃去，钻入游鱼般的人群。有两次他撞了人，都是正在热恋的小妞。小妞身边的男人立马瞪圆了眼，有一个还嚷："他妈的，丢了女人，是吧？"

谁他妈丢谁啊，你俩早晚也会掰！孟原在心里愤怒地呐喊着，却感到一阵阵的酸楚。他不明白是因为当初抛弃了草儿娶了蓝雪而痛悔，还是为了即将失去蓝雪又无法得到草儿而悲伤，抑或是恨自己糊里糊涂两次充当了抛弃与被抛弃的可悲角色？

好像是，又不全是。但有一点是清楚的，他曾经在唱《草原之夜》时感受到的那个清纯世界消失了，那微风拂动的琴声，碧草轻摇的月光，还有一个男儿对一个姑娘的那种流水般绵长的怀想……这一切都让他孟原她蓝雪她草儿轻松而潇洒地践踏了。在爱的审判台上，我们每个人都是刽子手！

这样严厉地批评了自己又谴责了两个女人之后，孟原似乎轻松了些。经过小广场，看一群红男绿女在跳舞，便停下来瞧。晕黄的灯下，狂欢的人们正将城市涂抹出一团团杂色。孟原倏忽间意识到：这个世界正在老去。

没有什么能成为永恒，草儿说得对。在人类漫长又短暂的历程中，爱情看似贯穿始末，并常以其缠绵、柔曼、悲壮、恢宏来打动人，其实，不过是一场空梦。爱情从来都是易碎品，是永不停止的流动，是一千次一万次的不稳定。今天，有人又为它作了更具现实意义的注释：所谓爱，就是男女间的需求，一种暂时的需要。

既然如此，何必要苦苦寻求爱情？何必要不切实际地奢求什么永恒？电影电视、文学作品中渲染的那种生生死死、至高无上，实在是误导，它将一群男男女女推向迷惘，甚至推向疯狂和变态，这，不是人类给自己制造的甜蜜的陷阱吗？

贪婪的人们！可怜的人们！被苦难和欲望压得喘不过气来的人们！也许因为人生之路太艰难，而茫茫宇宙间的人类太孤独太渺小，于是上苍便在男女间制造了一种神奇诱惑，企图通过它拯救这个世界的丑陋和人类原本脆弱的走向衰老的心灵。然而终不能够。当代人今天已无暇为爱情伤感，人人最爱的是自己。爱情说到底是一种狭隘的社会产物，它通体渗透着不可理喻的疯狂、自私和阴谋，它无时无刻不附加着人为的成分。

爱情，不过如此，真的不必为爱伤心。

孟原漫无边际地想着这些简单又复杂、浅显又深刻的问题时，他已满头大汗，气喘如牛。他笨重而吃力地爬上群艺馆大楼，有些头重脚轻，昏昏然又撞了人！

"您……怎么啦？"兔子绯红的脸上画着惊叹号。

孟原长叹一声，朝楼下挥挥手，女孩便跟在了他后面。

他们朝一座小桥走去。小桥对面是民房、田野和柳树林，被夕阳染得金红；袅袅的炊烟下有雀儿箭一般穿过，很有一种国画的味道。看到这些，孟原忽然想起他远在草原的爹娘，不由得鼻子开始发酸，当初他为何要艳羡这座冷漠无情的都市？

孟原与女孩在一棵茂密的柳树下落座。他们离得很近，透过薄薄的裙子，孟原能够感受到女孩身体的温热。但他毫无欲念。他不大容易喜欢那些稚嫩的小姑娘，他喜欢不同寻常的深刻和奇特。此刻夕阳浓烈似酒，女孩支着下巴，眼睛又黑又亮，唇上细细的茸毛清晰可见。

"你什么时候回去？"孟原淡淡地问。声乐培训班两天前结束，学员们各奔东西。

"我……"女孩欲言又止，接着慢慢说，"老师，我有个问题想问您。"

"请讲。"孟原其实毫无兴趣回答她什么问题，他只想静静地坐一会儿，有个女学生陪着不那么孤单。

"您说爱情是什么？"

又是爱情！孟原的眉头皱起了，不大开心，但当他看到女孩脸上的虔诚时，方不咸不淡地说："爱情……不好说，说不清。也许有一天你会根据自己的故事为它下定义的。"

女孩听了这深奥的话，不再言语，显出沉思状。

这时风儿呼呼地掀动着脚下的青草，一溜儿而过。孟原起身说："不早了，回吧。"

女孩点点头，眼里多了一种陌生和成熟的表情。

一路无话。两个人一前一后走去。

第二天没再见到女孩。以后几天也没见女孩。她是不是回县上了？孟原想，孟原这时有些惭愧，答应给人家姑娘唱《草原之夜》的，末了也没兑现。孟原甚至至今都弄不清那女孩有多大年龄，在县上是做什么工作的，真实名字叫什么，只知道大家都喊她"兔子"。

日子依旧在过，平静慵懒。第一场秋雨落下时，城市多了些凝重。只是孟原的心里愈发地空，空如旷野。《草原之夜》的歌带终于在一个黄昏被他击得粉碎，因为在他一遍又一遍磨砺着他那颗灵魂时，他发现他被那个所谓的清纯境界愚弄了。兔子说得对，小伙子爱姑娘，可姑娘嫌可克达拉草原穷，不愿去陪伴他的琴声。难道这还值得他感动个没完？孟原决定从此不再唱这首歌。

一天下午，孟原正在呆坐，电话铃响了。孟原去接电话，却原来是诗人老婆。"久违了，我的歌唱家，身体还好吧？"孟原一听这话，有些来火儿。女诗人却哈哈大笑，热情洋溢地说："我的新诗集出来了，你猜书名叫什么？《草原之梦》！

不祝贺一下我吗？晚上我回去。"

　　孟原放下电话，一种熟悉的疲惫又似铅云般袭来。他从抽屉里翻出蓝布兜，把里面的干菜叶往废纸篓里抖去，准备提早下班去买菜，这时忽见门下塞进个大信封。收发员大概又以为他不在办公室。孟原放下布兜，去拾信。牛皮纸信封上的字迹十分陌生。孟原撕开信封，里面忽然落下一只巴掌大的蓝绸袋，绸袋的一面绣着一只白色的小兔子，眼睛是红的。孟原去拆袋子，却见袋子里有一盒磁带，竟然是孟原丢弃在垃圾箱里的《草原之夜》歌带，盒子有些破损，被粘好了。

　　老天爷，谁这么无聊寄这玩意儿？是那个女孩，兔子?!

　　孟原瞪着蓝绸袋上绣着的小白兔，一脸疑惑。

　　她还没回县上？孟原摇摇头，去看信，笔迹稚嫩，内容却着实把他吓住了："……姐姐成亲那天饮酒过量，胃出血，没救过来。她说一定要把歌带寄给您，您知道的……"

　　孟原捧着歌带，突然有一种沉入冰河的感觉。是一阵电话铃声惊醒他的。女诗人又下达新指示："买只甲鱼吧，那东西据说特有效……"

　　　　　　　　　　　　　　（原载《西部·六十年精品集》）

梦断梨园

我在月光下等母亲。母亲出门去了，母亲两天两夜不见归来。那把锈涩的大锁一如过去，威严地挂在两扇沾满暗紫色污物的大门上。母亲带走了唯一的钥匙。

其实，除了每个星期五我必须到小镇的邮电所去寄信外，平素我是讨厌出门的。所以，在星期五未到来之时，我并不责怪母亲想阻断我与外界联系的企图。

我十分习惯待在这宁静封闭的梨园里。十年来，这片梨园花开花落，从不间断，但我还不曾见过它们的果实。我问母亲，母亲漫不经心地说，这是因为梨园里有欢乐女神。我疑心母亲犯了搞艺术的女人的通病——嗜好杜撰。我猜想这可能是一个新品种，一种供人们观赏的梨树。可是竟无人来观赏，连母亲也视而不见，只有我醉心于它，年复一年，月亏月盈。

我的生活比较单调，有规律。清晨，我总是一手提着扫帚，一手端着簸箕，挨个儿把树下枯萎的花瓣扫起，然后在梨园的四个角落挖坑埋掉。我做这项工作是既认真又投入，连挑剔的母亲都夸我勤快，把园子弄得很干净。其实，我不是想打扫园子，我是要给那些死去的花儿找一个归宿。《红楼梦》里的林姑娘也是这么干的。天下美丽的女人都疼爱花。

傍晚，我照例要洗一次冷水澡。我从门前那口压井中提来两桶清水，倒入一只大木盆里，然后跳进去。在那冰冷的水里，我一阵阵地抽搐，丝丝凉意使我兴奋无比。十年来，我就这样洗啊洗啊，期待着有一天能洗去我身上那些星星点点的紫褐色的东西。我曾经用放大镜照过它们，结果令我大吃一惊，原来那肮脏的血污和脑浆已长入我的肌肤！我只能求助于缝衣针了。只是针尖挑掉之后不久，暗紫色的东西又长出来了。难怪有诗人感叹："罪恶像夜一样黑。"

但是我的夜晚并不黑暗，月亮就像太阳那样热情慷慨。

青白的月光夜夜照着我的梨园。在我弹琴时，它们爬上我的钢琴，停留在我苍白的额头和冰冷的十指上。从那飘忽的音符中，我看到一群穿着白色长衫的女子缓缓走来，轻轻地唱：

> 欢乐女神圣洁美丽，
> 灿烂光芒照大地。
> 我们心中充满热情，
> 来到你的圣殿里！
> 你的力量能使人们消除一切分歧，
> 在你的光辉照耀下，
> 人们团结成兄弟……

这曲贝多芬的《欢乐颂》是很多年前母亲偏爱的曲子，后来不知怎么她不愿弹琴了。钢琴就搬进了我的小屋。母亲听到我弹琴，不止一次地喊："叮叮当当敲个没完，讨厌！"这很像一个没文化的农妇说的话，而母亲是搞过艺术的，真见鬼！

她不知道，这叮叮当当的声音对我有多重要，它不仅充实了梨园的巨大空虚，还使我漫无边际的思考淤塞片刻，心中开始浮现一些遥远的旧事。近两年我变得愈来愈健忘了。我几乎全凭着这架钢琴和窗外那片梨园判断生活——曾经拥有的和正在经历的。有一段时间我不断追问母亲，我那条白连衣裙被她弄到哪儿去了。母亲好像很反感我的追问，她告诉我说搬家搬丢了。哦，我这才回忆起我们确实搬过家的，好像路途还挺遥远，也难怪鹤一直不来找我，他是找不着啊。我对母亲的这次回答十分满意，同时我觉得自己更有必要给鹤写信了。为了使他不至于迷失方向，我每次在信封右下角都要注上"梨园镇东南角三公里处梨园"的字样，我还花了两天时间给他画了张地图。

关于鹤，这架乌黑的钢琴向我诉说了越来越多的故事。那是个黄昏吧，窗外风声雨声汽车喇叭声和此起彼伏的口号声连成一片，那个坐在钢琴前的白裙子姑娘面色如土，浑身战栗。她听到人们在喊"打倒×××的小老婆徐慧子"。她想，母亲脖子上一定挂着个牌子，低垂着沾满唾液的脑袋被人耻笑；她想，母亲接着会被拉上汽车游街，在子弹飞出的血海中穿行……上帝啊，为什么要让她干净美丽的母亲遭这么多罪？快救救她、救救她吧！为了抑制内心的恐惧，她流着泪弹奏《欢乐颂》，一遍又一遍，直到窗外有个高亢的男声和进来："……在你的光辉照耀下，人人团结成兄弟！……"

那男声就是鹤。鹤瘦瘦高高，穿一身崭新的蓝工作服。

贴在窗玻璃上的黑脸压得扁平；一笑，牙又大又白。

她说："我要去救我妈，可是门锁着。"

鹤说："门锁了有窗户。来，我帮你。"

一双粗硬的手，湿乎乎的。

我在月光下等母亲。母亲出门去了。母亲三天三夜不见归来。那把锈涩的大锁一如过去，威严地挂在两扇沾满暗紫色污物的大门上。

记得从前跟鹤来梨园跑步，没见过这里有门，大约是我们搬来后，母亲为防止我往外跑特意安上的。我丝毫不责怪母亲这样做，我在乎的是门上的几团暗紫色污物。我怀疑那是血和脑浆。可是在这宁静平和的梨园里，谁会流血呢？于是，我常常觉得这座从不见主人又从不见果实的梨园一定藏着不可告人的秘密；我还隐隐觉得由于这座梨园发生过一些事情，且日渐衰败，人们已嫌弃它，不再有老人和孩子来这儿玩耍、散步了。

只有一个人时常往这儿跑，那人是马电工。近一年来的夜晚，家里经常断电。每次断电不久，马电工就背着一只破烂的工具包出现在梨园。此人留着分头，大白脸，细长眼，一笑，嘴有点歪，感觉很像电影里的狗汉奸。第一次见面我就忍不住要讨厌他，但出于礼貌，我向他点点头。有一天他接完线从母亲屋里出来，我对他说："瞧你满头大汗，赶紧到梨树下歇歇，梨花开得正旺，风是带香味儿的呢。"

"你说啥？梨树梨花？!"他满脸惊愕，一张歪嘴还慷慨地笑着。

我鄙夷地说："不想看梨花就算了!"

母亲连忙把我推到一边。以后，马电工再来梨园，一见我，便笑呵呵的，歪嘴牵到了耳朵根下："梨花开得正旺呢。"

"鹦鹉学舌，无聊！"我没好气地回敬。

可是，母亲待马电工却很和蔼，亲切里带着女人娇滴滴的讨好。有一天排除完"故障"，马电工要走，母亲喊住了他。母亲说："外面下雨，淋着了不好。"一向冷傲的母亲这时就像一个贤良媳妇疼丈夫那样，煮了一碗阳春面，送到马电工手里，微笑着看他吃完喝尽，递上一块热毛巾。

起先我不大在意母亲和马电工的交往，也不想弄清他们俩是怎么认识的，以及我家一断电马电工又是如何得到信息并迅速赶来的。在我多年的生活中，虽然只有母亲陪伴左右（我对自己没有父亲的事实早已感到十分习惯和正常），但我们始终是两个遥遥相对的孤岛。作为母女，我们没有心灵的感应和交流，彼此也不渴望有感应和交流。母亲就像我生活中的一件物品，比如锁子——我一直这么觉得，而我也肯定像她生活中的另一件物品——一只碰掉瓷的碗，或脱了丝勉强能穿的袜子。我们一直分屋住，在我小的时候便如此。但作为母女，我们也有极相似的地方，比如说我们都不爱说话，都喜欢独守宁静，独立思考。所以，这座梨园终日是沉寂的，梨花兀自开着，无声无息，无怨无悔。所以，这座梨园一旦有什么响动，我会立刻发现。

一天夜里，我听到了女人模糊不清的抽泣和叹息；又一天夜里，我听到了女人痛楚的尖叫声。这声音使我毛骨悚然，我敢肯定它来自梨园，但我不明白到底发生了什么事。

我失眠了。从前我不大喜欢有阳光的晴天，即使待在屋子里也总要拉上厚厚的窗帘，让自己沉入梦境般的安宁中，但现在我却深深地恐惧夜晚了。夜晚有女人瘆人的尖叫，不久还出现了影子，就在我小床对面的墙上！是几团支离破碎的黑色，酷似大门上的那些暗紫色污物，蠕动、飘摇。我觉得非常奇怪，我竭力要辨出这团黑色的影子。细细地观察，才发现那黑影背后有个东西在动！是个模糊的人形，一天比一天清晰。终于，我辨出是个女人，披头散发，有着鼓鼓的乳房和肥大的屁股，她似乎带着痛不欲生的表情，在哭，在喊，一心要摆脱那个黑影……

这幅图画简直太压抑了，它深深地折磨着我。因为看见它，我就会无边无际地去想象那女人的身世和经历，去想象她与我是不是曾经相识，或者将来会相识，我就会大面积地精神紧张。而头痛欲裂之时，听到枕下手表的"嘀嗒"声也如同听到地雷爆炸的声音。为此，我砸了手表；又动手拷打我那激情难消的大脑，我怀疑里面有一颗类似钟表螺丝一样的小玩意儿松动了，仅此而已，与"失常"无关。我讨厌那些胡言乱语说我"失常"的人。依我看，这世上正常的人不多，包括那些自以为是的精神病学专家；倒是一些被认为失常的人才往往是最正常的，只不过大多数人因为平庸而永远无法感知他们高深无比的灵魂罢了。

我下了决心，一定要搞清那尖叫着走到我墙上的女人是谁。

青白的月光夜夜照着我的梨园。当我披着白色的被单从这棵树走向那棵树时，它哗啦啦地碎落在飘零的花瓣上，碎落到我心间去。我知道那破碎的其实是时光，是青春和梦想。而月光也罢，梨花也罢，它们只不过作了一个隐喻性的描述。有一天，我看到一篇日本作家的小说，写的是一个瘫痪多年的女人被丈夫和妹妹谋杀的故事。作家在文中不断地提到门前的一棵梨树，他说，那梨花恰似一张惨白、阴郁而凄苦的寡妇脸（指女人的妹妹）。读到这儿，我四肢冰凉，浑身发抖，开始不停地呕吐，我拼命地抓自己的脖子也没用。这时正在洗澡的母亲捏着一些药片从她小屋里飞快地跑出来，说："你病又犯了，赶紧吃药！"我一把将那些白药片打飞了去，说："谁犯病了？我是犯恶心，恶心你装腔作势！你干吗把我锁在梨园里？快去开门，我要去公安局，说杀人犯在这里！瞧吧，我身上全是血污和脑浆……"母亲冲上来捂我的嘴，厉声说："小疯子！你又在说疯话了！"我说："我不是小疯子，请你给我钥匙，让我出去，我要去公安局。"母亲见我去她屋里找钥匙，拎起一桶凉水劈头盖脸泼来；继而，像一头敏捷的母猫扑向我，我被摁进了大木盆……

"你看，脏东西不见了，不恶心了吧？"母亲往我身上撩水。

是的，一洗什么都没了。什么都看不见了，干干净净。

我又同往常一样去叮叮当当弹《欢乐颂》。欢乐女神带着她炫目的光环笼罩了我，我真羡慕她有那么光洁的额头，那是一处不曾被俗念玷污的圣地；我还迷恋她的嘴唇，红润娇嫩，当它一张一翕时，流淌出月光般明润的笑意。她轻轻地说："父啊，赦免他们吧，因为他们所做的，他们不晓得。"

我又同往常一样披着白被单在月光下的梨园漫步。我就像一个去赴约会的少女，从这棵树后藏到那棵树后，脸上带着亢奋的红晕，目光火辣辣的，心儿狂跳。这是女孩子常要的小伎俩，20岁时我就学会了。是鹤带给我的成长。那阵子"×××小老婆"的徐慧子，也就是我的母亲正被隔离审查，我的脆弱和恐惧达到了极限，一害怕就想尿尿，并且控制不住！经常地，坐在钢琴前弹着弹着，一股炽热的东西就从白裙子里流出，没办法，欢乐女神也救不了我。后来我发现有个男人可以帮我摆脱恐惧，这个人就是鹤。鹤是无线电厂的工人，每天下班要路过我家后窗，听到琴声，他像故意捣乱似的，猛地来一句"在你的光辉照耀下，人们团结成兄弟"。不过我并不怪他打断我，相反是那么感激。那段时间母亲说外面乱，把我锁在家中。在那几乎与世隔绝的日子里，鹤是唯一同我交流的人。所以每次听到歌声，我便立即跑到小窗户前。他凑过脑袋，露出两颗大白牙笑着招呼："欢乐女神好！"

我说："工人大哥好！"

有一天，鹤从小窗递进一朵花，白色，是梨花。我知道春天来了。可是，母亲还没有回来。鹤说："我带你去找找。"

我们没有找到母亲。返回的路上，我们去了梨园。

温暖的四月，梨花如雪纷飞。晚风摇曳着花枝月影，一派朦胧温馨。我穿着美丽的白裙子，和鹤隔着两米宽的距离，慢慢向梨园深处走去。我有点紧张，不时弯腰拾一片花瓣放在鼻子下嗅着。

鹤问："香吗？"

我说："香，苦香。"

话音刚落，不远处传来枪声，"叭！叭！叭！"连着三枪。我惊得跳起大叫："徐慧子被他们打死了！徐慧子被他们打死了！！……"我朝小树林冲去，那儿，黑乎乎一片，似乎站着好多端枪的人。

"你不能去！"

"让他们也打死我!"

"不!你是欢乐女神,你不能死,我要捍卫欢乐女神!"

鹤把我扶到一棵梨树下,坐定,我还在拼命发抖。

"来,咱们一起唱《欢乐颂》好不好?'在你的光辉照耀下,人们团结成兄弟'……"

鹤扯开嗓门唱起。边唱,边像弹钢琴那样,张开十指,在我腿上敲击起来。鹤的手又粗又大,炼钢的手,鹤用他炼钢的手在我这台快散架的钢琴上一阵乱弹,时而急促,时而舒缓,每一个音符仿佛都注入了神奇的力量。忽然,就感到热起来,有股暖暖的东西一直涌到心间,涌进大脑,一种从未有过的沉醉和放松。我说:"你弹得真好……"

后来我从一本研究性科学的书籍中知道,大腿内侧是女性的敏感区。倘使命运再给我一段时光,再给我一次机会,我想我大概不会通过书本来认识女人,我一定会以自身的实践去证明作为女人的快乐和美妙。可是那次之后鹤再也没有来找过我。鹤仿佛成了一个梦影。

今夜当我向月光裸露我瘦削苍白的肌体时,梨花如雪,似那往昔岁月的音符,散落在我的脖颈、乳房,我的脸和眼,最后白皑皑地将我覆盖。梨花老了,时光老了,我也终将老去。只有一个人还年轻着。

我在月光下等母亲。母亲出门去,母亲已四天四夜不见归来。那把锈涩的大锁一如过去,威严地挂在两扇沾满暗紫色污物的大门上。

母亲不在的日子,梨园一刻也没停过电。我忽然明白前一阵夜夜断电,马电工背着工具包打着手电筒夜夜来检修,实在是个幌子。这一定是母亲与马电工的合谋。

不过我说过，我并不想弄清母亲和马电工是怎么回事，我感兴趣的是夜里那个尖叫着走到我墙上的女人是谁。

一天夜里，我正在母亲屋里看电视，忽然又断了电。不久，背着工具包的马电工如期而至。母亲说："梨儿，今夜月色好极了，不想出去看看吗？梨花快落尽了。"

我们家搬到梨园后，母亲给我取了一个艺名：梨儿。

我说："好吧。梨花要落尽了，真可惜。"

我披着白被单在满树白花下游荡。脑子里涌出一个诗句：衰老的月光照着衰老的梨花，也照着衰老的我。母亲说得没错，今夜月色的确是好，夜风掠过，便有花儿雪片般地擦过我的脸颊和肩头，徐徐滑落。这种带点暧昧的轻柔在白天似乎难见到。我蹲在月光下去捡拾那些花瓣，发现她们个个蛾眉微蹙，睫毛低垂，惨白的脸上闪着冰冷的泪花，凄婉而美丽，恰如美人之死。梨花是寡妇，梨花是美人儿。原来美人儿都是在绝妙的月光下死去的。

不由得牵挂起墙上的那个女人，我得去看看她怎么样了。

我慌慌张张地从母亲的窗后跑过，准备回自己的小屋时，却看到了窗内有一抹微光！

"哎哟哟，简直就是两个大白灯泡，光滑，烫手。"

"你老婆呢？"

"两只装了五斤糠的粗布袋。"

"呸！哄我乐呢。"

什么灯泡和布袋？我踮起脚朝里看去，好家伙，手电筒打出的光带仿佛一条可爱的小蛇，正明晃晃地游走在一具惨白的人体上。又一个美人之死？我疑心。没容我想下去，就

281

看见一团暗紫色污物铺盖过来，"蛇光"不见了。风在喘息，小草在低吟，天空"咯吱咯吱"，一块一块断裂，暴雨欢畅地高声呼叫……这声音令我激动，令我兴奋，更令我惶恐，我也应和着那声音尖叫起来，甩掉身上的白被单，向我的小屋跑去……

我屋里的灯亮着。揉揉眼睛，墙上干干净净，没有蛇，没有女人，也没有血污。

梨园死一般的寂静。

第二天，母亲很晚才出来同我打照面。当我把园子里的梨花扫尽葬完之后，母亲披着一头漂亮的黑发走过来对我说："梨儿，去烧一锅热水，我要洗澡。"

我说："周末没到呢。"

母亲说："你懂什么周末不周末的，去吧。"我刚要走，母亲忽然口气温和起来，"等等，梨儿，快去换掉你身上的白被单，穿件衣服。你不是喜欢白裙子吗？去镇上买一条吧。"

母亲第一次让我自个儿上街买东西。

青白的月光夜夜照着我的梨园。月光如水，汩汩流动，流进我小小的窗口，流进我荒凉的心田，最后流入我十指，淹没了梨花音符。我的欢乐女神也终于同梨花一道飞起又飞落。梨花清新美丽的白使我常常以为是从天上撒下的信件，是鹤的信。

可是十年来我从来就没有收到过鹤的信。尽管如此，我仍然一如既往地给他写信，并于每个星期五到镇上的小邮电所寄出，好赶当日的邮车。我想鹤一定会给我写信的，鹤一定会再来约我一起看梨花，这不过是个迟早的问题。

我要去镇上买条白裙子。如果有一天鹤突然来了，我将依然穿着白裙子给他弹奏《欢乐颂》。《欢乐颂》属于我们。

买白裙子给了我走向业已生疏的繁华喧嚣的动力。很久没去集市了，四下里一看，发现这里的人们变了模样，主要是女人吧。现代美容风的盛行，使她们的年龄和面目日益模糊失真。女人们的方向感素来就差，现在她们昏头昏脑地站在悬崖上自鸣得意，以为那用海绵充填的乳房能使她们颇具明星风采；以为那红红白白的油彩可以化丑恶为美好，化衰老为年轻，这是多么荒唐愚蠢的事啊。

在这个并不寒冷的天气里，天上飘着似雨非雨似雪非雪的颗粒物。当我穿着一条薄裙在路上走着时，发现许多行人都拥挤到另一条靠近围墙的路上。无论男的女的高的矮的胖的瘦的，都裹着或长或短花纹古怪的皮衣，脖子上挂一条毛茸茸的闪着两只贼眼的小狐狸。我奇怪极了——我成了这镇上与众不同的人。那由五颜六色的皮毛组成的画面让我觉得我是置身在一片森林，一个令人恐惧的动物世界。在这个世界里，我犹如被人类戏耍的猴子或狗，内心充满孤独和痛苦，但却在拼命投主人所好。

我走过一排蔬菜水果摊点，摊主们都睁大了吃惊的眼睛互相传阅着只有他们才明白的表情，而后异口同声说："大姐，买菜吧？物美价廉，保你满意！""大姐"，这一声呼唤多暖人啊，这是我走进小镇以来感受到的最淳朴的情意，我感动得有些不知所措。我想我来镇上的目的是买白裙子而不是买菜，但现在我又几乎找不出任何理由去拒绝他们的热情，于是我对穿黄衣服的年轻女人说："你看着办吧，各样蔬菜和水果都来一点。"

女人向她邻居摊位的伙伴快速递了一个眼神，咧开血红的嘴笑了。她一边麻利地动作着，一边问我："大姐，你是哪儿的？我怎么从来没见过你，这镇子上的人我都熟哩。"

我说："你当然不会见过我，我住在离镇子较远的老梨园，平常都是母亲买菜。老梨园，这个地方应该知道吧？"

"老梨园？"女人停止了动作，脸上显出兴奋之色。

我说："对，老早废弃的一座梨园，眼下梨花开得正旺呢。"

我张开两臂，做了个飘飘洒洒的抒情姿势。

"八月梨花开？稀罕！"女人又向她的伙伴递了个眼神，挺神秘。

一包东西和一把肮脏的票子快速地塞到我手中。女人拍拍我的肩，说："不怕冷呢，真坚强。雪这么大，别瞎跑啦，快回家吧。"

我心里热乎乎的。

敲开梨园的门，母亲惊讶地接过菜去，说："呀，还买菜了，有意思。你买的白裙子让我看看。"天哪，我的白裙子呢？嗨！居然给忘了！母亲苦笑着摇摇头，去打开那包菜。突然，她高声嚷了起来："上帝啊，你真是个疯子傻子，被人坑了！瞧，这菠菜都是黄叶子，这葡萄全是一粒一粒，发霉！还有这钱，怎么就找了一把毛票，我给你的可是一张一百元哪。"

我说："是十元。"十元和一百元我会分不清？

母亲大喝一声："是一百元！"

第二天，我瞒着母亲又来到镇上，找卖给我菜的那个女摊主。我说："我昨天给你的是一百元钱，你给我少找了钱。"女人眼神里掠过一丝紧张，接着红嘴唇一抿就笑了，"哎呀呀，我说大姐，什么一百元两百元的，你认错人啦。我今天是第一天来卖菜，不信，你问问他们。"女人立刻找来她的伙伴作证。那些摊主都赔着笑说："是啊，是啊，你认错人了。"

我两眼气黑了，我说："昨天站在这里的分明是你。"我认得那身恶俗的黄衣服。

"怎么可能？说你脑子有病还真有病！"女人翘着笑笑的嘴角掩饰她的慌张，我恨不能上去撕烂她那张说假话的嘴！

但我没有那样做，站了一会儿就走了。身后传来一片嬉笑。

我逃也似的穿过小镇，奔向梨园。疲惫、绝望和莫名的恐惧又一次死死攫住我的心。我意识到，我与这个世界与这个世界上的人之间距离从此将越拉越大，我不再渴望也不再需要任何沟通和交流。就让我以疯子式的纯粹思索去消磨时光吧，就让我孤独的灵魂去同梨园对话吧。

我在月光下等母亲。母亲出门去了，母亲已五天五夜不见归来。那把锈涩的大锁一如过去，威严地挂在两扇沾满暗紫色污物的大门上。

多年来，母亲还不曾有过这么多天不回来的纪录。如果我没推断错的话，母亲确已开始憎恶我，并想远远地逃脱。这一点我从她的脸上便看得出，而那一天的争吵则更能说明问题。

其实，我和母亲的冲突是偶然间的必然。不是那种带有血缘亲情的一般性摩擦，而是两个成熟女人间的较量和斗争。我不能容忍她对我——一个暂且称作疯女子的藐视，更不能容忍她在我的眼皮子底下恣意地和她的情夫做爱；同样，她亦不能容忍另一个女人在黑暗中窥视她，并分析着她和别人的种种细节。

有一天，母亲又让我为她烧洗澡水，我心里顿时有了警觉。在一个热气腾腾的大木盆旁，母亲脱去紧绷绷的胸罩、内裤，走进盆里。我像以往那样用一条大毛巾给她抹香皂、擦背、冲洗。母亲惬意地享受着明亮的阳光，一边微笑着望着天空，问我"今天天气是不是特别好"，一边往她的私处撩着水，要我再打一盆清水。我说就省点水吧。她说不能省，这个地方很重要。有多重要？是特别环境保护区吗？她说，比那重要！母亲抚摸着她那丛黑森林哈哈大笑，脸上全是戏谑。也许正是这个行为一下刺痛了我。本来我似乎已淡忘了她和马电工的那些情节，但现在我禁不住要去细细地看一遍我所熟悉的母亲。我第一次发现她是那么细腻、温润、饱满，是那么年轻性感；当她仰脸望天时，一束侧光刚好打在她半张脸半个胸上。她那对乳房一明一暗，就像一个枝头上招摇媲美的两只水蜜桃。昨夜有个男人就埋伏在那里，我想；昨夜有个男人偷了桃，一路小跑，我想。在母亲弯着腰换上她那粉红色绣花胸罩时，她压根儿不会想到我正瞪视着她。

"两个大白灯泡。"

"你说什么？又说胡话！"母亲惊得胸罩落到地上。

我说："我没说胡话，我看到了。"

"噢，是这样！"母亲笑道，"马电工说咱们家的灯总烧，要换个两个大灯泡才好……"

"不是这样的！"

"上帝啊，医生早就说过你这种病会导致各种幻觉，果然！请你不要去相信幻觉吧。"

"是吗？"我不知道怎么变得如此恶毒，我说："他还说咱家的线总断，你还说你总爱出汗，你们都在撒谎！你洗澡分明是为了和他通奸。"

"不，小疯子！"母亲大喊一声，抡起胳膊挥向我，左右开弓，姿势优美，力度也不错。我一动不动，意志顽强。

"我不是疯子！"我说，"你们在欺骗我，你们所有人都在骗我！"

泪水夺眶而出。

我已十多年没流过泪了，那一天，我哭了很久。接下来，躲在小屋里，一连两天不愿见母亲。母亲每次唤我去吃饭，我都用手堵着耳朵不搭理，我厌恶她的装腔作势。

有一天晚上，我刚给鹤写完信，喘口气，一抬头忽然看到对面墙上有晃动的黑影，一团暗紫色的血污和一个挣扎着的女人！我尖叫一声，有人从后面把我抱住，是母亲。母亲说了三句话：

"那团黑影是我，也是你。"

"他不会来找你了。"

"他坐牢了。他替你去坐牢了。"

母亲开始动用她话剧演员的表演天赋，声泪俱下，讲述一个夏日的故事：一个穿白裙子的姑娘从梨园幽会回来，在后窗和她的男友告别。她刚刚跨进门槛，便听见一声尖叫；她冲进母亲卧室，看见了那个难忘的场景，母亲正被那个批斗她的专案组胖组长压在床上……几乎没有犹豫，姑娘跑进厨房，抄起一把菜刀直劈胖子的后脑勺。鲜血、脑浆立时溅满了白裙子，带着热辣辣的腥膻。老天爷！杀人了！她惊叫着，浑身发抖，面无人色，瘫在地上。这时，那个跟姑娘幽会的小伙子刚离开后窗，听到呼叫，跑了回来，翻身跳进窗。

姑娘的母亲向小伙子哀求，救救我可怜的女儿，救救她！小伙子帮着把姑娘的裙子换下，说，这裙子得烧了，你们快走！去报告派出所，就说我杀人了，杀了一个强奸犯。姑娘的母亲感激涕零，拖着女儿出门……

一个多么悲惨又动听的故事！是我的故事？不，那条白裙子母亲不是说搬家时弄丢了吗？怎么现在又说烧了？

"你在编故事，你这个人天生就爱表演。"我说。

母亲泪流满面地跑出去。不一会儿提着一只麻袋进来，"哗啦"一倒，犹如一堆雪白的小鱼儿欢蹦乱跳——那正是十年来我写给鹤的信！我扑过去，把它们抱住，抱得紧紧的，像从前鹤抱我一样，但两眼一黑，瘫坐在地。那些欢快的小鱼儿啊，一条条滑落在脚下。

我听到自己从胸腔里发出的咬牙切齿的声音："我要杀死你！"

母亲的脸一下失了血色。片刻，她起身踱步，表情里带着一种美好的沉思，平静地说："这是报应！其实，当年你杀那个人的时候就该一同把我也杀了。那个人批斗过我，可我相信他不是出于本心。知道吗？他是我一生中唯一爱过我的男人，他是你父亲！……"

"又在编故事。"

"我说的是真的。"

"我不相信！我根本没有父亲，我从出生就没见过什么父亲！而你不过是个婊子，一直就是！你何必要把自己装扮成受迫害的良家妇女？"

"我不是婊子！我是《雷雨》里的繁漪，我是当年这座城市最美的女人，有多少年轻男人为我睡不着觉。为了见我，他们在后台一等就是一晚上……哈哈，这个，你当然不会知道。你就是个小疯子、小傻子，上帝啊，我怎么会有你这么个又丑又疯的小东西？你害死我了！"

这是那天母亲撂给我的最后几句话，很像一段台词。

夜里，我在枕头下压了一把菜刀。如果再有女人尖叫，我想我非要亲手干掉她不可。我受不了了。

青白的月光夜夜照着我的梨园，照着我那盏小小的晕黄的灯，也照着一页页吮吸我生命的苍白的信纸。我无尽的心事该从何诉说？瞧啊，今夜月色明媚，月光将满树的梨花照得一片莹白、清寂，她们正对应着我遥远的期盼。我一天天地等待着鹤，一年年地等待着鹤，思念使我变得如此高尚、纯净和美丽，思念使我变成了疯子和傻子。满地的花瓣在风中飘起，时光在无助地呻吟。时光被湮没，而爱依然活着，爱比时光坚韧。相信吧，有一天，我还会穿着白裙子在梨园与鹤重逢；我们还会一起弹奏《欢乐颂》。

我要对他说：请你千万别拿我当疯子！我没有一点点不正常——每天我认认真真思考、活着，不像我母亲，活在本能中。奇怪的是，她比我快乐，还说"思考使人软弱，本能使人坚强"。

我要对他说：别再离开我！请求你为我荒凉的处女地播撒一片春光，请求你让我衰老的梨园收获一颗梦想的金果。

我还要对他说：这一生一世，你是我唯一留存的记忆。除此，我可以忘却一切——做个疯子或傻子。

我写啊写啊，不停地写，直到大天白亮，日头升起，直到窗外传来汽车喇叭声、脚步声和叫门声。

我披着白被单跑出去，几个裹着黑色皮草的豹子似的男人已破门而入。

"你们要干什么？"我听到自己的声音在颤抖，想尿尿。

"干什么？"为首的矮个男人斜我一眼笑道："过来通知你，这块地皮我买下了，我要在这里建一个屠宰场。"

建屠宰场，杀牛杀羊的地方？我无法相信我这么干净的梨园会变得血淋淋的。我说："笑话！这可是我的梨园，梨花盛开的地方，香气迷人的地方，知道吗？它陪伴了我十多年，我每天都要在月光下弹《欢乐颂》，知道吗？"

"什么你的梨园？什么《欢乐颂》？胡扯什么呢，这跟我建屠宰场有何关系？"矮个男人挺挺肚子，堆起一脸横肉，很不耐烦。

我说："当然有关系！你们看——"我用手朝前一指，"这梨园花开得多旺，这是生命的绽放，是欢乐女神在歌唱呢！"

一群"豹子"顿时哑口无言，面面相觑。我胜利了，轻轻一笑。

矮个男人冲我摇摇头，挤挤眼，伸伸舌头，脸上的肌肉抽搐了一下，拉成一缕一缕，突然，发出一串笑。他身边那些小"豹子"也都仰着脖子哈哈笑。

"这是一座——废弃的——种、马、场！"

"种——马——场！知道不？！"

骗人！又在骗人！母亲和马电工从没说过这里是废弃的种马场，空气里从早到晚飘逸的苦味儿，分明是梨花的香嘛。

夜里，我失眠了。第二天一早，我壮着胆去镇上找马电工，我要让他说出母亲的下落。马电工态度冷漠，一张歪嘴不再笑得扯到耳根下。马电工说："她又不是我老婆，我咋知道她去了哪儿。"我听了这话准备离去，马电工突然又叫住了我，说："看你都成这样了，我还是跟你说实话吧。你妈呀，她一定是帮你去找鹤了，她说她有罪，与其这般活着，不如去坐牢。"

"这是她说的？你骗我。"我很惊讶。

"是真的。她这个人吧其实不坏，主要是有点怪！你们俩吧都怪。"马电工那张大白脸一下变得好有学问。我想，你他妈的才怪哩，嘴都歪到耳朵根上了。

我是不会相信马电工的话的，也不会相信母亲的话，更不会相信那个穿皮草的豹子男人的话。母亲会回来的。鹤也会回来的。梨园还在。梨园在，我的生活就不会改变。下回去镇上得记着买条白裙子回来。

我在月光下等母亲。母亲出门去了，母亲十天十夜不见归来。那把锈涩的大锁一如过去，威严地挂在两扇沾满暗紫色污物的大门上。

青白的月光夜夜照着我的梨园，它在我的窗口坚守真纯和寂寞，它在我的额头爬满衰老和苍凉；它在我的琴声里挥洒思念和泪水，它在我的信纸上诉说期待和梦想。然而，它为什么永远也洗不净我心底的忧伤和孤独？

（原载《中国西部文学》1996年第11期）

牧羊人的最后一天

岁月，当它属于未来的时候，是漫长而久远的。但倘若人生之路大部分已经走完，它便显得匆促而迅疾了，以至你不禁会怀着惆怅，惶惶地想："难道自己来日不多了？"

"妈的！还不到五十岁哪。"今天当他摇摇晃晃走在这片年轻的杨树林中时，愈加地想不通了，撸了一把嫩叶狠狠地摔在地上。走出杨树林，翻过一座黄沙坡，是一条蜿蜒的小河。河水很浅很细，几只土鸟在喝水。好静哟，静得要死！就在这儿待一会儿吧，看看天，看看地，想想过去的日子，怎么一晃一辈子就没啦？

午后的荒原，日头不再毒烈，竟显得有些温柔。一棵棵胡杨被秋阳涂上金红，风一吹，漂亮的光斑起起落落，跟羊儿的眼睛似的。随着太阳下沉，光斑渐渐升高、熄灭。自己也会熄灭的，他想。

现在，他躺在一块地势较高的草地上凝视对岸，他喜欢这样的凝视——看树木毛茸茸的影子和河水银白色的反光。这自然的一角似乎可以让他在逝去的岁月中得到隐秘的快乐和永久的安慰。

很久以前，有位年轻的牧羊人住在一个叫赛里布亚的牧场。他没有父母，没有兄弟姐妹，孤身一人度日。但他很快活，牧场有连片的红柳、梭梭和骆驼刺，都是牛羊的美食；还有数不清的干沟，哪条沟长什么草，开什么花，哪儿柴禾又粗又好，他一清二楚。外面有人来这儿放牧或打柴，他总是热情地给人家当向导。他天生是个爽快的人，大方的人。他又是个喜欢孤独的人，每天，一大早赶着羊群，带着一条叫赛虎的大黑狗出去，与戈壁为伴。看到羊儿在山坡上香喷喷地吃草，黑狗蹲在一边站岗放哨，他会寻一处干爽地方，从帆布挎包里掏出本卷了边的旧字典来看。说起来他从前是个不错的学生，若不是地主爹妈成了反革命，他该继续念初中的，大概不会小小年纪就从四川跑到新疆当"盲流"。他能在这儿落户，牧场着实待他不薄。不过他这个牧羊人真的跟别的牧羊人不一样，除了放羊，他还有个雅致的爱好——看字典——很多个难认的字在哪一页哪一行，什么意思，他全然说得上。这让牧场最有学问的小学校的校长都极为震惊。校长找到他，考了他一考，觉得这个牧羊人果然不一般，于是问他想不想当代课教员，牧羊人摇摇头说："待在房子里嘛，不习惯。"

跟羊儿在戈壁滩跑久了，不跑不行。理由就这么简单，他想要自己喜欢的生活，自由自在。他还记得从前这儿有一大片林子，远远能看到清亮亮的河水流过，河心倒映着几朵云彩。现在，林子被垦荒突击队烧掉了大半，说是要变戈壁为良田，但最后庄稼没种出来，大风来了，把河水吹得东倒西歪，河水瘦了；把一座座沙丘堆起来，堆得比坟包还高还大，最后河水走不动了，干脆让自己变成一个大坟包。现在

293

他从左侧望出去，西边的地平线上隆起一些半黄半绿的沙梁，被太阳勾勒出或明或暗的线条，煞是凄美。他不禁生出感慨，过去，真的过去了，是的，过去了！可是吧，耳朵一支棱，听到另一个声音在说："过去永远不会过去！"是风在说话。他的脊梁顿时虚下半截，心说过去不肯过去，还想咋样，让老子拿命去还？

牧羊人气哼哼地，冲天空翻白眼。

黄昏终于来临，胡杨在沙丘上投下蓝蓝的长影子。牧羊人和他的羊儿该回家了，不然天就黑了。一想起那红柳枝围起的小院，牧羊人忽就生出一丝伤感。

夜晚，小木屋很静，虫吟蛙鸣衬出他的孤单来。不过，看到满天的星闪闪烁烁，牧羊人心里平和好多，因为他在书上读到过，说天上有牧人的星座……那么，究竟哪颗星是牧人的星座？曾经在那些孤寂的夜晚，牧羊人瞪着天空，一望就是一个晚上，望来望去，觉得那颗又大又亮的北斗星像似牧人的星座，不然她为何离他那么近，为何久久地看着他？啊，北斗星，我的心上人，星星虽多，我只要你一颗。可是，你为啥不跟我说句话呢？……

许多年前，他刚刚调到连队放羊的时候，遇到一位牧羊姑娘。姑娘一手提溜着裙子，一手捏着根柳条，大呼小叫。这是个异族姑娘，他听不懂她在喊什么，但他从她焦灼的脸上猜想她是丢了羊只，他还猜想她是山那边二牧场新调来的放牧员，亚森的妹妹小月亮。姑娘的呼叫持续了一夜，第二天一早又传来断断续续的叫声，他估计她没有找到羊只。他知道丢失羊只对于放牧员意味着什么，最轻的也逃不了处分，就他们二牧场那个凶巴巴的肉孜场长，弄不好还要让这姑娘赔钱哩。早上，他把羊赶过河岸，听到一阵呜呜的哭声，姑娘蹲在地上，抱着脑袋，红头巾一颤一颤，就像一簇小火苗，烧着了他。他从来没有听到过这样的哭声，好揪心。他瞅瞅天上的云，还有太阳，一切都那么美好，可是这个姑娘一回到牧场就会被处分，甚至被开除、被批斗，老天爷！她哥哥亚森不就是这样吗，因为丢了一只羊最后丢了工作。从前自己没少喝亚森的马奶酒，想到他漂亮的妹妹小月亮要被剪去辫子拉上台子，他心里好痛，他得帮她。

他咬咬牙，把自己的一只羊给了她。有麻达自个儿扛了，毕竟自己是个男人，挨收拾就挨收拾。他真的很幸运，因为检查写得深刻，且文采飞扬，连长只是让他赔了一个月工资；最令他意外的是，他还收获了姑娘的爱情。打那以后，小月亮常常赶着羊群来这边放牧，他帮她给羊儿打树叶子；她呢，给他唱歌。在树林里唱歌，歌声就像小鸟，从那头飞到这头。听到歌声，他知道她一切安好，不久她会赶着羊儿过来，亮起火苗似的头巾。而每次她沿着陡峭的小路归去的时候，他觉得随着她驴子的蹄声，仿佛有一千个踢落的石头子儿击在心上，痛并快乐着。晚上，他坐在篝火边久久地回想着白天，一动不动，几近沉醉；他生怕轻轻地一动，会吓跑滚动在他心中的那些美妙的声音。在这个寂静的地方，她是他唯一动听的声音。

秋天很快到了，河对岸的田野一片金黄，玉米地、棉花地突然热闹起来，到处飘着男人女人的笑声，人们用心底的喜悦迎接丰收。他这时很羡慕那些年轻强壮的男人，他们跟姑娘媳妇打打闹闹，唱酸曲，谝闲传，好开心。刚割下的玉米常常被野猪和其他牲畜糟蹋，连长派一个叫牛弹琴的民兵看护，这个人居然往牛圈里偷玉米，给公家的黑白花奶牛吃，说这样产奶多，可连长照样关了他禁闭。羊圈离玉米地不远，牧羊人便主动请战，要求给连里当几天义务护粮员。牧羊人白天放羊，晚上看场，干得挺欢，还打死一头野猪，背到连部，连长乐了。

这样，牧羊人跟连长的关系一下近乎了，连长开始给牧羊人委以重任。牧羊人成了有面子的人。这一天，小月亮从家里带来一只红布烟袋，说要送给他。满满一袋莫合烟，金黄色，一定是她偷了她老爹的。他捧在手里，热烘烘的，有股子呛人的香，好暖人。他冲她笑，急吼吼把烟袋往怀里揣，说："连长派我到场部执行重要任务，晚上见。"小月亮红着脸点头。那时候组织上派谁执行任务是相当光荣的，何况还是"重要任务"，牧羊人激动难捺，忍不住向心爱的姑娘透露了秘密。只是末了，才弄清楚连长派他去场部不过是给首长送只羊。也罢！他正好顺便跑一趟供销社，给小月亮买条新头巾，那种时下流行的缀着金丝的纱巾，赛里布亚的年轻女人叫它"玻璃纱"。小月亮长得这么稀罕，是该有一条"玻璃纱"的。

牧羊人带着这个美好计划上了路，肩上扛着宰好的羊羔肉，一走一晃，很放松。秋天的傍晚，是一幅巨大的油画，浓烈而凝重。牧羊人顺着田埂轻快地走着，嘴里哼着小调。突然，传来"汪汪"两声，跟在主人后面的赛虎狂吠起来，扑上前去。"哗啦啦"，玉米垛里钻出个瘦老头儿，拎着一篮苦苦菜。当牧羊人的目光射到老头儿那双高靿雨靴上时，老头惊慌地垂下脑袋。牧羊人看见高靿雨靴里露出的黄色玉米粒。"家里十张嘴，没粮了……"老头儿抹了一把额上的汗，黑瘦的脸在抽搐，快哭的样子。牧羊人心软了，挥挥手说："走！"

老头儿走远，他方松口气。

实质上，他再也没法放松，脑子里老是想着那老头儿会不会被人抓住。他希望他能平安到家，然后一家子扎扎实实吃一顿煮玉米。当然，他又愧疚不安，他对不起组织的信任，对不起连长。人有心事，干活就累，当他把羊肉背到场部时，快虚脱了。可是炊事班两个小媳妇并不知道他累，她们热情地招呼他帮着剁肉。人家女同志请你帮忙，是看得起你，不拿你当外人，你必须要帮。结果他一直帮到饭菜摆上桌，这才准备告辞，想赶到供销社买纱巾。这时两个小媳妇换上鲜艳的衣服，她们紧张地冲贴着标语的大礼堂张望，拉住他认真地问："快听听，首长的报告是不是作完了？"她们是场里选来的，还有为首长表演的任务。他一个牧羊人哪里知道首长的报告何时结束，但他只好把耳朵偏过去，倾听那长长的掌声……也许正是这个瞬间，牧羊人在忙碌中忽略了他还有个叫赛虎的同伴时，大黑狗以迅雷不及掩耳之势，冲了出来，扑向餐桌！"啊！啊！"两个小媳妇发出尖叫。牧羊人也叫，大声喝斥。赛虎平素是听话的，懂道理的，但这会儿它完全就是一条狗，一条恶狗，怀着某种对人类的成见，成心要破坏这个庄严的聚会！它奋起四蹄，挥舞尾巴，在那些红红绿绿、热气腾腾的美食上一顿横扫，而后跳下桌子，逃之夭夭！

狗跑了，怎么办？两个女人揪住他，说："你的狗，你得负责！"

所有人也都这么认为。

他被围观群众摁倒。拳头和辱骂在他看来很正常，可不是嘛，他的狗造成如此严重的后果，他当然得替他的狗担责。他抱着流血的脑袋，连连认错。他以为这样就算完了，顶多像上回丢羊一样，赔上一个月工资。没想到这一次没那么简单，他先是被扭送到派出所，接下来是坐牢。罪名两项：一是他协助小偷盗窃公家粮食；二是对上级首长怀恨在心，破坏秋收检查工作。

转眼三年过去，牧羊人被放出来。他回到昔日的牧场，羊儿在"咩咩"地叫，却是看不到那个叫小月亮的姑娘了。一个牧羊兄弟告诉他，小月亮出嫁了。他愣住了，呆呆地望着雪野，看着一条瘦长的狗欢叫着扑向他，竟是赛虎！这个可恶的畜生，若不是你捣乱，我怎会落得如此下场？他操起鞭子冲那狗东西狠狠抽去。这条可怜的老狗衰弱得厉害，趴在脚下，任他抽打，嘴里发出低沉的哀鸣，一团腥红的血浸透了雪地。周围出奇地静，雪花落下来，似一声声轻柔的叹息。他忽然跪倒在地，抱紧赛虎狂嚎。他和它，何尝不是一种命呢？……

黑夜慢慢过去。牧羊人躺在床上，两眼噙着泪花，脸上是刀刻般的皱纹，看起来极苍老。有谁能相信当年那个天真、痴情的牧羊人就是今天这个落魄潦倒的老男人呢？这些年牧羊人一直过得不顺心，几年前倒是成过一个家，然而这个家也并未让他开心起来，那个叫阿甜的女人成了他的出气筒。牧羊人的心在远方，在星星和月亮升起的地方，还有哪个女人能走近他呢。

"得得得得！"外面忽地传来一串马蹄声，在清晨格外响亮。牧羊人翻身坐起，拉开门出去。这里平素少有人来，一大早的会是谁呢？他眯起眼四下张望，看到一个穿白袍子的女人一甩鞭子过去。老天爷！那背影，那架势，多像小月亮。不，不可能是她！……他心酸地想。但不是她，又是谁？他拣了一条熟悉的小路，追了去。

穿过沙山，出现在面前的是一片荒凉墓地——这既在意料之中，又在意料之外。他跟着白袍子女人进山，并没有想到要来墓地，但似乎又是为了看墓地才来沙山。白袍子女人下了马，拎着一羊皮袋水走到坟前，给小树浇水。那坟看起来比一般坟要高，坟前栽着棵小树，枝叶繁茂，在风中沙沙作响。他禁不住叫了一声"阿甜"。

白袍子女人转过脸，黑头巾落到地上。

牧羊人眨巴眨巴眼，有点怕的样子，说：

"你是谁?!"

"小月亮。"

"你、你不是死了吗?"

"该死的是你！我还差一点点，那次多亏阿甜嫂子把木盆子给了我，我漂上岸。"

这是前年发洪水时的事儿，赛里布亚很多人在那场灾难中失踪，他一直以为小月亮和他老婆阿甜死了。现在小月亮活着，还说是阿甜救了她！这让他格外激动，他想他该跟她聊聊，聊聊这些年的生活。但是小月亮已不再是过去那个一说话就脸红的小姑娘了，她灰黄的目光仿佛一丛冬天的骆驼刺，散发着寒意。

"跟你这种人聊个毛！不是个好鸟。"

"你变了，变成了恶棍，早晚要遭报应!"

一鞭子从头顶掠过，小月亮扭过一张中年妇女的红脸膛，扬尘而去。

　　他那刚刚美好起来的心情仿佛离枝的野草，飘落在地。

　　他成了恶棍，早晚要遭报应？不不，他过去是个多好的牧羊人。曾经，因为阻止连长滥砍滥伐，扩大耕地，他被人扔进河里；曾经，因为寻找丢失的羊只他从山上滚下……他总是活下来，人们都说牧羊人心软命硬，如同赛里布亚那种叫"死不了"的小花，太阳花。可是如今，那个年轻的牧羊人早已同岁月一起老去，不，他死了！

　　此刻，瘫坐在坟旁，当一种尖锐的疼痛袭上心时，牧羊人感到自己真的要完蛋了，老天爷来找自己麻烦了。他头上淌着汗，咬紧了牙，手里攥着一把土，往心口那儿使劲摁，好像在堵一个血口子；可是堵也堵不住，感觉血一股脑儿流。老天爷呀，你是要惩罚我吗？

　　回想过去，过去是一幅斑斑驳驳、落满灰尘的旧画。那年他四十七岁，老乡给他介绍了个山东来的女人，带一个十岁女儿。人倒是年轻，三十出头，就是又瘦又矮，面黄肌瘦。介绍人说，这个叫阿甜的女人打小死了爹娘，被表叔收养。十八岁那年，表叔为了钱财把她许给一个老光棍儿。只过了一年，老光棍儿病死。表叔又把她许给另一个男人，这人是个浪荡鬼，才一年就跑了，了无踪影；之后，叫阿甜的女人跟了一个年轻小伙，没有结婚，女儿应该是第三个男人的……

　　牧羊人暗想，这个看起来蛮平常的小寡妇很不寻常嘛，不过他又想了，这年头儿谁没点坎坷呢；再说了，她是老乡的老乡，那么跟自己也就是老乡了，眼下带着丫头连个吃住的地方都没有，他不娶她咋办？一咬牙，他包了个红包塞到介绍人手里，说："留下吧。"

结婚没几天他就后悔了。这女人不可貌相哩，反抗起来就像一头母豹子，头天夜里他那张脸就被撕得不成样子。这反倒激起他的斗志，不夺取胜利决不罢休；她就是座城，他也要把她摧倒踏平！一只豹子算啥，手撕了它，烤来吃。他眼里手里心里，全是恨，还有蔑视。终于，他胜了，她成了一只死豹子。以后，就连跟他说话都是垂着眉不敢抬眼的。他说东，她不敢西。她那个丫头也是这样，一副小心翼翼的样子。不然，他随时都会撂出那个字："滚！"

这样的日子算啥日子呢，老实说，这个女人除了听话好用，并未给他的心灵带来任何快乐。在这个家，女人是不说话的，跟他无多少交流。有一回他发现她悄悄抹泪，他痛骂了她，说："不想在这儿待，就滚回老家，找你那个野男人去吧。"她哭得更凶，说她不想回去，她谢谢他收留了她们母女。他一阵心酸，他想她真是不幸呢，人还年轻，还算有点模样，咋就尽摊上一些混账男人呢，咋就没个好男人心疼她呢？想到自己心里那个美丽的小月亮，他的心软下来，是不是自己这辈子把感情都给了小月亮，才这么对待她们母女？

天空骤然传来燕子的叫声，牧羊人的思绪中断了。哦，老天爷！不是要下雨吧？他吃力地在坟前坐起，发现变天了，变成了铅灰色，一堆乌黑的浓云像头怪兽靠近。青草地上，小蚂蚁正排着整齐的队伍浩浩荡荡向前进军。他忽然想起阿甜的女儿曾经念过的课文："燕子低飞，蚂蚁搬家，雨声哗哗……"好啊，下下雨吧，这片林子，这条河，还有这些庄稼地，旱了那么久，需要水啊。只是阿甜的女儿，她没带雨伞，放学路上会不会淋得一身湿？他要不要去接接她，问题是她还会理睬他吗？他曾经那样对待她们母女……

那是个漆黑的雨夜，阿甜收玉米很晚才从地里回来。她浑身被淋透了，赤着脚，提着一柳条筐苦苦菜，她每天下班总要顺路挖些苦菜，回来剁碎拌些杂粮给鸡吃。自从她来到这个家后，家里养起了鸡，生了蛋她却舍不得吃，而是隔三岔五给他改善一下，偶尔女儿也能吃上一个煮蛋。起先他有些不好意思，说："干吗我一个人吃？"她说："你是这家的顶梁柱。"他想还真是，他要不挣工资，她们母女喝西北风吧，是他养活她们，这个家他是真正的主人。可是有一天他发现情况不对，家里少了一只鸡，他以为自己数错了；没几天，一数又少了一只，这次他知道不是自己的问题了。追问之下，她流着眼泪说鸡丢了。"丢了就丢了，一只鸡，尕尕的事儿。"他劝她，说自己过去还丢过公家的羊呢。她点点头，一脸感激，好像感谢他的宽容和理解。过了一阵子，家里的鸡又丢了两只，他有些纳闷，鸡是认窝的，他家里的鸡为什么就不认窝呢，怪了，莫非被人偷了？可是这一片荒无人烟，就住着他一户，谁来偷鸡呢？莫非来了狐狸不成？后来，春节来临的时候，他到一个叫老王的人那里搞清油，总算解开了谜团，是他的女人把鸡偷偷卖给了老王！老王是个贼大胆，南方来的，专干投机倒把的买卖，经常倒些内地的稀罕货，卖给当地人；再把当地的土特产倒卖出去。这个女人不简单，她把母鸡卖给老王赚的钱去了哪里？

他回到家追问。

"卖鸡的钱呢？"

"卖鸡的钱做了什么？"

"是不是借人了？"

"这个人是谁？"

"是不是你过去的男人？"

"是第一个男人，还是第二个第三个男人？哦，第一个死了，第二个跑了，必定是第三个了，那个没跟你结婚跟你生娃的男人。"

他第一次发现他的口才不一般，破案的能力远胜过场部派出所的干警。一切都在他的判断中。女人"咚"地跪到地上，说：

"要打要罚，由你。"

女人的那个丫头撂下作业本，跑出来说鸡是她偷的，也是她卖的，她要给她爹治病，她爹快死了。

这是个很有主意的丫头，他相信她是主谋，是她撺掇母亲一起干的。那好，就让她妈亲手惩罚这个丫头，这个从未喊过他一声"爸"的野丫头！

"吃里扒外的丫头，欠抽。你给我抽她五十鞭，一鞭也不能少！"

"抽啊，抽！还想不想待这个家？不想受罚，就都给我滚。"

按照那丫头的意思，滚就滚了；但她母亲说，不就是挨个鞭子嘛，那些牛呀马呀还有羊，天天挨鞭子，照样乐乐呵呵；只要让她们娘儿俩待在牧场有吃有喝，只要让孩子上完初中，抽一百鞭都值哇！

真是个会算账的母亲，精明的母亲！她接过鞭子，大笑两声，"叭叭叭"就冲女儿劈头盖脸抽去。那个丫头用一双仇恨的眼睛瞪着母亲，没有一滴眼泪！而她的母亲，一下比一下猛烈，看得他心惊肉跳！他说："你真是疯了，我这是气头上说说。"

她说："男子汉大丈夫，说话算数，五十鞭！从此不许再让我们娘儿俩滚！说话算数，你得供俺丫头上完初中！"

他明白了，这女人为了闺女是可以做一切事情的。闺女只要能读初中，挨个打算啥呀，在他们那个穷村，哪个孩子没挨过打。

他一个月工资也就三十来块，本来是巴不得那丫头不上初中的。这下他不好办了，母女俩一个泪流满面，一个血迹斑斑，他再不是东西，是酒鬼，是无赖，也还有心软的时候。他"嘭"的一声把空酒瓶砸到地上，恶狠狠地夺过女人手里的鞭子，嚷："留下，留下上学！"

第二天，丫头带着一脸的鞭痕去学校。他破天荒给了她五元零花钱。女人说："喊爹。"丫头咬咬嘴唇，小声说："爹。"

他掉了眼泪，背过身去。他想，从今往后，他得拿她当亲闺女待，他再不让这对母女滚了。

他们真的过了一个平和的冬天，围着炉火，期盼春天来临。可是，春天降临的时候，冰雪融化，一场特大洪灾席卷了赛里布亚。洪水带走了一些冰块，也带走了她。他在下游河水进山的拐角，找到了一只破帆布胶鞋，是他的，穿破了扔了，她捡回来缝补一番自己穿。无疑，这里是她最后的归宿了。他从怀里摸出红纱巾——当年他曾想送给小月亮一条"玻璃纱"，小月亮离他远去；如今，他想把这美丽的信物送给阿甜，阿甜又离他远去，这是命吗？

"轰隆隆!"远天传来沉闷的雷声。牧羊人眼前亮了几下,那是闪电。天空一片昏暗,仿佛进入夜晚,河对岸收割庄稼的人们纷纷归去,周围变得死寂。他们走了,他想,他被留了下来;他是一个被人遗忘的羊倌,就连羊儿也忘记了他。好吧,你们走你们的吧,就让我自个儿在这雨地里睡一觉。牧羊人轻轻闭上眼睛,可是他依然能看见周围起伏的沙丘;天空灰蒙蒙的,像一块陈年画布,那些枯死的胡杨是一支支笔,醮着雨夜的浓墨,书写着,发出"沙沙"的动人声响……它们让他想起遥远的故乡,故乡的小学堂,那时的他多么喜欢倾听笔尖划过宣纸的柔软又坚韧的声音,带着浓浓的书香味儿……

"滚到那头! 滚到那头! ……"他冲着天空喃喃自语,心里发出笑声。这是阿甜带来的那个丫头从前在学校里学到的一句英语"晚上好"。丫头发音标准,念"古德乃特",他跟着学一句"滚到那头"。他说自己舌头短,发音成问题。母女俩怎能看不出他的险恶用心呢,他是动不动就撵她们娘儿俩走啊。现下娘儿俩真的走了,一个躺在了地下,一个飞到远远的天边……他还记得在阿甜出事前的那个春夜,他犯过一次心痛病。她惊恐不已,赶着马车连夜送他去场部卫生队抢救。差一点就不行了,医生对他说,多亏你老婆送得及时。她坐在煤油灯下守了他三个晚上,困得够呛,刘海儿被火苗燎去半截,惹得他发笑,说她蠢,蠢婆娘一个! 他抬起粗黑的手,认真地将平她的乱发。她抓住他的手,"呜呜"地哭开了,说:"苦哇! 苦! ……"

他出院后,她病倒了。他想这回该他照顾她了,他试着去承担一些家务,比如挖苦苦菜,剁鸡食,挑水、洗衣、做饭等等。可是她不要他照顾，她每天仍旧一早到河边挑水，把一只大水缸挑得满满的。那时，他还在熟睡中。

他的梦境到底被人打破了。那个清晨太阳刚刚露脸，有几个孩子跑着叫着冲他而来。"老羊倌！老羊倌！""你老婆被水冲跑啦！"

他光着脊梁，打赤脚跑到河边，一片汪洋。黑色的浪花似一张张大嘴在咆哮。他傻了眼。满耳朵的风，风夹着沙砾，伴着恶浪，河心深处传来一个遥远的声音："苦哇！苦哇！……"

从前听她这么喊，他一肚子不快，她苦什么？生在新社会，长在红旗下，有吃有喝有住，她凭什么喊苦，思想有问题！但自她死后他觉得她还真是个苦命女人，连他一个羊倌都看不起她，对她不好，她还不苦吗？她是在眼泪和委屈中和他生活的，她是恨他的！

疼痛又开始了，这一回散射到肩膀、后背，以至腰和腿。天上，雷声追逐着雷声扑来，牧羊人死死抱住脑袋，奋力爬起，向前跑去，生怕那惊雷会把他炸得粉身碎骨。牧羊人一连跌了好几跤，浑身泥泞。老天爷，求求你饶恕我吧，如果有来世，我一定会善待那个女人！牧羊人紧咬牙关，希望能在新一轮的雷声扑来前离开坟地，可是两只脚一点不听使唤，棉花那样软；他幽暗的眼帘里，有一只万花筒拼命地旋转，圆圈、直线、波纹；深绿、金黄、紫红……

牧羊人跑不动了，瘫在地上。又看见了那棵不够强壮的白杨，逃了半天怎么还逃不出那女人的坟？老天爷！看来你是不想放过我了。也罢，就让我陪你吧，阿甜。他扑在坟上，张开两臂，十指插进泥土，紧紧地抱住了那坟，仿佛是拥着一个女人。"阿甜，阿甜……"从他痉挛的喉咙里挤出一声低唤。忽然眼前一亮，他看见她了，她穿着新做的碎花棉衣站在面前，歪着脑袋在梳头，长发飘飘，像初春的河水，丰润美丽。阿甜，我还记得你说过，你小时候最喜欢放风筝，牵着风筝跑，让风吹起你的长发，你的裙。其实，我也喜欢放风筝呢，小时候我做过一只小鸟风筝，它飞得可高可远哩。阿甜，你坐在这里别动，等我一下，我这就回去找些纸来帮你做，好不好？等我啊，不见不散……

　　牧羊人使了很大劲儿，伸出一只手，抓住了那棵白杨，咬了咬牙，站起。这时，"轰隆隆"一串惊雷在他和树间炸响，闪电照亮了他微笑的面庞。

（原载《绿洲》1986年第4期）

图书在版编目（CIP）数据

天鹅之恋 / 王伶 著. -- 北京：作家出版社，2019.3

ISBN 978-7-5212-0426-1

Ⅰ. ①天… Ⅱ. ①王… Ⅲ. ①中篇小说 - 小说集 - 中国 - 当代 ②短篇小说 - 小说集 - 中国 - 当代 Ⅳ. ①I247.7

中国版本图书馆CIP数据核字（2019）第047533号

天鹅之恋

作　　者：王　伶
责任编辑：秦　悦
装帧设计：薛　怡
出版发行：作家出版社有限公司
社　　址：北京农展馆南里10号　　邮　　编：100125
电话传真：86-10-65067186（发行中心及邮购部）
　　　　　86-10-65004079（总编室）
E-mail:zuojia@zuojia.net.cn
http://www.zuojiachubanshe.com
印　　刷：北京明月印务有限责任公司
成品尺寸：142×210
字　　数：208千
印　　张：9.875
版　　次：2019年4月第1版
印　　次：2019年4月第1次印刷
ISBN 978-7-5212-0426-1
定　　价：48.00元